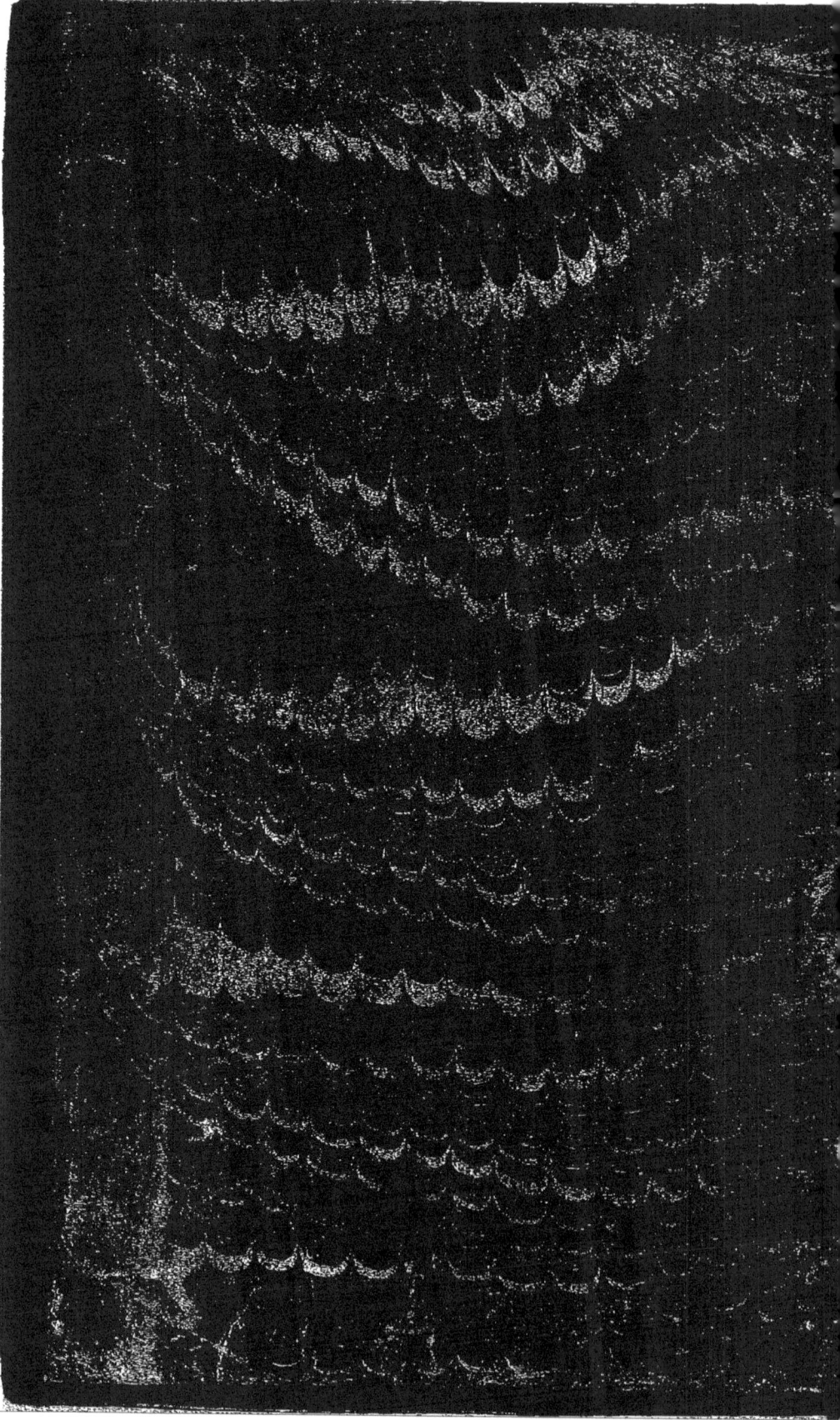

89 - 16

Rés o. Z
2 44

OEUVRES

DE

Mr. DE VOLTAIRE

NOUVELLE EDITION

REVUE, CORRIGÉE

ET CONSIDERABLEMENT AUGMENTÉE

PAR L'AUTEUR

ENRICHIE DE FIGURES EN TAILLE-DOUCE.

TOME QUATRIEME.

A DRESDE 1748.

CHEZ GEORGE CONRAD WALTHER

LIBRAIRE DU ROI.

AVEC PRIVILEGE.

TABLE
DES PIECES

contenues dans le Tome IV.

OEDIPE

TRAGEDIE.

Bernigeroth sc Lips 1747

L'OEDIPE,

TRAGEDIE

AVEC DES

CHOEURS

ET

UNE PREFACE DANS LAQUELLE

ON COMBAT LES SENTIMENS

DE Mr. DE LA MOTTE

SUR LA POESIE.

Réprésentée pour la premiere fois le   Novembre

1 7 1 8.

AVERTISSEMENT

SUR

L'OEDIPE.

L'AUTEUR compofa cette Piece à l'âge
de dix-neuf ans. Elle fut jouée en mille
fept cens dix-huit, quarante-cinq fois de fuite.
Ce fut le Sieur du Frêne célebre Acteur, de l'âge

de

de l'Auteur, qui joua le rôle d'Oedipe; Mademoiſelle Deſmares, très - grande Actrice, joua celui de Jocaſte, & quitta le Théatre quelquetems après.   On a rétabli dans cette nouvelle Edition le rôle de Philoctete, tel qu'il fut joué à la premiere repréſentation.

LETTRE

* * * * * * * * * * * * * * * * * * *

LETTRE

DE

MONSIEUR DE VOLTAIRE

AU

PERE PORÉE,

JESUITE.

Je vous envoye, mon cher Pere, la nouvelle édition
qu'on vient de faire de la Tragédie d'Oedipe. J'ai
eu foin d'effacer autant que je l'ai pû les couleurs
fades d'un amour deplacé, que j'avois melées malgré moi aux traits males & terribles que ce fujet exige.

Je veux d'abord que vous fachiez pour ma juftification,
que tout jeune que j'étois quand je fis l'Oedipe, je le com-
pofai à peu près tel que vous le voyez aujourd'hui. J'é-
tois plein de la lecture des Anciens & de vos leçons, &
je connaiffois fort peu le Théatre de Paris, je travaillai à
peu près comme fi j'avois été à Athénes. Je confultai
Monfieur Dacier, qui étoit du païs. Il me confeilla
de mettre un Chœur dans toutes les fcénes à la maniere
des Grecs. C'étoit me confeiller de me promener dans
les ruës de Paris avec la robe de Platon. J'eus bien de
la peine feulement à obtenir que les Comédiens de Paris
voulufent executer les chœurs, qui paraiffent trois ou

A 3   quatre

quatre fois dans la piece; j'en eusbien d'avantage à faire recevoir une Tragédie presque sans amour. Les Comédiennes se moquerent de moi, quand elles virent, qu'il n'y avoit point de rôle pour *l'Amoureuse*. On trouva la scene de la double confidence entre Oedipe & Jocaste, tirée en partie de Sophocle, tout à fait insipide. En un mot, les Acteurs, qui étoient dans ce tems là petits Maîtres & grands Seigneurs, refuserent de réprésenter l'ouvrage. J'étois extremement jeune, je crûs qu'ils avoient raison. Je gatai ma piece pour leur plaire en affadissant par des sentimens de tendresse un sujet qui le comporte si peu. Quand on vit un peu d'amour, on fut moins mécontent de moi; mais on ne voulut point du tout de cette grande scene entre Jocaste & Oedipe, on se moqua de Sophocle & de son Imitateur. Je tins bon, je dis mes raisons, j'employai des amis. Enfin ce ne fut qu'à force de protection que j'obtins qu'on joueroit Oedipe. Il y avoit un Acteur nommé Quinaut, qui dit tout haut, que pour me punir de mon opiniatreté il falloit jouer la piece telle quelle étoit avec ce mauvais quatriéme Acte tiré du Grec. On me regardoit d'ailleurs comme un temeraire d'oser traiter un sujet où Pierre Corneille avoit si bien réussi. On trouvoit alors l'Oedipe de Corneille excellent, je le trouvois un fort mauvais ouvrage, & je n'osois le dire. Je ne le dis enfin qu'au bout de douze ans, quand tout le monde est de mon avis. Il faut souvent bien du tems pour que Justice soit exactement rendue. On l'a fait un peu plut-tôt aux deux Oedipes de Monsieur de la Motte. Le reverend Pere de Tournemine a dû vous communiquer la petite préface dans laquelle je lui livre bataille. Monsieur de la Motte a bien de l'Esprit, il est un peu comme cet Athlete Grec, qui, quand il étoit terrassé, prouvoit, qu'il avoit le dessus.

Je

Je ne fuis de fon avis fur rien. Mais vous m'avez appris à faire une guerre d'honnête-homme. J'écris avec tant de civilité contre lui, que je l'ai demandé lui-même pour examinateur de cette préface où je tâche de lui prouver fon tort à chaque ligne, & il a lui-même approuvé ma petite differtation polémique. Voilà, comme les Gens de Lettres devroient fe combattre, voilà, comme il en uferoient, s'ils avoient été à votre école; mais ils font plus mordants d'ordinaire que des Avocats, & plus emportés, que des Janfeniftes. Les Lettres humaines font devenuës très-inhumaines. On injurie, on cabale, on calomnie, on fait des couplets. Il eft plaifant, qu'il foit permis de dire aux gens par écrit ce qu'on n'oferoit pas leur dire en face. Vous m'a-vez appris, mon cher Pere, à fuir ces baffeffes, & à favoir vivre, comme à favoir écrire.

> Les Mufes filles du Ciel
>
> Sont des Sœurs fans jaloufie,
>
> Elles vivent d'Ambrofie
>
> Et non d'abfinte & de fiel,
>
> Et quand Jupiter appelle
>
> Leur affemblée immortelle,
>
> Aux Fêtes, qu'il donne aux Dieux,
>
> Il deffend que le Satire
>
> Trouble les fons de leur Lire
>
> Par fes fons audacieux.

A 4   A Dieu

A Dieu, mon cher & réverend Pere, je suis pour jamais à vous & aux votres avec la tendre reconnaiſſance que je vous dois & que ceux qui ont été élevez par vous ne conſervent pas toujours.

à Paris,
ce 7. Janvier 1729.

PRÉ-

PRÉFACE
D'UNE EDITION D'ŒDIPE
de 1729.

L'Oedipe, dont on donne cette nouvelle Edition, fut repréſenté pour la premiere fois ~~au commen-~~ *à la fin* ~~cement~~ de l'année 1718. Le Public le reçut avec beaucoup d'indulgence. Depuis même, cette Tragédie s'eſt toujours ſoûtenuë ſur le Théatre, & on la revoit encore avec quelque plaiſir malgré ſes défauts; ce que j'attribuë en partie à l'avantage qu'elle a toujours eu d'être très-bien repréſentée, & en partie à la pompe & au pathétique du ſpectacle même.

Le Pere Folard Jéſuite, & Mr. de la Motte de l'Académie Françaiſe, ont depuis traité tous deux le même ſujet, & tous deux ont évité les défauts dans leſquels je ſuis tombé. Il ne m'appartient pas de parler de leurs Pieces; mes critiques & même mes louanges paraîtroient également ſuſpectes *a*.

Je ſuis encore plus éloigné de prétendre donner une Poëtique à l'occaſion de cette Tragédie; je ſuis perſuadé que tous ces raiſonnemens délicats, tant rebattus depuis quelques années, ne valent pas une Scene de genie, & qu'il y a bien plus à apprendre dans Polyeucte & dans Cinna, que dans tous les préceptes de l'Abbé d'Aubignac. Sévere & Pauline ſont les véritables Maîtres de l'Art. Tant de livres faits ſur la Peinture par des Connaiſſeurs

A 5

n'inſtrui-

---

a) Monſieur de la Motte donna deux Oedipes en 1726, l'un en rimes, & l'autre en proſe non rimée. L'Oedipe en rimes fut joué quatre fois, l'autre n'a jamais été joué.

n'inftruiront pas tant un Eleve, que la feule vûë d'une Tête de Raphaël.

Les principes de tous les Arts, qui dépendent de l'imagination, font tous aifés & fimples, tous puifés dans la Nature & dans la Raifon. Les Pradons & les Boyers les ont connus auffi-bien que les Corneilles & les Racines; la différence n'a été & ne fera jamais que dans l'application. Les Auteurs d'Armide & d'Iffé, & les plus mauvais Compofiteurs, ont eu les mêmes régles de Mufique. Le Pouffin a travaillé fur les mêmes principes que Vignon. Il paraît donc auffi inutile de parler de régles à la tête d'une Tragédie, qu'il le feroit à un Peintre de prévenir le Public par des Differtations fur fes Tableaux, ou à un Muficien de vouloir démontrer, que fa Mufique doit plaire.

Mais puifque Mr. de la Motte veut établir des régles toutes contraires à celles qui ont guidé nos Grands-Maîtres, il eft jufte de défendre ces anciennes Loix, non pas parcequ'elles font anciennes; mais parcequ'elles font bonnes & néceffaires, & qu'elles pourroient avoir dans un homme de fon mérite un Adverfaire redoutable.

Des trois unitez. Mr. de la Motte veut d'abord profcrire l'unité d'action, de lieu & de tems.

Les Français font les premiers d'entre les Nations modernes, qui ont fait revivre ces fages régles du Théatre; les autres Peuples ont été long-tems fans vouloir recevoir un joug, qui paraiffoit fi févére; mais comme ce joug étoit jufte, & que la Raifon triomphe enfin de tout, ils s'y font foumis avec le tems. Aujourd'hui même en Angleterre, les Auteurs affectent d'avertir au-devant de leurs Pieces, que la durée de l'action eft égale à celle de la repréfentation; & ils vont plus loin que nous, qui en cela avons été leurs Maîtres.

Toutes

Toutes les Nations commencent à regarder comme barbares les tems où cette pratique étoit ignorée des plus grands Génies, tels que Don Lopez de Vega & Shakespear. Elles avouent l'obligation qu'elles nous ont de les avoir retirées de cette barbarie. Faut-il qu'un Français se serve aujourd'hui de tout son esprit pour nous y ramener ?

Quand je n'aurois autre chose à dire à Mr. de la Motte, sinon que Messieurs Corneille, Racine, Moliere, Addisson, Congreve, Maffey, ont tous observé les Loix du Théatre, c'en seroit assez pour devoir arrêter quiconque voudroit les violer : Mais Mr. de la Motte mérite qu'on le combatte par des raisons plus que par des autorités.

Qu'est-ce qu'une Piece de Théatre ? La représentation d'une action. Pourquoi d'une seule & non de deux ou trois ? C'est que l'Esprit humain ne peut embrasser plusieurs objets à la fois ; c'est que l'intérêt, qui se partage, s'anéantit bien-tôt ; c'est que nous sommes choqués de voir même dans un Tableau deux événemens ; c'est qu'enfin la Nature seule nous a indiqué ce Précepte, qui doit être invariable comme elle.

Par la même raison l'unité de lieu est essentielle ; car une seule action ne peut se passer en plusieurs lieux à la fois. Si les Personnages que je vois sont à Athénes au premier Acte, comment peuvent-ils se trouver en Perse au second ? Mr. le Brun a-t-il peint Aléxandre à Arbelles & dans les Indes sur la même toile ? ,,Je ne ,,serois pas étonné, dit adroitement Mr. de la Motte, ,,qu'une Nation sensée, mais moins amie des régles, ,,s'accommodât de voir Coriolan condamné à Rome au ,,premier Acte, reçu chez les Volsques au troisiéme, & ,,assiégeant Rome au quatriéme, &c.

Premierement, je ne conçois point qu'un Peuple
senfé & éclairé ne fût pas ami des régles, toutes puifées
dans le Bon-Sens, & toutes faites pour fon plaifir. Secondement, qui ne fent que voilà trois Tragédies, &
qu'un pareil projet, fût-il exécuté même en beaux Vers,
ne feroit jamais qu'une Piece de Jodelle ou de Hardy ver-
fifiée par un Moderne habile?

L'unité de tems eft jointe naturellement aux deux
premieres. En voici, je crois, une preuve bien fenfible.
J'affifte a une Tragédie, c'eft-à-dire, à la repréfentation d'une action. Le fujet eft l'accompliffement de
cette action unique. On confpire contre Augufte dans
Rome; je veux favoir ce qui va arriver d'Augufte & des
Conjurés. Si le Poëte fait durer l'action quinze jours,
il doit me rendre compte de ce qui fe fera paffé dans ces
quinze jours; car je fuis là pour être informé de ce qui
fe paffe, & rien ne doit arriver d'inutile. Or s'il met
devant mes yeux quinze jours d'événemens, voilà au
moins quinze actions différentes, quelques petites qu'elles
puiffent être. Ce n'eft plus uniquement cet accompliffement de la confpiration, auquel il falloit marcher rapi-
dement; c'eft une longue Hiftoire qui ne fera plus intéref-
fante, parcequ'elle ne fera plus vive, parcéque tout fe fera écar-
té du moment de la décifion, qui eft le feul que j'attends. Je
ne fuis point venu à la Comédie pour entendre l'Hiftoire
d'un Héros; mais pour voir un feul événement de fa vie.

Il y a plus. Le Spectateur n'eft que trois heures à la
Comédie; il ne faut donc pas que l'action dure plus de
trois heures. Cinna, Andromaque, Bajazet, Oedipe,
foit celui du grand Corneille, foit celui de Mr. de la
Motte, foit même le mien (fi j'ofe en parler) ne durent
pas davantage. Si quelques autres Pieces exigent plus
de tems, c'eft une licence, qui n'eft pardonnable qu'en
faveur des beautés de l'Ouvrage; & plus cette licence eft
grande, plus elle eft faute.

Nous

Nous étendons souvent l'unité de tems jusqu'à vingt-quatre heures, & l'unité de lieu à l'enceinte de tout un Palais. Plus de sévérité rendroit quelquefois d'assez beaux sujets impraticables, & plus d'indulgence ouvriroit la carriere à de trop grands abus. Car s'il étoit une fois établi, qu'une action théatrale pût se passer en deux jours, bien-tôt quelqu'Auteur y employeroit deux semaines, & un autre deux années; & si l'on ne réduisoit pas le lieu de la Scene à un espace limité, nous verrions en peu de tems des Pieces telles que l'ancien Jules César des Anglais, où Cassius & Brutus sont à Rome au premier Acte, & en Thessalie dans le cinquiéme.

Ces Loix observées, non seulement servent à écarter des défauts, mais elles amenent de vrayes beautés; de même que les régles de la belle Architecture exactement suivies, composent nécessairement un Bâtiment qui plaît à la vûe. On voit qu'avec l'unité de tems, d'action & de lieu, il est bien difficile, qu'une Piece ne soit pas simple; aussi voilà le mérite de toutes les Pieces de M. Racine, & celui que demandoit Aristote. M. de la Motte, en défendant une Tragédie de sa composition, préfere à cette noble simplicité la multitude des événemens; il croit son sentiment autorisé par le peu de cas qu'on fait de Bérénice, par l'estime où est encore le Cid.

Il est vrai, que le Cid est plus touchant que Bérénice; mais Bérénice n'est condamnable que parceque c'est une Elégie plûtôt qu'une Tragédie simple, & le Cid, dont l'action est véritablement tragique, ne doit point son succès à la multiplicité des événemens; mais il plaît malgré cette multiplicité, comme il touche malgré l'Infante, & non pas à cause de l'Infante.

M. de la Motte croit, qu'on peut se mettre au-dessus de toutes ces régles, en s'en tenant à l'unité d'intérêt, qu'il dit avoir inventée, & qu'il appelle un paradoxe. Mais cette unité d'intérêt ne me paraît autre chose que

celle

celle de l'action. *Si plusieurs Personnages*, dit-il, *sont diversement intéressés dans le même événement, & s'ils sont tous dignes que j'entre dans leurs passions, il y a alors unité d'action & non pas unité d'intérêt.*

Depuis que j'ai pris la liberté de disputer contre M. de la Motte sur cette petite question, j'ai relu le Discours du grand Corneille sur les trois unités, il vaut mieux consulter ce grand Maître que moi. Voici comme il s'exprime: *Je tiens donc, & je l'ai déja dit, que l'unité d'action consiste en l'unité d'intrigue & en l'unité de péril.* Que le Lecteur lise cet endroit de Corneille, & il décidera bien vite entre M. de la Motte & moi; & quand je ne serois pas fort de l'autorité de ce grand Homme, n'ai-je pas encore une raison plus convaincante? C'est l'expérience. Qu'on lise nos meilleures Tragédies Françaises, on trouvera toûjours les Personnages principaux diversement intéressés; mais ces intérêts divers se rapportent tous à celui du Personnage principal, & alors il y a unité d'action.

Si au contraire tous ces intérêts différens ne se rapportent pas au principal Acteur, si ce ne sont pas des lignes qui aboutissent à un centre commun, l'intérêt est double, & ce qu'on appelle *action* au Théatre, l'est aussi. Tenons-nous-en donc, comme le grand Corneille, aux trois unités, dans lesquelles les autres régles, c'est-à-dire, les autres beautés se trouvent renfermées.

M. de la Motte les appelle *des principes de fantaisie,* & prétend, qu'on peut fort bien s'en passer dans nos Tragédies, par ce qu'elles sont négligées dans nos Operas. C'est ce me semble, vouloir réformer un Gouvernement régulier sur l'exemple d'une Anarchie.

De l'Opera. L'Opera est un Spectacle aussi bizarre que magnifique, où les yeux & les oreilles sont plus satisfaits que l'esprit, où l'asservissement à la Musique rend nécessaires les fautes les plus ridicules, où il faut chanter des *Ariettes* dans la
destruction

destruction d'une Ville, & danser autour d'un Tombeau, où l'on voit le Palais de Pluton & celui du Soleil, des Dieux, des Démons, des Magiciens, des Prestiges, des Monstres, des Palais formés & détruits en un clin d'œil. On tolere ces extravagances, on les aime même, parcequ'on est là dans le Païs des Fées; & pourvû qu'il y ait du Spectacle, de belles Danses, une belle Musique, quelques Scénes intéressantes, on est content. Il seroit aussi ridicule d'exiger dans Alceste l'unité d'action, de lieu & de tems, que de vouloir introduire des Danses & des Démons dans Cinna ou dans Rodogune.

Cependant quoique les Opera soient dispensés de ces trois régles, les meilleurs sont encore ceux où elles sont le moins violées: On les retrouve même, si je ne me trompe, dans plusieurs, tant elles sont nécessaires, & naturelles, & tant elles servent à intéresser le Spectateur. Comment donc M. de la Motte peut-il reprocher à notre Nation la légéreté de condamner dans un Spectacle les mêmes choses que nous approuvons dans un autre?

Il n'y a personne qui ne pût répondre à M. de la Motte: J'exige avec raison beaucoup plus de perfection d'une Tragédie, que d'un Opera; parcequ'à une Tragédie mon attention n'est point partagée; que ce n'est ni d'une Sarabande ni d'un Pas de deux que dépend mon plaisir; que c'est à mon ame uniquement qu'il faut plaire. J'admire qu'un homme ait sû amener & conduire dans un seul lieu, & dans un seul jour, un seul événement que mon esprit conçoit sans fatigue, & où mon cœur s'intéresse par degrez. Plus je vois combien cette simplicité est difficile, plus elle me charme; & si je veux ensuite me rendre raison de mon plaisir, je trouve que je suis de l'avis de M. Despreaux, qui dit:

> Qu'en un lieu, qu'en un jour, un seul fait accompli
> Tienne jusqu'à la fin le Théatre rempli.

J'ai

J'ai pour moi encore, pourra-t-il dire, l'autorité du grand Corneille; j'ai plus encore, j'ai son exemple & le plaisir que me font ses Ouvrages à proportion qu'il a plus ou moins obéi à cette régle.

M. de la Motte ne s'est pas contenté de vouloir ôter du Théatre ses principales régles; il veut encore lui ôter la Poësie, & nous donner des Tragédies en Prose.

De vers
en Prose.

Cet Auteur ingénieux & fécond, qui n'a fait que des Vers en sa vie, ou des Ouvrages de Prose à l'occasion de ses Vers, écrit contre son Art même, & le traite avec le même mépris qu'il a traité Homere, que pourtant il a traduit. Jamais Virgile, ni le Tasse, ni M. Despréaux, ni M. Racine, ni M. Pope, ne se sont avisés d'écrire contre l'harmonie des Vers, ni M. de Lully contre la Musique, ni M. Newton contre les Mathématiques. On a vu des hommes qui ont eu quelquefois la faiblesse de se croire supérieurs à leur Profession, ce qui est le sur moyen d'être au-dessous: mais on n'en avoit point encore vû qui voulussent l'avilir. Il n'y a que trop de personnes qui méprisent la Poësie faute de la connaître. Paris est plein de gens de bon sens, nés avec des organes insensibles à toute harmonie, pour qui de la Musique n'est que du bruit, & à qui la Poësie ne paraît qu'une folie ingénieuse. Si ces personnes apprennent qu'un homme de mérite, qui a fait cinq ou six Volumes de Vers, est de leur avis, ne se croiront-ils pas en droit de regarder tous les autres Poëtes comme des foux, & celui-là comme le seul à qui la Raison est revenuë. Il est donc nécessaire de lui répondre pour l'honneur de l'Art, & j'ose dire pour l'honneur d'un païs, qui doit une partie de sa gloire, chez les Etrangers, à la perfection de cet Art même.

M. de la Motte avance que la rime est un usage barbare inventé depuis peu.

Cependant tous les Peuples de la Terre, excepté les Anciens Romains & les Grecs, ont rimé & riment encore.

Le

Le retour des mêmes fons eft fi naturel à l'homme, qu'on a trouvé la rime établie chez les Sauvages, comme elle l'eft à Rome, à Paris, à Londres, & à Madrid. Il y a dans *Montagne* une Chanfon en rimes Amériquaines traduite en Français; on trouve dans un des Spectateurs de Mr. Adiffon une traduction d'une Ode Laponne rimée, qui eft pleine de fentiment.

Les Grecs, *quibus dedit ore rotundo Mufa loqui*, nés fous un Ciel plus heureux, & favorifés par la Nature d'organes plus délicats que les autres Nations, formérent une Langue dont toutes les fyllabes pouvoient par leur longueur ou leur briéveté exprimer les fentimens lents, ou impétueux de l'ame. De cette variété de fyllabes & d'intonations, réfultoit dans leurs Vers, & même auffi dans leur Profe, une harmonie que les anciens Italiens fentirent, qu'ils imitérent, & qu'aucune Nation n'a pu faifir après eux. Mais foit rime, foit fyllabes cadencées, la Poëfie, contre laquelle Mr. de la Motte fe révolte, a été & fera toujours cultivée par tous les Peuples.

Avant Hérodote, l'Hiftoire même ne s'écrivoit qu'en Vers chez les Grecs qui avoient pris cette coutume des anciens Egyptiens, le Peuple le plus fage de la Terre, & le mieux policé, & le plus favant. Cette coutume étoit très-raifonnable; car le but de l'Hiftoire étoit de conferver à la Poftérité la mémoire du petit nombre de Grands-Hommes, qui lui devoient fervir d'exemple. On ne s'étoit point encore avifé de donner l'Hiftoire d'un Couvent ou d'une petite Ville en plufieurs Volumes in folio. On n'écrivoit que ce qui en étoit digne, que ce que les hommes devoient retenir par cœur. Voilà pourquoi on fe fervoit de l'harmonie des Vers pour aider la mémoire. C'eft pour cette raifon que les premiers Philofophes, les Législateurs, les Fondateurs des Religions, & les Hiftoriens, étoient tous Poëtes.

Il femble, que la Poëfie dût manquer communement dans de pareils fujets ou de précifion ou d'harmonie:

mais

mais depuis que Virgile a réuni ces deux grands mérites qui paraissent si incompatibles, depuis que MM. Despreaux & Racine ont écrit comme Virgile, un homme qui les a lus tous trois, & qui sait, que tous trois sont traduits dans presque toutes les Langues de l'Europe, peut-il avilir à ce point un talent qui lui a fait tant d'honneur à lui-même? Je placerai nos Despreaux & nos Racines à côté de Virgile pour le mérite de la Versification; parceque si l'Auteur de l'Enéïde étoit né à Paris, il auroit rimé comme eux, & si ces deux Français avoient été du tems d'Auguste, ils auroient fait le même usage que Virgile de la mesure des Vers Latins. Quand donc Mr. de la Motte appelle la Versification *un travail méchanique &* *ridicule,* c'est charger de ce ridicule, non seulement tous nos grands Poëtes, mais tous ceux de l'Antiquité. Virgile & Horace se sont asservis à un travail aussi méchanique que nos Auteurs. Un arrangement heureux de spondées & de dactyles, étoit bien aussi pénible que nos rimes & nos hemistiches. Il faut que ce travail fût bien laborieux, puisque l'Eneïde après onze années n'étoit pas encore dans sa perfection.

Mr. de la Motte prétend, qu'au moins une Scene de Tragédie mise en Prose ne perd rien de sa grace ni de sa force. Pour le prouver il tourne en Prose la premiere Scene de Mithridate, & personne ne peut la lire.

Mais, dit-il, nos voisins ne riment point dans leurs Tragédies. Cela est vrai; mais ces Piéces sont en Vers, parcequ'il faut de l'harmonie à tous les Peuples de la Terre. Il ne s'agit donc plus que de savoir, si nos Vers doivent être rimés ou non. MM. Corneille & Racine ont employé la rime; craignons que si nous voulons ouvrir une autre carriere, ce ne soit plûtôt par l'impuissance de marcher dans celle de ces Grands-Hommes, que par le desir de la nouveauté. Les Italiens & les Anglais peuvent se passer de rime, parceque leur Langue a des inversions, & leur Poësie mille libertés qui nous manquent.

manquent. Chaque Langue a son génie déterminé par
la nature de la construction de ses phrases, par la fré-
quence de ses voyelles ou de ses consonnes, ses inversions,
ses verbes auxiliaires, &c. Le génie de notre Langue est
la clarté & l'élégance; nous ne permettons nulle licence
à notre Poësie, qui doit marcher comme notre Prose dans
l'ordre précis de nos idées. Nous avons donc un besoin
essentiel du retour des mêmes sons, pour que notre Poësie
ne soit pas confondue avec la Prose. Tout le monde connaît ces Vers:

> Où me cacher? Fuyons dans la nuit infernale.
>
> Mais que dis-je? Mon Pere y tient l'Urne fatale,
>
> Le sort, dit-on, l'a mise en ses sévéres mains;
>
> Minos juge aux Enfers tous les pâles humains.

Mettez à la Place:

> Où me cacher? Fuyons dans la nuit infernale.
>
> Mais que dis-je? Mon Pere y tient l'Urne funeste,
>
> Le sort, dit-on, l'a mise en ses sévéres mains;
>
> Minos juge aux Enfers tous les pâles mortels.

Quelque Poëtique que soit ce morceau, fera-t-il le
même plaisir, dépouillé de l'agrément de la rime ?
Les Anglais & les Italiens diroient également, comme
les Grecs & les Romains, les *pales humains* Minos *aux
Enfers juge,* & enjamberoient avec grace sur l'autre Vers.
La maniere même de réciter des Vers en Italien & en
Anglais fait sentir des syllabes longues & breves, qui sou-
tiennent encore l'harmonie sans besoin de rimes. Nous
qui n'avons aucun de ces avantages, pourquoi voudrions-
nous abandonner ceux que la nature de notre Langue
nous laisse?

Mr. de la Motte compare nos Poëtes, c'est-à-dire,
nos Corneilles, nos Racines, nos Despreaux, à des fai-
seurs d'Acrostiches, & à un Charlatan, qui fait passer des

grains de millet par le trou d'une éguille; & ajoute, que toutes ces puérilités n'ont d'autre mérite que celui de la difficulté furmontée.

J'avoue, que les mauvais Vers font à-peu-près dans ce cas. Ils ne different de la mauvaife Profe que par la rime, & la rime feule ne fait ni le mérite du Poëte ni le plaifir du Lecteur. Ce ne font point feulement des dactyles & des fpondées qui plaifent dans Virgile & dans Homere. Ce qui enchante toute la Terre, c'eft l'harmonie charmante qui naît de cette mefure difficile. Quiconque fe borne à vaincre une difficulté pour le mérite feul de la vaincre, eft un fou; mais celui qui tire du fond de ces obftacles mêmes des beautés qui plaifent à tout le monde, eft un homme très-fage & prefque unique. Il eft très-difficile de faire de beaux Tableaux, de belles Statuës, de bonne Mufique, de bons Vers. Auffi les noms des hommes fupérieurs qui ont vaincu ces obftacles, dureront-ils beaucoup plus peut-être que les Royaumes où ils font nés.

Je pourrois prendre encore la liberté de difputer avec Mr. de la Motte fur quelques autres points; mais ce feroit peut-être marquer un deffein de l'attaquer perfonnellement, & faire foupçonner une malignité dont je fuis auffi éloigné que de fes fentimens. J'aime beaucoup mieux profiter des réflexions judicieufes & fines qu'il a répanduës dans fon Livre, que m'engager à en refuter quelques-unes qui me paraiffent moins vrayes que les autres. C'eft affez pour moi d'avoir tâché de défendre un Art que j'aime, & qu'il eût dû défendre lui même.

Je dirai feulement un mot, (fi Mr. de la Faye veut bien me le permettre) à l'occafion de l'Ode en faveur de l'Harmonie, dans laquelle il combat en beaux Vers le Syftême de Mr. de la Motte, & à laquelle ce dernier n'a répondu qu'en Profe. Voici une Stance dans laquelle Mr. de la Faye a raffemblé en Vers harmonieux & pleins d'imagination, prefque toutes les raifons que j'ai alléguées.

De

De la contrainte rigoureuse,
Où l'esprit semble resserré,
Il reçoit cette force heureuse,
Qui l'éleve au plus haut dégré.
Telle dans des canaux pressée
Avec plus de force élancée
L'onde s'éleve dans les airs,
Et la régle qui semble auftere
N'est qu'un art plus certain de plaire
Inféparable des beaux Vers.

Je n'ai jamais vu de comparaifon plus jufte, plus gracieufe, ni mieux exprimée. Mr. de la Motte qui n'eût dû y répondre qu'en l'imitant feulement, examine, fi ce font les canaux qui font que l'eau s'éleve, ou fi c'eft la hauteur dont elle tombe qui fait la mefure de fon élévation. Or où trouvera-t-on, continue-t-il, *dans les Vers plûtôt que dans la Profe cette premiere hauteur des Penfées*, &c.

Je croi, que Mr. de la Motte fe trompe comme Phyficien, puifqu'il eft certain, que fans la gêne de ces canaux dont il s'agit, l'eau ne s'éléveroit point du tout, de quelque hauteur qu'elle tombât: mais ne fe trompe-t-il pas encore plus comme Poëte? Comment n'a-t-il pas fenti, que comme la gêne de la mefure des Vers produit une harmonie agréable à l'oreille, ainfi cette prifon où l'eau coule renfermée, produit un jet d'eau qui plaît à la vûe? La comparaifon n'eft-elle pas auffi jufte que riante? Mr. de la Faye a pris fans doute un meilleur parti que moi. Il s'eft conduit comme ce Philofophe, qui pour toute réponfe à un Sophifte qui nioit le mouvement, fe contenta de marcher en fa préfence. Mr. de la Motte nie l'harmonie des Vers: Mr. de la Faye lui envoye des Vers harmonieux; cela feul doit m'avertir de finir ma Profe.

B 3   *ACTEURS.*

ACTEURS.

OEDIPE, Roi de Thébes.

JOCASTE, Reine de Thébes.

PHILOCTETE, Prince d'Eubée.

LE GRAND-PRETRE.

ARASPE, Confident d'Oedipe.

EGINE, Confidente de Jocaste.

DIMAS, Ami de Philoctete.

PHORBAS, Vieillard Thébain.

ICARE, Vieillard de Corinthe.

CHOEUR de Thébains.

La Scene est à Thébe.

OEDIPE,

OE D I P E,

T R A G E D I E.

✳✳✳✳✳✳✳✳✳✳✳✳✳✳✳✳✳✳✳✳✳✳✳

ACTE PREMIER.

S C E N E I.

PHILOCTETE, DIMAS.

DIMAS.

Philoctete, eft-ce vous ? quel coup affreux du fort
Dans ces lieux empeftés vous fait chercher la mort ?
Venez-vous de nos Dieux affronter la colere ?
Nul mortel n'ofe ici mettre un pied téméraire;
Ces climats font remplis du célefte couroux,
Et la mort dévorante habite parmi nous.
Thébe depuis long-tems aux horreurs confacrée,
Du refte des vivans femble être féparée :
Rétournez. . . .

PHI-

PHILOCTETE.

Ce féjour convient aux malheureux.
Va, laiffe-moi le foin de mes deftins affreux,
Et dis-moi, fi des Dieux la colere inhumaine,
En accablant ce Peuple, a refpecté la Reine.

DIMAS.

Oui, Seigneur, elle vit ; mais la contagion
Jufqu'au pied de fon Trône apporte fon poifon.
Chaque inftant lui dérobe un ferviteur fidelle,
Et la mort par degrés femble s'approcher d'elle.

On dit, qu'enfin le Ciel, après tant de couroux,
Va retirer fon bras appefanti fur nous.
Tant de fang, tant de morts ont dû le fatisfaire.

PHILOCTETE.

Eh ! quel crime a produit un couroux fi févere ?

DIMAS.

Depuis la mort du Roi . . .

PHILOCTETE.

Qu'entends-je ? quoi Laïus . . .

DIMAS.

Seigneur, depuis quatre ans ce Héros ne vit plus:

PHI-

PHILOCTETE.

Il ne vit plus! Quel mot a frappé mon oreille?
Quel efpoir féduifant dans mon cœur fe réveille?
Quoi, Jocafte! les Dieux me feroient-ils plus doux?
Quoi! Philoctete enfin pourroit-il être à vous?
Il ne vit plus!.. quel fort a terminé fa vie?

DIMAS.

Quatre ans font écoulés depuis qu'en Béotie,
Pour la derniere fois le fort guida vos pas.
A peine vous quittiez le fein de vos Etats,
A peine vous preniez le chemin de l'Afie,
Lorfque d'un coup perfide une main ennemie
Ravit à fes Sujets ce Prince infortuné.

PHILOCTETE.

Quoi! Dimas, votre Maître eft mort affaffiné?

DIMAS.

Ce fut de nos malheurs la premiere origine;
Ce crime a de l'Empire entraîné la ruïne.
Du bruit de fon trépas mortellement frappés,
A répandre des pleurs nous étions occupés:
Quand du couroux des Dieux miniftre épouvantable,
Funefte à l'innocent, fans punir le coupable,
Un Monftre (loin de nous que faifiez-vous alors,)
Un Monftre furieux vient ravager ces bords.
Le Ciel induftrieux dans fa trifte vengeance
Avoit à le former épuifé fa puiffance.

Né

Né parmi des Rochers au pied du Cithéron,
Ce Monſtre à voix humaine, Aigle, Femme & Lion,
De la Nature entiere execrable aſſemblage,
Uniſſoit contre nous l'artifice à la rage.
Il n'étoit qu'un moyen d'en préſerver ces lieux.

D'un ſens embarraſſé dans des mots captieux,
Le Monſtre chaque jour dans Thébe épouvantée
Propoſoit une Enigme avec art concertée,
Et ſi quelque mortel vouloit nous ſecourir,
Il devoit voir le Monſtre, & l'entendre, ou périr:
A cette loi terrible il nous falut ſouſcrire;
D'une commune voix Thébe offrit ſon Empire
A l'heureux Interprête inſpiré par les Dieux,
Qui nous dévoileroit ce ſens myſtérieux.
Nos Sages, nos Vieillards, ſéduits par l'eſpérance,
Oſérent ſur la foi d'une vaine ſcience,
Du Monſtre impénétrable affronter le couroux;
Nul d'eux ne l'entendit, ils expirérent tous.
Mais Oedipe, héritier du Sceptre de Corinthe,
Jeune & dans l'âge heureux qui méconnaît la crainte;
Guidé par la fortune en ces lieux pleins d'effroi,
Vint, vit ce Monſtre affreux, l'entendit & fut Roi,
Il vit, il régne encor; mais ſa triſte puiſſance
Ne voit que des mourans ſous ſon obéïſſance.
Hélas! nous nous flattions que ſes heureuſes mains
Pour jamais à ſon Trône enchaînoient les Deſtins.
Déja même les Dieux nous ſembloient plus faciles,

Le

Le Monftre en expirant laiffoit ces murs tranquiles;
Mais la ftérilité fur ce funefte bord,
Bien-tôt avec la faim nous raporta la mort.
Les Dieux nous ont conduit de fupplice en fupplice,
La famine a ceffé, mais non leur injuftice,
Et la contagion dépeuplant nos Etats
Pourfuit un faible refte échappé du trépas.
Tel eft l'état horrible où les Dieux nous réduifent;
Mais vous, heureux Guerrier, que ces Dieux favorifent,
Qui du fein de la gloire a pu vous arracher,
Dans ce féjour affreux que venez-vous chercher?

PHILOCTETE.

J'y viens porter mes pleurs & ma douleur profonde,
Apprends mon infortune & les malheurs du Monde.
Mes yeux ne verront plus ce digne fils des Dieux,
Cet appui de la Terre, invincible comme eux.
L'innocent opprimé perd fon Dieu tutelaire,
Je pleure mon ami, le Monde pleure un pere,

DIMAS.

Hercule eft mort?

PHILOCTETE.

Ami, ces malheureufes mains
Ont mis fur le bucher le plus grand des Humains,
Je rapporte en ces lieux ces fléches invincibles
Du fils de Jupiter, préfens chers & terribles.

Je

Je rapporte ſa cendre, & viens à ce Héros
Attendant des Autels élever des Tombeaux.

Croi-moi, s'il eût vécu, ſi d'un préſent ſi rare
Le Ciel pour les humains eût été moins avare,
J'aurois loin de Jocaſte achevé mon deſtin ;
Et dût ma paſſion renaître dans mon ſein,
Tu ne me verrois point, ſuivant l'amour pour guide,
Pour ſervir une femme abandonner Alcide.

DIMAS.

J'ai plaint long-tems ce feu ſi puiſſant & ſi doux,
Il naquit dans l'enfance, il croiſſoit avec vous.
Jocaſte par un pere à ſon hymen forcée,
Au Trône de Laïus à regret fut placée.
Hélas ! par cet Hymen, qui coûta tant de pleurs,
Les Deſtins en ſecret préparoient nos malheurs.
Que j'admirois en vous cette vertu ſuprême,
Ce cœur digne du Trône, & vainqueur de ſoi-même !
En vain l'amour parloit à ce cœur agité,
C'eſt le premier Tyran que vous avez dompté.

PHILOCTETE.

Il fallut fuir pour vaincre : oui, je te le confeſſe,
Je luttai quelque tems, je ſentis ma faibleſſe :
Il fallut m'arracher de ce funeſte lieu,

Et

Et je dis à Jocaste un éternel adieu.

Cependant l'Univers tremblant au nom d'Alcide

Attendoit son destin de sa valeur rapide;

A ses divins travaux j'osai m'associer,

Je marchai près de lui ceint du même Laurier.

C'est alors en effet que mon ame éclairée

Contre les passions se sentit assurée.

L'amitié d'un grand homme est un bienfait des Dieux;

Je lisois mon devoir & mon fort dans ses yeux.

Des vertus avec lui je fis l'apprentissage,

Sans endurcir mon cœur, j'affermis mon courage:

L'infléxible vertu m'enchaîna sous sa loi,

Qu'eussai-je été sans lui? Rien que le fils d'un Roi;

Rien qu'un Prince vulgaire, & je serois peut-être

Esclave de mes sens, dont il m'a rendu maître.

DIMAS.

Ainsi donc desormais, sans plainte & sans couroux,

Vous reverrez Jocaste & son nouvel époux.

PHILOCTETE.

Comment? que dites-vous? un nouvel hymenée?

DIMAS.

Oedipe à cette Reine a joint sa destinée,

PHI-

PHILOCTETE.

Oedipe eſt trop heureux. Je n'en ſuis point ſurpris.
Et qui ſauva ſon Peuple eſt digne d'un tel prix.
Le Ciel eſt juſte.

DIMAS.

Oedipe en ces lieux va paraître,
Tout le Peuple avec lui conduit par le Grand-Prêtre,
Vient des Dieux irrités conjurer les rigueurs.

PHILOCTETE.

Je me ſens attendri, je partage leurs pleurs.
O toi du haut des Cieux veille ſur ta Patrie,
Exauce en ſa faveur un ami qui te prie;
Hercule, ſois le Dieu de tes Concitoyens,
Que leurs vœux juſqu'à toi montent avec les miens!

* *

SCENE II.

Le GRAND-PRETRE, Le CHOEUR.

*(La porte du Temple s'ouvre, & le Grand-Prêtre paraît
au milieu du Peuple.)*

I. PERSONNAGE DU CHOEUR.

Eſprits contagieux, Tyrans de cet Empire,
Qui ſouflez dans ces murs la mort qu'on y reſpire,
Redoublez

Redoublez contre nous votre lente fureur,

Et d'un trépas trop long épargnez-nous l'horreur.

SECOND PERSONNAGE.

Frappez, Dieux tout-puiſſans, vos Victimes ſont prêtes :

O Monts, écraſez-nous ... Cieux, tombez ſur nos têtes !

O Mort, nous implorons ton funeſte ſecours !

O Mort, viens nous ſauver, viens terminer nos jours !

LE GRAND-PRETRE.

Ceſſez, & retenez ces clameurs lamentables,

Faible ſoulagement aux maux des miſerables ;

Fléchiſſons ſous un Dieu qui veut nous éprouver,

Qui d'un mot peut nous perdre, & d'un mot nous ſauver.

Il ſait, que dans ces murs la mort nous environne,

Et les cris des Thébains ſont montés vers ſon Trône,

Le Roi vient, par ma voix, le Ciel va lui parler,

Les Deſtins à ſes yeux veulent ſe dévoiler ;

Les tems ſont arrivés, cette grande journée

Va du Peuple & du Roi changer la deſtinée.

SCENE

* *

SCENE III.

OEDIPE, JOCASTE, LE GRAND-PRETRE, EGINE, DIMAS, ARASPE, Le CHOEUR.

OEDIPE.

Peuples, qui dans ce Temple apportans vos douleurs,
Préfentez à nos Dieux des Offrandes de pleurs,
Que ne puis-je fur moi détournant leurs vengeances
De la mort qui vous fuit étouffer les femences!
Mais un Roi n'eft qu'un homme en ce commun danger,
Et tout ce qu'il peut faire eft de le partager.

Au Grand-Prêtre.

Vous, Miniftre des Dieux que dans Thébe on adore,
Dédaignent-ils toujours la voix qui les implore?
Verront-ils fans pitié finir nos triftes jours?
Ces Maîtres des humains font-ils muets & fourds?

LE GRAND-PRETRE.

Roi, Peuple, écoutez-moi . . . Cette nuit à ma vuë
Du Ciel fur nos Autels la flamme eft defcenduë,

L'ombre

L'ombre du grand Laïus a paru parmi nous,
Terrible, & respirant la haine & le couroux,
Une effrayante voix s'est fait alors entendre:
„Les Thébains de Laïus n'ont point vengé la cendre;
„Le Meurtrier du Roi respire en ces Etats,
„Et de son soufle impur infecte vos Climats.
„Il faut qu'on le connaisse, il faut qu'on le punisse.
„Peuples, votre salut dépend de son supplice.

OEDIPE.

Thébains, je l'avouerai, vous souffrez justement
D'un crime inexcusable un rude châtiment;
Laïus vous étoit cher, & votre négligence
De ses Mânes sacrés a trahi la vengeance.
Tel est souvent le fort des plus justes des Rois,
Tant qu'ils sont sur la Terre on respecte leurs Loix:
On porte jusqu'aux Cieux leur justice suprême,
Adorés de leur Peuple, ils sont des Dieux eux-mêmes;
Mais après leur trépas, que font-ils à vos yeux?
Vous éteignez l'encens que vous bruliez pour eux;
Et comme à l'intérêt l'ame humaine est liée,
La vertu qui n'est plus est bien-tôt oubliée.
Ainsi du Ciel vengeur implorant le couroux,
Le sang de votre Roi s'éleve contre vous.
Appaisons son murmure, & qu'au lieu d'Hécatombe
Le sang du Meurtrier soit versé sur sa tombe.

A chercher le coupable appliquons tous nos foins.
Quoi, de la mort du Roi n'a-t-on point de témoins?
Et n'a-t-on jamais pû parmi tant de prodiges
De ce crime impuni retrouver les veftiges?
On m'avoit toujours dit, que ce fut un Thébain
Qui leva fur fon Prince une coupable main.

A Jocafte.

Pour moi qui de vos mains recevant fa Couronne
Deux ans après fa mort ai monté fur fon Trône,
Madame, jufqu'ici refpectant vos douleurs,
Je n'ai point rappellé le fujet de vos pleurs;
Et de vos feuls périls chaque jour allarmée,
Mon ame à d'autres foins fembloit être fermée.

JOCASTE.

Seigneur, quand le deftin, me refervant à vous,
Par un coup imprévu m'enleva mon époux,
Lorsque de fes Etats parcourant les frontieres,
Ce Héros fuccomba fous des mains meurtrieres,
Phorbas en ce voyage étoit feul avec lui,
Phorbas étoit du Roi le confeil & l'appui.
Laïus qui connaiffoit fon zele & fa prudence,
Partageoit avec lui le poids de fa puiffance:
Ce fut lui qui du Prince à fes yeux maffacré
Rapporta dans nos murs le corps défiguré:
Percé de coups lui-même il fe traînoit à peine,

Il tomba

Il tomba tout sanglant aux genoux de sa Reine.
„Des inconnus, dit-il, ont porté ces grands coups,
„Ils ont devant mes yeux massacré votre époux;
„Ils m'ont laissé mourant, & le pouvoir céleste
„De mes jours malheureux a ranimé le reste.
Il ne m'en dit pas plus, & mon cœur agité
Voyoit fuir loin de lui la triste vérité:
Et peut-être le Ciel, que ce grand crime irrite,
Déroba le coupable à ma juste poursuite:
Peut-être accomplissant ses Décrets éternels,
Afin de nous punir, il nous fit criminels.
Le Sphinx bien-tôt après désola cette rive,
A ses seules fureurs Thèbe fut attentive,
Et l'on ne pouvoit guére en un pareil effroi
Venger la mort d'autrui, quand on trembloit pour soi.

OEDIPE.

Madame, qu'a-t-on fait de ce sujet fidéle?

JOCASTE.

Seigneur, on paya mal son service & son zele:
Tout l'Empire en secret étoit son ennemi:
Il étoit trop puissant pour n'être point haï;
Et du Peuple & des Grands la colere insensée
Brûloit de le punir de sa faveur passée.
On l'accusa lui-même, & d'un commun transport,
Thèbe entiére à grands cris me demanda sa mort:

Et

Et moi de tous côtés redoutant l'injustice,
Je tremblois d'ordonner sa grace, ou son supplice,
Dans un Château voisin conduit secrétement
Je dérobai sa tête à leur emportement.
Là depuis quatre Hyvers ce Vieillard vénérable,
De la faveur des Rois exemple déplorable,
Sans se plaindre de moi, ni du Peuple irrité,
De sa seule innocence attend sa liberté.

OEDIPE.

A sa Suite.

Madame, c'est assez. Courez, que l'on s'empresse,
Qu'on ouvre sa prison, qu'il vienne, qu'il paraisse.
Moi-même devant vous je veux l'interroger;
J'ai tout mon Peuple ensemble & Laïus à venger.
Il faut tout écouter, il faut d'un œil févere
Sonder la profondeur de ce triste mystere.
Et vous, Dieux des Thébains, Dieux qui nous exaucez,
Punissez l'Assassin, vous qui le connaissez.
Soleil, cache à ses yeux le jour qui nous éclaire:
Qu'en horreur à ses fils, exécrable à sa mere,
Errant, abandonné, proscrit dans l'Univers,
Il rassemble sur lui tous les maux des Enfers;
Et que son corps sanglant, privé de sépulture,
Des Vautours dévorans devienne la pature.

LE GRAND-PRETRE.

A ces sermens affreux nous nous unissons tous.

OEDIPE.

OEDIPE.

Dieux, que le crime feul éprouve enfin nos coups;
Ou fi de vos Décrets l'éternelle juftice
Abandonne à mon bras le foin de fon fupplice,
Et fi vous êtes las enfin de nous haïr,
Donnez en commandant le pouvoir d'obéir.
Si fur un inconnu vous pourfuivez un crime,
Achevez votre ouvrage, & nommez la victime.
Vous, retournez au Temple, allez, que votre voix
Interroge ces Dieux une feconde fois:
Que vos vœux parmi nous les forcent à defcendre;
S'ils ont aimé Laïus, ils vengeront fa cendre,
Et conduifant un Roi, facile à fe tromper,
Ils marqueront la place où mon bras doit frapper.

Fin du premier Acte.

C 3 ACTE

* *

ACTE II.

SCENE PREMIERE.

JOCASTE, EGINE, ARASPE, LE CHOEUR.

ARASPE.

Oui, ce Peuple expirant dont je fuis l'Interprête,
D'une commune voix accufe Philoctete,
Madame, & les Deftins dans ce trifte féjour,
Pour nous fauver fans doute, ont permis fon retour.

JOCASTE.

Qu'ai-je entendu, grands Dieux!

EGINE.

Ma furprife eft extrême. . . .

JOCASTE.

Qui, lui! qui, Philoctete?

ARASPE.

Oui, Madame, lui-même.
A quel autre en effet pourroient-ils imputer

Un

Un meurtre qu'à nos yeux il sembla méditer?

Il haïssoit Laïus, on le sait, & sa haine

Aux yeux de votre Epoux ne se cachoit qu'à peine.

La jeunesse imprudente aisément se trahit;

Son front mal déguisé découvroit son dépit.

J'ignore quel sujet animoit sa colere:

Mais, au seul nom du Roi, trop prompt, & trop sincere,

Esclave d'un couroux qu'il ne pouvoit dompter,

Jusques à la menace il osoit s'emporter.

Il partit: & depuis sa destinée errante

Ramena sur nos bords sa fortune flottante;

Même il étoit dans Thèbe en ces tems malheureux,

Que le Ciel a marqués d'un parricide affreux.

Depuis ce jour fatal avec quelque apparence

De nos Peuples sur lui tomba la défiance.

Que dis-je? assez long-tems les soupçons des Thébains

Entre Phorbas & lui floterent incertains:

Cependant ce grand nom qu'il s'acquit dans la guerre,

Ce titre si fameux de Vengeur de la Terre,

Ce respect qu'aux Héros nous portons malgré nous,

Fit taire nos soupçons, & suspendit nos coups.

Mais les tems sont changés, Thèbe en ce jour funeste,

D'un respect dangereux dépouillera le reste,

En

En vain ſa gloire parle à ces cœurs agités,
Les Dieux veulent du ſang, & ſont ſeuls écoutés.

I. PERSONNAGE DU CHOEUR.

O Reine, ayez pitié d'un Peuple qui vous aime:
Imitez de ces Dieux la juſtice ſuprême;
Livrez-nous leur victime, adreſſez-leur nos vœux:
Qui peut mieux les toucher qu'un cœur ſi digne d'eux?

JOCASTE.

Pour fléchir leur couroux s'il ne faut que ma vie,
Hélas! c'eſt ſans regret que je la ſacrifie:
Thébains, qui me croyez encor quelques vertus,
Je vous offre mon ſang, n'exigez rien de plus.
Allez. . . .

SCENE

* * * * * * * * * * * * * * * * * *

SCENE II.

JOCASTE, EGINE.

EGINE.

Que je vous plains !

JOCASTE.

Hélas ! je porte envie
A ceux qui dans ces murs ont terminé leur vie.
Quel état, quel tourment pour un cœur vertueux !

EGINE.

Il n'en faut point douter, votre fort eft affreux.
Ces Peuples qu'un faux zéle aveuglement anime,
Vont bien-tôt à grands cris demander leur victime,
Je n'ofe l'accufer ; mais quelle horreur pour vous,
Si vous trouvez en lui l'affaffin d'un époux ?

JOCASTE.

et l'on oʃe à tous deux faire un pareil outrage !
~~La ... qu'un ... la ... paʃʃe ...~~
le crime et le Gavesse eut été ʃon partage ;
~~Des lâches Sc...s c'eʃt le partage infâme.~~
Egine aprés les nœuds qu'il m'a fallu briʃer
~~Il ne manquoit, hormis, au comble de mes maux,~~
il m'onquoit à mis maux de l'entendre accuser.
~~Que d'entendre ... erime ... ce ...;~~

Apprens, que ces foupçons irritent ma colere,
Et qu'il eft vertueax puifqu'il m'avoit fçu plaire.

C 5

EGINE.

EGINE.

Cet amour si conſtant. . . . .

JOCASTE.

Ne crois pas, que mon cœur
De cet amour funeſte ait pû nourrir l'ardeur.
Je l'ai trop combattu . . . . cependant, chere Egine,
Quoique faſſe un grand cœur où la vertu domine,
On ne ſe cache point ces ſecrets mouvemens,
De la Nature en nous indomptables enfans :
Dans les replis de l'ame ils viennent nous ſurprendre,
Ces feux qu'on croit éteints renaiſſent de leur cendre,
Et la vertu ſévere en de ſi durs combats,
Réſiſte aux paſſions, & ne les détruit pas.

EGINE.

Votre douleur eſt juſte autant que vertueuſe,
Et de tels ſentimens. . . . .

JOCASTE.

Que je ſuis malheureuſe !
Tu connais, chere Egine, & mon cœur & mes maux ;
J'ai deux fois de l'Hymen allumé les flambeaux ;
Deux fois de mon deſtin ſubiſſant l'injuſtice,
J'ai changé d'eſclavage, ou plûtôt de ſupplice,
Et le ſeul des mortels dont mon cœur fut touché,
A mes vœux pour jamais devoit être arraché.

Par-

Pardonnez-moi, grands Dieux, ce souvenir funeste;
D'un feu que j'ai dompté c'est le malheureux reste.
Egine, tu nous vis l'un de l'autre charmés,
Tu vis nos nœuds rompus aussi-tôt que formés.
Mon Souverain m'aima, m'obtint malgré moi-même,
Mon front chargé d'ennuis fut ceint du Diadême,
Il falut oublier dans ses embrassemens
Et mes premiers amours, & mes premiers sermens.
Tu sais, qu'à mon devoir toute entiere attachée,
J'étouffai de mes sens la révolte cachée,
Et déguisant mon trouble & dévorant mes pleurs,
Je n'osois à moi-même avouer mes douleurs.

EGINE.

Comment donc pouviez-vous du joug de l'Hymenée
Une seconde fois tenter la déstinée?

JOCASTE.

Hélas!

EGINE.

M'est-il permis de ne vous rien cacher?

JOCASTE.

Parle.

EGINE.

Oedipe, Madame, a paru vous toucher;
Et votre cœur du moins sans trop de résistance,
De vos Etats sauvés donna sa récompense.

JOCASTE.

JOCASTE.

Ah grands Dieux!

EGINE.

Etoit-il plus heureux que Laïus?
Ou Philoctete abfent ne vous touchoit-il plus?
Entre ces deux Héros étiez-vous partagée?

JOCASTE.

Par un Monftre cruel Thèbe alors ravagée,
A fon Libérateur avoit promis ma foi,
Et le Vainqueur du Sphinx étoit digne de moi.

EGINE.

Vous l'aimiez?

JOCASTE.

Je fentis pour lui quelque tendreffe;
Mais que ce fentiment fut loin de la faibleffe!
Ce n'étoit point, Egine, un feu tumultueux,
De mes fens enchantés enfant impétueux.
Je ne reconnus point cette brûlante flâme
Que le feul Philoctete a fait naître en mon ame,
Et qui fur mon efprit répandant fon poifon,
De fon charme fatal a féduit ma Raifon.
Je fentois pour Oedipe une amitié févere.
Oedipe eft vertueux, fa vertu m'étoit chere,
Mon cœur avec plaifir le voyoit élevé
Au Trône des Thébains qu'il avoit confervé.

Ma

Mais enfin sur ses pas aux Autels entraînée,

Egine, je sentis dans mon ame étonnée

Des transports inconnus que je ne conçus pas:

Avec horreur enfin je me vis dans ses bras.

Cet Hymen fut conclu sous un affreux augure.

Egine, je voyois dans une nuit obscure,

Près d'Oedipe & de moi je voyois des Enfers

Les gouffres éternels à mes pieds entr'ouverts;

De mon premier époux l'ombre pâle & sanglante

Dans cet abîme affreux paraissoit menaçante:

Il me montroit mon fils, ce fils, qui dans mon flanc

Avoit été formé de son malheureux sang;

Ce fils dont ma pieuse & barbare injustice

Avoit fait à nos Dieux un secret sacrifice.

De les suivre tous deux ils sembloient m'ordonner;

Tous deux dans le Tartare ils sembloient m'entraîner.

De sentimens confus mon ame possedée

Se présentoit toujours cette effroyable idée;

Et Philoctete encor trop présent dans mon cœur,

De ce trouble fatal augmentoit la terreur.

EGINE.

J'entends du bruit, on vient, je le voi qui s'avance.

JOCASTE.

C'est lui-même: je tremble; évitons sa présence.

SCENE

* *

SCENE III.

JOCASTE, PHILOCTETE.

PHILOCTETE.

Ne fuyez point, Madame, & ceſſez de trembler:
Oſez me voir, oſez m'entendre & me parler;
Ne craignez point ici, que mes jalouſes larmes
De votre Hymen heureux troublent les nouveaux charmes.
N'attendez point de moi de reproches honteux,
Ni de lâches ſoupirs indignes de tous deux :
Je ne vous tiendrai point de ces diſcours vulgaires
Que dicte la molleſſe aux Amans ordinaires;
Un cœur qui vous chérit, & (s'il faut dire plus,
S'il vous ſouvient des nœuds que vous avez rompus)
Un cœur pour qui le vôtre avoit quelque tendreſſe,
N'a point appris de vous à montrer de faibleſſe.

JOCASTE.

De pareils ſentimens n'appartenoient qu'à nous;
J'en dois donner l'exemple, ou le prendre de vous.
Si Jocaſte avec vous n'a pû ſe voir unie,
Il eſt juſte avant tout que je m'en juſtifie.

Je

Je vous aimois, Seigneur : une suprême loi

Toujours malgré moi-même a disposé de moi ;

Et du Sphinx & des Dieux la fureur trop connuë,

Sans doute à votre oreille est déja parvenuë.

Vous savez quels fleaux ont éclaté sur nous,

Et qu'Oedipe . . .

PHILOCTETE.

Je sai, qu'Oedipe est votre Epoux ;

Je sai, qu'il en est digne, & malgré sa jeunesse,

L'Empire des Thébains sauvé par sa sagesse,

Ses exploits, ses vertus, & surtout votre choix,

Ont mis cet heureux Prince au rang des plus grands Rois.

Ah ! pourquoi la fortune à me nuire constante,

Emportoit-elle ailleurs ma valeur imprudente ?

Si le Vainqueur du Sphinx devoit vous conquérir,

Falloit-il loin de vous ne chercher qu'à périr ?

Je n'aurois point percé les ténebres frivoles

D'un vain sens déguisé sous d'obscures paroles.

Ce bras, que votre aspect eût encore animé,

A vaincre avec le fer étoit accoûtumé.

Du Monstre à vos genoux j'eusse apporté la tête . . . .

D'un autre cependant Jocaste est la conquête :

Un autre a pû jouïr de cet excès d'honneur !

JOCASTE

JOCASTE.

Vous ne connaiffez pas quel eft votre malheur.

PHILOCTETE.

Je perds Alcide & vous, qu'aurai-je à craindre encore?

JOCASTE.

Vous êtes dans des lieux qu'un Dieu vengeur abhore.
Un feu contagieux annonce fon couroux,
Et le fang de Laïus eft retombé fur nous:
Du Ciel qui nous pourfuit la juftice outragée
Venge ainfi de ce Roi la cendre négligée;
On doit fur nos Autels immoler l'Affaffin:
On le cherche, on vous nomme, on vous accufe enfin.

PHILOCTETE.

Madame, je me tais; une pareille offenfe
Etonne mon courage, & me force au filence.
Qui moi de tels forfaits! moi des affaffinats!
Et que de votre Epoux . . . . vous ne le croyez pas.

JOCASTE.

Non, je ne le crois point, & c'eft vous faire injure
Que daigner un moment combattre l'impofture.
Votre cœur m'eft connu, vous avez eu ma foi,
Et vous ne pouvez point être indigne de moi.

Oubliez

Oubliez ces Thébains que les Dieux abandonnent,

Trop dignes de périr dépuis qu'ils vous foupçonnent.

Fuyez-moi, c'en eft fait ; nous nous aimions en vain,

Les Dieux vous réfervoient un plus noble deftin.

Vous étiez né pour eux ; leur fageffe profonde

N'a pû fixer dans Thèbe un bras utile au Monde,

Ni fouffrir que l'amour rempliffant ce grand cœur,

Enchaînât près de moi votre obfcure valeur.

Non, d'un lien charmant le foin tendre & timide

Ne dut point occuper le fucceffeur d'Alcide ;

Ce n'eft qu'aux malheureux que vous devez vos foins.

De toutes vos vertus comptable à leurs befoins,

Déja de tous côtés les Tyrans reparaiffent,

Hercule eft fous la tombe, & les Monftres renaiffent.

Allez, libre des feux dont vous fûtes épris,

Partez, rendez Hercule à l'Univers furpris.

Seigneur, mon Epoux vient, fouffrez que je vous laiffe :

Non que mon cœur troublé redoute fa faibleffe ;

Mais j'aurois trop peut-être à rougir devant vous,

Puifque je vous aimois, & qu'il eft mon Epoux.

* * * * * * * * * * * * * * * * * * *

SCENE IV.

OEDIPE, PHILOCTETE, ARASPE.

OEDIPE.

Araspe, c'eſt donc là le Prince Philoctete!

PHILOCTETE.

Oui, c'eſt lui qu'en ces murs un ſort aveugle jette,
Et que le Ciel encor à ſa perte animé
A ſouffrir des affronts n'a point accoutumé.
Je ſai de quels forfaits on veut noircir ma vie,
Seigneur, n'attendez pas, que je m'en juſtifie;
J'ai pour vous trop d'eſtime, & je ne penſe pas,
Que vous puiſſiez deſcendre à des ſoupçons ſi bas.
Si ſur les mêmes pas nous marchons l'un & l'autre,
Ma gloire d'aſſez près eſt unie à la vôtre.
Theſée, Hercule & moi, nous vous avons montré
Le chemin de la gloire, où vous êtes entré:
Ne deshonorez point par une calomnie
La ſplendeur de ces noms, où votre nom s'allie,
Et ſoutenez ſurtout par un trait généreux
L'honneur que vous avez d'être placé près d'eux.

OEDIPE.

Etre utile aux Mortels, & ſauver cet Empire,
Voilà, Seigneur, voilà l'honneur ſeul où j'aſpire,
Et ce que m'ont appris en ces extrémités
Les Héros que j'admire, & que vous imitez.
Certes je ne veux point vous imputer un crime;

'Si

Si le Ciel m'eût laiſſé le choix de la victime,
Je n'aurois immolé de victime que moi.
Mourir pour ſon Païs, c'eſt le devoir d'un Roi:
C'eſt un honneur trop grand pour le céder à d'autres;
J'aurois ~~tranché~~ donné mes jours, & défendu les vôtres;
J'aurois ſauvé mon Peuple une ſeconde fois :
Mais, Seigneur, je n'ai point la liberté du choix.
C'eſt un ſang criminel que nous devons répandre :
Vous êtes accuſé, ſongez à vous défendre;
Paraiſſez innocent, il me ſera bien doux
D'honorer dans ma Cour un Héros tel que vous,
Et je me tiens heureux, s'il faut que je vous traite,
Non comme un accuſé, mais comme Philoctete.

PHILOCTETE.

Je veux bien l'avouer, ſur la foi de mon nom
J'avois oſé me croire au-deſſus du ſoupçon.
Cette main qu'on accuſe, au défaut du tonnerre,
D'infâmes Aſſaſſins a délivré la Terre;
Hercule à les dompter avoit inſtruit mon bras :
Seigneur, qui les punit, ne les imite pas.

OEDIPE.

Ah ! je ne penſe point qu'aux exploits conſacrées
Vos mains par des forfaits ſe ſoient deshonorées,
Seigneur, & ſi Laïus eſt tombé ſous vos coups,
Sans doute avec honneur il expira ſous vous.
Vous ne l'avez vaincu qu'en Guerrier magnanime,
Je vous rends trop juſtice.

PHI-

PHILOCTETE.

Eh ! quel seroit mon crime?
Si ce fer chez les morts eût fait tomber Laïus,
Ce n'eût été pour moi qu'un triomphe de plus.
Un Roi pour ses Sujets est un Dieu qu'on révére;
Pour Hercule & pour moi c'est un homme ordinaire.
J'ai défendu des Rois, & vous devez songer
Que j'ai pû les combattre, ayant pû les venger.

OEDIPE.

Je connais Philoctete à ces illustres marques;
Des Guerriers comme vous sont égaux aux Monarques.
Je le sai; cependant, Prince, n'en doutez pas,
Le Vainqueur de Laïus est digne du trépas;
Sa tête répondra des malheurs de l'Empire,
Et vous . . .

PHILOCTETE.

Ce n'est point moi, ce mot doit vous suffire:
Seigneur, si c'étoit moi j'en ferois vanité;
En vous parlant ainsi je dois être écouté.
C'est aux hommes communs, aux ames ordinaires,
A se justifier par des moyens vulgaires;
Mais un Prince, un Guerrier tel que vous, tel que moi,
Quand il a dit un mot, en est cru sur sa foi.
Du meurtre de Laïus Oedipe me soupçonne!
Ah! ce n'est point à vous d'en accuser personne.
Son Sceptre & son Epouse ont passé dans vos bras;
C'est

C'eſt vous qui recueillez le fruit de ſon trépas ;

Ce n'eſt pas moi, ſurtout de qui l'heureuſe audace

Diſputa ſa dépouille, & demanda ſa place.

Le Trône eſt un objet qui n'a pû me tenter.

Hercule à ce haut rang dédaignoit de monter.

Toujours libre avec lui, ſans Sujets & ſans Maître,

J'ai fait des Souverains, & n'ai point voulu l'être.

Mais c'eſt trop me défendre & trop m'humilier ;

La vertu s'avilit à ſe juſtifier.

OEDIPE.

Votre vertu m'eſt chere, & votre orgueil m'offenſe.

On vous jugera, Prince, & ſi votre innocence

De l'équité des Loix n'a rien à redouter,

Avec plus de ſplendeur elle en doit éclater.

Demeurez parmi nous . . .

PHILOCTETE.

J'y reſterai ſans doute,

Il y va de ma gloire, & le Ciel qui m'écoute,

Ne me verra partir que vengé de l'affront,

Dont vos ſoupçons honteux ont fait rougir mon front.

* * * * * * * * * * * * * * * * * * *

SCENE V.

OEDIPE, ARASPE.

OEDIPE.

Je l'avouerai, j'ai peine à le croire coupable.
D'un cœur tel que le sien l'audace inébranlable
Ne fait point s'abaisser à des déguisemens;
Le menfonge n'a point de fi hauts fentimens.
Je ne puis voir en lui cette baffeffe infame.
Je te dirai bien plus, je rougiffois dans l'ame
De me voir obligé d'accufer ce grand cœur;
Je me plaignois à moi de mon trop de rigueur.
Néceffité cruelle, attachée à l'Empire!
Dans le cœur des humains les Rois ne peuvent lire,
Souvent fur l'innocence ils font tomber leurs coups,
Et nous fommes, Arafpe, injuftes malgré nous.
Mais que Phorbas eft lent pour mon impatience!
C'eft fur lui feul enfin que j'ai quelque efpérance;
Car les Dieux irrités ne nous répondent plus,
Ils ont par leur filence expliqué leur refus.

ARASPE.

Tandis que par vos foins vous pouvez tout apprendre,
Quel befoin que le Ciel ici fe faffe entendre?
Ces Dieux dont le Pontife a promis le fecours,
Dans leurs Temples, Seigneur, n'habitent point toujours;

On

On ne voit point leur bras fi prodigue en miracles,
Ces Antres, ces Trépieds, qui rendent leurs Oracles,
Ces organes d'airain que nos mains ont formés,
Toujours d'un foufle pur ne font point animés.
Ne nous endormons point fur la foi de leurs Prêtres ;
Au pied du Sanctuaire il eft fouvent des Traîtres,
Qui nous afferviffant fous un pouvoir facré,
Font parler les Deftins, les font taire à leur gré.
Voyez, examinez avec un foin extrême
Philoctete, Phorbas, & Jocafte elle-même.
Ne nous fions qu'à nous, voyons tout par nos yeux,
Ce font-là nos Trépieds, nos Oracles, nos Dieux.

OEDIPE.

Seroit-il dans le Temple un cœur affez perfide ?
Non, fi le Ciel enfin de nos deftins décide,
On ne le verra point mettre en d'indignes mains
Le dépôt précieux du falut des Thébains.
Je vais, je vais moi-même, accufant leur filence,
Par mes vœux redoublés fléchir leur inclémence.
Toi, fi pour me fervir tu montres quelque ardeur,
De Phorbas que j'attends cours hâter la lenteur.
Dans l'état déplorable où tu vois que nous fommes,
Je veux interroger & les Dieux & les Hommes.

Fin du fecond Acte.

D 4

ACTE

✳✳✳✳✳✳✳✳✳✳✳✳✳✳✳✳✳✳✳✳✳✳✳✳✳✳

ACTE III.

SCENE PREMIERE.

JOCASTE, EGINE.

JOCASTE.

Oui, j'attends Philoctete, & je veux qu'en ces lieux
Pour la derniere fois il paraiſſe à mes yeux.

EGINE.

Madame, vous ſavez, juſqu'à quelle inſolence
Le Peuple a de ſes cris fait monter la licence.
Ces Thébains, que la mort aſſiége à tout moment,
N'attendent leur ſalut que de ſon châtiment.
Vieillards, femmes, enfans, que leur malheur accable,
Tous ſont intéreſſés à le trouver coupable :
Vous entendez d'ici leurs cris ſéditieux,
Ils demandent ſon ſang de la part de nos Dieux.
Pourrez-vous réſiſter à tant de violence ?
Pourrez-vous le ſervir & prendre ſa défenſe ?

JOCASTE.

JOCASTE.

Moi! si je la prendrai? dussent tous les Thébains
Porter jusques sur moi leurs parricides mains,
Sous ces murs tout fumans dussai-je être écrasée,
Je ne trahirai point l'innocence accusée.

Mais une juste crainte occupe mes esprits.
Mon cœur de ce Héros fut autrefois épris;
On le sait, on dira, que je lui sacrifie
Ma gloire, mes Epoux, mes Dieux & ma Patrie,
Que mon cœur brûle encore. . . .

EGINE.

Ah! calmez cet effroi;
Cet amour malheureux n'eut de témoin que moi,
Et jamais. . . .

JOCASTE.

Que dis-tu? Crois-tu, qu'une Princesse
Puisse jamais cacher sa haine ou sa tendresse?
Des Courtisans sur nous les inquiets regards
Avec avidité tombent de toutes parts :
A travers les respects leurs trompeuses souplesses
Pénétrent dans nos cœurs, & cherchent nos faiblesses:
A leur malignité rien n'échappe & ne fuit,
Un seul mot, un soupir, un coup d'œil nous trahit;
Tout parle contre nous jusqu'à notre silence :
Et quand leur artifice & leur persévérance

Ont

Ont enfin malgré nous arraché nos secrets,
Alors avec éclat leurs discours indiscrets
Portant fur notre vie une triste lumiere,
Vont de nos passions remplir la Terre entiere.

E G I N E.

Eh! qu'avez-vous, Madame, à craindre de leurs coups?
Quels regards si perçans sont dangereux pour vous?
Quel secret pénétré peut flétrir votre gloire?
Si l'on sait votre amour, on sait votre victoire,
On sait, que la vertu fut toujours votre appui.

J O C A S T E.

Et c'est cette vertu, qui me trouble aujourd'hui.
Peut-être à m'accuser toujours prompte & sévere,
Je porte sur moi-même un regard trop austere:
Peut-être je me juge avec trop de rigueur;
Mais enfin Philoctete a régné sur mon cœur.
Dans ce cœur malheureux son image est tracée,
Ma vertu ni le tems ne l'ont point effacée.
Que dis-je? Je ne sai, quand je sauve ses jours,
Si la seule équité m'appelle à son secours.
Ma pitié me paraît trop sensible & trop tendre,
Je sens trembler mon bras tout prêt à le défendre:
Je me reproche enfin mes bontés & mes soins,
Je le servirois mieux, si je l'eusse aimé moins.

E G I N E.

Mais voulez-vous qu'il parte?

JOCASTE.

J O C A S T E.

Oui, je le veux fans doute:
C'eft ma feule efpérance, & pour peu qu'il m'écoute,
Pour peu que ma priere ait fur lui de pouvoir,
Il faut qu'il fe prépare à ne me plus revoir:
De ces funeftes lieux qu'il s'écarte, qu'il fuye,
Qu'il fauve en s'éloignant & ma gloire & fa vie:
Mais qui peut l'arrêter? il devroit être ici:
Chere Egine, va, cours.

* * * * * * * * * * * * * * * * * * *

S C E N E II.

JOCASTE, PHILOCTETE,
EGINE.

JOCASTE.

Ah! Prince, vous voici.
Dans le mortel effroi dont mon ame eft émuë,
Je ne m'excufe point de chercher votre vûë;
Mon devoir, il eft vrai, m'ordonne de vous fuir,
Je dois vous oublier, & non pas vous trahir;
Je crois, que vous favez le fort qu'on vous aprête.

PHI-

PHILOCTETE.

Un vain Peuple en tumulte a demandé ma tête:
~~Du cœur qui m'importune il veut me délivrer.~~

il souffre il est injuste il peut luy pardonner

JOCASTE.

gardez a ses fureurs de vous abandonner

~~Ah! de ce coup affreux vengeons à nous parer:~~

Partez, de votre fort vous êtes encor maître;
Mais ce moment, Seigneur, eft le dernier peut-être,
Où je puis vous fauver d'un indigne trépas.
Fuyez, & loin de moi précipitant vos pas,
Pour prix de votre vie heureufement fauvée,
Oubliez que c'eft moi qui vous l'ai confervée.

PHILOCTETE.

Daignez montrer, Madame, à mon cœur agité
Moins de compaffion, & plus de fermeté;
Préférez comme moi mon honneur à ma vie,
Commandez que je meure, & non pas que je fuye,
Et ne me forcez point, quand je fuis innocent,
A devenir coupable en vous obéiffant.
Des biens, que m'a ravis la colere célefte,
Ma gloire, mon honneur eft le feul qui me refte;
Ne m'ôtez pas ce bien dont je fuis fi jaloux,
Et ne m'ordonnez pas d'être indigne de vous.
J'ai vêcu, j'ai rempli ma trifte deftinée,
Madame, à votre Epoux ma parole eft donnée;
Quelque indigne foupçon qu'il ait conçu de moi,
Je ne fai point encor, comme on manque de foi.

JOCASTE.

JOCASTE.

Seigneur, au nom des Dieux, au nom de cette flâme,
Dont la trifte Jocafte avoit touché votre ame,
Si d'une fi parfaite & fi tendre amitié
Vous confervez encore un refte de pitié;
Enfin s'il vous fouvient, que promis l'un à l'autre
Autrefois mon bonheur a dépendu du vôtre,
Daignez fauver des jours de gloire environnés,
Des jours à qui les miens ont été deftinés.

PHILOCTETE.

Je vous les confacrai, je veux que leur carriere,
De vous, de vos vertus, foit digne toute entiere;
J'ai vêcu loin de vous; mais mon fort eft trop beau,
Si j'emporte en mourant votre eftime au tombeau.
Qui fait même, qui fait, fi d'un regard propice
Le Ciel ne verra point ce fanglant facrifice?
Qui fait, fi fa clémence au fein de vos Etats,
Pour m'immoler à vous, n'a point conduit mes pas?
Sans doute il me devoit cette grace infinie
De conferver vos jours aux dépens de ma vie.
Peut-être d'un fang pur il peut fe contenter,
Et le mien vaut du moins qu'il daigne l'accepter.

SCENE

* * * * * * * * * * * * * * * * * *

SCENE III.

OEDIPE, JOCASTE, PHILOCTETE, EGINE, ARASPE, Suite.

OEDIPE.

Prince, ne craignez point l'impétueux caprice
D'un Peuple dont la voix preſſe votre ſupplice,
J'ai calmé ſon tumulte, & même contre lui
Je vous viens, s'il le faut, préſenter mon appui.
On vous a ſoupçonné, le Peuple a dû le faire,
Moi qui ne juge point ainſi que le Vulgaire,
Je voudrois que perçant un nuage odieux,
Déja votre innocence éclatât à leurs yeux.
Mon eſprit incertain, que rien n'a pû réſoudre,
N'oſe vous condamner, mais ne peut vous abſoudre.
C'eſt au Ciel que j'implore, à me déterminer.
Ce Ciel enfin s'appaiſe, il veut nous pardonner,
Et bien-tôt retirant la main qui nous opprime,
Par la voix du Grand-Prêtre il nomme la victime;
Et je laiſſe à nos Dieux plus éclairés que nous,
Le ſoin de décider entre mon Peuple & vous.

PHILOCTETE.

Votre équité, Seigneur, eſt infléxible & pure;
Mais l'extrême juſtice eſt une extrême injure,

Il

Il n'en faut pas toujours écouter la rigueur.

Des Loix que nous fuivons la premiere eft l'Honneur.

Je me fuis vû réduit à l'affront de répondre

A de vils Délateurs que j'ai trop fçu confondre.

Ah! fans vous abaiffer à cet indigne foin,

Seigneur, il fuffifoit de moi feul pour témoin:

C'étoit, c'étoit affez d'examiner ma vie;

Hercule appui des Dieux, & Vainqueur de l'Afie,

Les Monftres, les Tyrans qu'il m'apprit à domter,

Ce font-là les témoins qu'il me faut confronter.

De vos Dieux cependant interrogez l'organe;

Nous apprendrons de lui, fi leur voix me condamne.

Je n'ai pas befoin d'eux, & j'attends leur Arrêt,

Par pitié pour ce Peuple, & non par intérêt.

* *

SCENE IV.

OEDIPE, JOCASTE, LE GRAND-
PRETRE, ARASPE, PHILOCTETE,
EGINE, Suite; LE CHOEUR.

OEDIPE.

Eh bien, les Dieux touchés des vœux qu'on leur adreffe,

Sufpendent-ils enfin leur fureur vengereffe!

Quelle main parricide a pû les offenfer.

PHI-

PHILOCTETE.

Parlez, quel eſt le ſang que nous devons verſer?

LE GRAND-PRETRE.

Fatal préſent du Ciel! ſcience malheureuſe!
Qu'aux mortels curieux vous êtes dangereuſe!
Plût aux cruels Deſtins qui pour moi ſont ouverts,
Que d'un voile éternel mes yeux fuſſent couverts!

PHILOCTETE.

Eh bien, que venez-vous annoncer de ſiniſtre?

OEDIPE.

D'une haine éternelle êtes-vous le Miniſtre?

PHILOCTETE.

Ne craignez rien.

OEDIPE.

Les Dieux veulent-ils mon trépas?

LE GRAND-PRETRE
à Oedipe.

Ah! ſi vous m'en croyez, ne m'interrogez pas.

OEDIPE.

Quel que ſoit le deſtin que le Ciel nous annonce,
Le ſalut des Thébains dépend de ſa réponſe.

PHILOCTETE.

PHILOCTETÉ.

Parlez.

OEDIPE.

Ayez pitié de tant de malheureux;
Songez qu'Oedipe....

LE GRAND-PRETRE.

Oedipe est plus à plaindre qu'eux.

I. PERSONNAGE DU CHOEUR.

Oedipe a pour son Peuple une amour paternelle;
Nous joignons à sa voix notre plainte éternelle;
Vous, à qui le Ciel parle, entendez nos clameurs.

II. PERSONNAGE DU CHOEUR.

Nous mourons, sauvez-nous, détournez ses fureurs.
Nommez cet Assassin, ce Monstre, ce perfide.

I. PERSONNAGE DU CHOEUR.

Nos bras vont dans son sang laver son parricide.

LE GRAND-PRETRE.

Peuples infortunés, que me demandez-vous?

I. PERSONNAGE DU CHOEUR.

Dites un mot, il meurt, & vous nous sauvez tous.

LE GRAND-PRETRE.

Quand vous ferez inftruits du deftin qui l'accable,
Vous fremirez d'horreur au feul nom du coupable,
Le Dieu, qui par ma voix vous parle en ce moment,
Commande que l'exil foit fon feul châtiment;
Mais bien-tôt éprouvant un defefpoir funefte,
Ses mains ajoûteront à la rigueur célefte.
De fon fupplice affreux vos yeux feront furpris,
Et vous croirez vos jours trop payés à ce prix.

OEDIPE.

Obéiffez.

PHILOCTETE.

Parlez.

OEDIPE.

C'eft trop de réfiftance.

LE GRAND-PRETRE
à Oedipe.

C'eft vous qui me forcez à rompre le filence.

OEDIPE.

Que ces retardemens allument mon couroux!

LE GRAND-PRETRE.

Vous le voulez . . . eh bien . . . c'eft . . .

OEDIPE.

Acheve; qui?

LE

LE GRAND-PRETRE

à Oedipe.

Vous.

OEDIPE.

Moi?

LE GRAND-PRETRE.

Vous, malheureux Prince.

II. PERSONNAGE DU CHOEUR.

Ah! que viens-je d'entendre?

JOCASTE.

Interprête des Dieux, qu'ofez-vous nous apprendre?

à Oedipe.

Quoi! vous de mon Epoux vous feriez l'Affaffin?
Vous à qui j'ai donné fa Couronne & ma main?
Non, Seigneur, non, des Dieux l'Oracle nous abufe;
Votre vertu dément la voix qui vous accufe.

I. PERSONNAGE DU CHOEUR.

O Ciel, dont le pouvoir préfide à notre fort,
Nommez une autre tête, ou rendez-nous la mort.

PHILOCTETE.

N'attendez point, Seigneur, outrage pour outrage;
Je ne tirerai point un indigne avantage
Du revers inouï qui vous preffe à mes yeux;
Je vous crois innocent malgré la voix des Dieux.

Je

Je vous rends la justice enfin qui vous est duë,
Et que ce peuple & vous ne m'avez point renduë.
Contre vos ennemis je vous offre mon bras,
Entre un Pontife & vous je ne balance pas.
Un Prêtre, quel qu'il soit, quelque Dieu qui l'inspire,
Doit prier pour ses Rois, & non pas les maudire.

OEDIPE.

Quel excès de Vertu! mais quel comble d'horreur!
L'un parle en Demi-Dieu, l'autre en Prêtre imposteur.

Au Grand - Prêtre.

Voilà donc des Autels quel est le privilége,
Grace à l'impunité, ta bouche sacrilége,
Pour accuser ton Roi d'un forfait odieux,
Abuse insolemment du commerce des Dieux!
Tu crois, que mon couroux doit respecter encore
Le Ministére saint que ta main deshonore.
Traître, aux pieds des Autels il faudroit t'immoler
A l'aspect de tes Dieux que ta voix fait parler.

LE GRAND-PRETRE.

Ma vie est en vos mains, vous en êtes le maître:
Profitez des momens que vous avez à l'être,
Aujourd'hui votre Arrêt vous sera prononcé,
Tremblez, malheureux Roi, votre Régne est passé;
Une invisible main suspend sur votre tête
Le glaive menaçant que la vengeance aprête.

Bien-

Bien-tôt de vos forfaits vous-même épouvanté,

Fuyant loin de ce Trône où vous êtes monté,

Privé des feux sacrés & des eaux salutaires,

Remplissant de vos cris les Antres solitaires,

Partout d'un Dieu vengeur vous sentirez les coups,

Vous chercherez la mort, la mort fuira de vous.

Le Ciel, ce Ciel témoin de tant d'objets funebres,

N'aura plus pour vos yeux que d'horribles ténébres,

Au crime, au châtiment malgré vous destiné,

Vous seriez trop heureux de n'être jamais né.

OEDIPE.

J'ai forcé jusqu'ici ma colere à t'entendre;

Si ton sang méritoit qu'on daignât le répandre,

De ton juste trépas mes regards satisfaits,

De ta prédiction préviendroient les effets.

Va, fui, n'excite plus le transport qui m'agite,

Et respecte un couroux, que ta présence irrite;

Fui, d'un mensonge indigne abominable Auteur.

LE GRAND-PRETRE.

Vous me traitez toûjours de Traître & d'Imposteur;

Votre pere autrefois me croyoit plus sincere.

OEDIPE.

Arrête . . . que dis-tu? quoi Polibe . . . . mon pere?

LE GRAND-PRETRE.

Vous apprendrez trop tôt votre funeste sort,
Ce jour va vous donner la naissance & la mort.
Vos destins sont comblés, vous allez vous connaître,
Malheureux, savez-vous, quel sang vous donna l'être?
Entouré de forfaits à vous seul réservés,
Savez-vous seulement avec qui vous vivez?
O Corinthe! ô Phocide! execrable hymenée!
Je vois naître une race impie, infortunée,
Digne de sa naissance, & de qui la fureur
Remplira l'Univers d'épouvante & d'horreur.
Sortons.

* *

SCENE V.

OEDIPE, PHILOCTETE, JOCASTE.

OEDIPE.

Ces derniers mots me rendent immobile,
Je ne sais où je suis, ma fureur est tranquile:
Il me semble, qu'un Dieu descendu parmi nous,
Maître de mes transports, enchaîne mon couroux,
Et prêtant au Pontife une force divine,
Par sa terrible voix m'annonce ma ruïne.

PHILOCTETE.

PHILOCTETE.

Si vous n'aviez, Seigneur, à craindre que des Rois,
Philoctete avec vous combattroit sous vos loix;
Mais un Prêtre est ici d'autant plus redoutable,
Qu'il vous perce à nos yeux par un trait respectable.
Fortement appuyé sur des Oracles vains,
Un Pontife est souvent terrible aux Souverains,
Et dans son zele aveugle un peuple opiniâtre,
De ses liens sacrés imbécile idolâtre,
Foulant par pieté les plus saintes des Loix,
Croit honorer les Dieux en trahissant ses Rois;
Surtout quand l'intérêt, pere de la licence,
Vient de leur zele impie enhardir l'insolence.

OEDIPE.

Ah! Seigneur, vos vertus redoublent mes douleurs,
La grandeur de votre ame égale mes malheurs;
Accablé sous le poids du soin qui me dévore,
Vouloir me soulager, c'est m'accabler encore.
Quelle plaintive voix crie au fond de mon cœur!
Quel crime ai-je commis! Est-il vrai, Dieu vengeur?

JOCASTE.

Seigneur, c'en est assez, ne parlons plus de crime:
A ce Peuple expirant il faut une victime,
Il faut sauver l'Etat, & c'est trop differer:
Epouse de Laïus, c'est à moi d'expirer;

E 4

C'est

C'eſt à moi de chercher ſur l'infernale rive
D'un malheureux Epoux l'ombre errante & plaintive,
De ſes Mânes ſanglans j'appaiſerai les cris;
J'irai . . puiſſent les Dieux ſatisfaits à ce prix,
Contens de mon trépas n'en point exiger d'autre,
Et que mon ſang verſé puiſſe épargner le vôtre.

OEDIPE.

Vous mourir, vous Madame! ah! n'eſt-ce point aſſez
De tant de maux affreux ſur ma tête amaſſés?
Quittez, Reine, quittez ce langage terrible;
Le ſort de votre Epoux eſt déja trop horrible,
Sans que de nouveaux traits venant me déchirer,
Vous me donniez encor votre mort à pleurer.
Suivez mes pas, rentrons; il faut que j'éclairciſſe
Un ſoupçon que je forme avec trop de juſtice.
Venez.

JOCASTE.

Comment, Seigneur, vous pourriez . . .

OEDIPE.

Suivez-moi,
Et venez diſſiper, ou combler mon effroi.

Fin du troiſiéme Acte.

ACTE

* *

ACTE IV.

SCENE I.

OEDIPE, JOCASTE.

OEDIPE.

Non, quoique vous difiez, mon ame inquietée
De foupçons importuns n'eft pas moins agitée.

Le Grand-Prêtre me gêne, & prêt à l'excufer,

Je commence en fecret moi-même à m'accufer.

Sur tout ce qu'il m'a dit, plein d'une horreur extrême,

Je me fuis en fecret interrogé moi-même,

Et mille événemens de mon ame effacés

Se font offerts en foule à mes efprits glacés.

Le paffé m'interdit, & le préfent m'accable;

Je lis dans l'avenir un fort épouvantable,

Et le crime partout femble fuivre mes pas.

JOCASTE.

Et quoi, votre vertu ne vous raffure pas?

N'êtes-vous pas enfin fûr de votre innocence?

E 5 OEDIPE.

OEDIPE.

On eſt plus criminel quelquefois qu' on ne penſe.

JOCASTE.

Ah ! d' un Prêtre indiſcret dédaignant les fureurs,
Ceſſez de l'excuſer par ces lâches terreurs.

OEDIPE.

Au nom du grand Laïus, & du couroux céleſte,
Quand Laïus entreprit ce voyage funeſte,
Avoit-il près de lui des Gardes, des Soldats?

JOCASTE.

Je vous l'ai déja dit, un ſeul ſuivoit ſes pas.

OEDIPE.

Un ſeul homme ?

JOCASTE.

Ce Roi, plus grand que ſa fortune,
Dédaignoit comme vous une pompe importune :
On ne voyoit jamais marcher devant ſon Char
D'un Bataillon nombreux le faſtueux rampart :
Au milieu des Sujets ſoûmis à ſa puiſſance,
Comme il étoit ſans crainte, il marchoit ſans défenſe;
Par l'amour de ſon Peuple il ſe croyoit gardé.

OEDIPE.

OEDIPE.

O Héros ! par le Ciel aux mortels accordé,
Des véritables Rois exemple augufte & rare,
Oedipe a-t-il fur toi porté fa main barbare ?
Dépeignez - moi du moins ce Prince malheureux.

JOCASTE.

Puifque vous rappellez un fouvenir fâcheux,
Malgré le froid des ans dans fa mâle vieilleffe,
Ses yeux brilloient encor du feu de fa jeuneffe;
Son front cicatrifé fous fes cheveux blanchis.
Imprimoit le refpect aux mortels interdits ;
Et fi j'ofe, Seigneur, dire ce que j'en penfe,
Laïus eut avec vous affez de reffemblance,
Et je m'applaudiffois de retrouver en vous,
Ainfi que les vertus, les traits de mon Epoux.
Seigneur, qu'a ce difcours qui doive vous furprendre?

OEDIPE.

J'entrevois des malheurs que je ne puis comprendre;
Je crains que par les Dieux le Pontife infpiré
Sur mes deftins affreux ne foit trop éclairé.
Moi, j'aurois maffacré ! Dieux ! feroit-il poffible ?

JOCASTE.

Cet organe des Dieux eft-il donc infaillible?
Un Miniftére faint les attache aux Autels :
Ils approchent des Dieux ; mais ils font des mortels.
Penfez-

Penſez-vous, qu'en effet au gré de leur demande
Du vol de leurs oiſeaux la vérité dépende ?
Que ſous un fer ſacré des Taureaux gémiſſans
Dévoilent l'avenir à leurs regards perçans,
Et que de leurs feſtons ces Victimes ornées,
Des humains dans leurs flancs portent les deſtinées?
Non, non, chercher ainſi l'obſcure vérité,
C'eſt uſurper les droits de la Divinité.
Nos Prêtres ne ſont point ce qu'un vain Peuple penſe,
Notre crédulité fait toute leur ſcience.

OEDIPE.

Ah Dieux ! s'il étoit vrai, quel ſeroit mon bonheur!

JOCASTE.

Seigneur, il eſt trop vrai, croyez-en ma douleur;
Comme vous autrefois pour eux préoccupée,
Hélas ! pour mon malheur je fus bien détrompée,
Et le Ciel me punit d'avoir trop écouté
D'un Oracle impoſteur la fauſſe obſcurité.
Il m'en coûta mon fils : Oracles, que j'abhorre,
Sans vos ordres, ſans vous, mon fils vivroit encore.

OEDIPE.

Votre fils ! par quels coups l'avez-vous donc perdu?
Quel Oracle ſur vous les Dieux ont-ils rendu?

JO-

JOCASTE.

Apprenez, apprenez dans ce péril extrême,
Ce que j'aurois voulu me cacher à moi-même,
Et d'un Oracle faux ne vous allarmez plus.

Seigneur, vous le savez, j'eus un fils de Laïus:
Sur le sort de mon fils ma tendresse inquiete
Consulta de nos Dieux la fameuse Interprête.
Quelle fureur hélas! de vouloir arracher
Des secrets que le sort a voulu nous cacher!
Mais enfin j'étois mere, & pleine de faiblesse,
Je me jettai craintive aux pieds de la Prêtresse.
Voici ses propres mots, j'ai dû les retenir;
Pardonnez si je tremble à ce seul souvenir.
„ Ton fils tuera son pere, & ce fils sacrilége,
„ Inceste & parricide. . . . . . ô Dieux! acheverai-je?

OEDIPE.

Eh bien, Madame?

JOCASTE.

Enfin, Seigneur, on me prédit,
Que mon fils, que ce Monstre entreroit dans mon lit;
Que je le recevrois, moi, Seigneur, moi sa mere,
Dégoutant dans mes bras du meurtre de son pere,
Et que tous deux unis par ces liens affreux,
Je donnerois des fils à mon fils malheureux.
Vous vous troublez, Seigneur, à ce récit funeste,
Vous craignez de m'entendre & d'écouter le reste.

OEDIPE.

OEDIPE.

Ah Madame ! achevez . . . dites . . . que fites-vous
De cet enfant, l'objet du céleste couroux ?

JOCASTE.

Je crus les Dieux, Seigneur, & faintement cruelle,
J'étouffai pour mon fils mon amour maternelle.
En vain de cet amour l'impérieuse voix
S'oppofoit à nos Dieux & condamnoit leurs Loix ;
Il falut dérober cette tendre victime
Au fatal afcendant qui l'entraînoit au crime,
Et penfant triompher des horreurs de fon fort,
J'ordonnai par pitié qu'on lui donnât la mort.
O pitié criminelle autant que malheureufe !
O d'un Oracle faux obfcurité trompeufe !
Quel fruit me revient-il de mes barbares foins ?
Mon malheureux Epoux n'en expira pas moins ;
Dans le cours triomphant de fes deftins profperes
Il fut affaffiné par des mains étrangeres.
Ce ne fut point fon fils qui lui porta ces coups,
Et j'ai perdu mon fils fans fauver mon Epoux.
Que cet exemple affreux puiffe au moins vous inftruire ;
Banniffez cet effroi qu'un Prêtre vous infpire,
Profitez de ma faute, & calmez vos efprits.

OEDIPE.

OEDIPE.

Après le grand secret que vous m'avez appris,
Il est juste à mon tour que ma reconnaissance
Fasse de mes destins l'horrible confidence.
Lorsque vous aurez sû par ce triste entretien
Le rapport effrayant de votre sort au mien,
Peut-être ainsi que moi, frémirez-vous de crainte.

Le destin m'a fait naître au Trône de Corinthe;
Cependant de Corinthe & du Trône éloigné,
Je vois avec horreur les lieux où je suis né.
Un jour, ce jour affreux présent à ma pensée,
Jette encor la terreur dans mon ame glacée,
Pour la premiere fois par un don solemnel
Mes mains jeunes encore enrichissoient l'Autel.
Du Temple tout-à-coup les combles s'entr'ouvrirent,
De traits affreux de sang les Marbres se couvrirent,
De l'Autel ébranlé par de longs tremblemens
Une invisible main repoussoit mes présens,
Et les vents au milieu de la foudre éclatante,
Porterent jusqu'à moi cette voix effrayante:
„Ne viens plus des lieux saints souiller la pureté,
„Du nombre des vivans les Dieux t'ont rejetté;
„Ils ne reçoivent point tes Offrandes impies,
„Va porter tes présens aux Autels des Furies;
„Conjure leurs Serpens prêts à te déchirer;
„Va, ce sont-là les Dieux que tu dois implorer.
Tandis qu'à la frayeur j'abandonnois mon ame,

Cette

Cette voix m'annonça, le croirez-vous, Madame,
Tout l'assemblage affreux des forfaits inouïs,
Dont le Ciel autrefois menaça votre fils ;
Me dit, que je ferois l'assassin de mon pere.

JOCASTE.

Ah Dieux !

OEDIPE.

Que je ferois le mari de ma mere.

JOCASTE.

Où suis-je ? Quel Démon en unissant nos cœurs,
Cher Prince, a pû dans nous rassembler tant d'horreurs !

OEDIPE.

Il n'est pas encor tems de répandre des larmes,
Vous apprendrez bien-tôt d'autres sujets d'allarmes,
Ecoutez-moi, Madame, & vous allez trembler :
Du sein de ma Patrie il falut m'exiler.
Je craignis, que ma main malgré moi criminelle,
Aux destins ennemis ne fût un jour fidelle,
Et suspect à moi-même, à moi-même odieux,
Ma vertu n'osa point lutter contre les Dieux.
Je m'arrachai des bras d'une mere éplorée ;
Je partis, je courus de Contrée en Contrée,
Je déguisai partout ma naissance & mon nom,
Un ami de mes pas fut le seul compagnon.
Dans plus d'une avanture en ce fatal voyage,

Le

Le Dieu qui me guidoit seconda mon courage :
Heureux, si j'avois pû dans l'un de ces combats
Prévenir mon destin par un noble trépas :
Mais je suis réservé sans doute au parricide.
Enfin je me souviens qu'aux Champs de la Phocide,
(Et je ne conçois pas par quel enchantement
J'oubliois jusqu'ici ce grand événement ;
La main des Dieux sur moi si long-tems suspenduë
Semble ôter le bandeau qu'ils mettoient sur ma vuë,)
Dans un chemin étroit je trouvai deux Guerriers,
Sur un Char éclatant que traînoient deux Coursiers.
Il falut disputer dans cet étroit passage
Des vains honneurs du pas le frivole avantage.
J'étois jeune & superbe, & nourri dans un rang,
Où l'on puisa toujours l'orgueil avec le sang :
Inconnu, dans le sein d'une Terre étrangere,
Je me croyois encor au Trône de mon pere,
Et tous ceux qu'à mes yeux le sort venoit offrir,
Me sembloient mes Sujets, & faits pour m'obéïr.
Je marche donc vers eux, & ma main furieuse
Arrête des Coursiers la fougue impétueuse.
Loin du Char à l'instant ces Guerriers élancés
Avec fureur sur moi fondent à coups pressés.
La victoire entre nous ne fut point incertaine.
Dieux puissans ! je ne sai, si c'est faveur ou haine ;
Mais sans doute pour moi contr'eux vous combattiez,
Et l'un & l'autre enfin tomberent à mes pieds.

L'un d'eux, il m'en souvient, déja glacé par l'âge,
Couché sur la poussiere observoit mon visage;
Il me tendit les bras, il voulut me parler,
De ses yeux expirans je vis des pleurs couler;
Moi-même en le perçant, je sentis dans mon ame,
Tout vainqueur que j'étois … vous frémissez, Madame.

JOCASTE.

Seigneur, voici Phorbas, on le conduit ici.

OEDIPE.

Hélas ! mon doute affreux va donc être éclairci.

* * * * * * * * * * * * * * * * * * *

SCENE II.

OEDIPE, JOCASTE, PHORBAS, Suite.

OEDIPE.

Viens, malheureux Vieillard, viens, approche … à sa vûë
D'un trouble renaissant je sens mon ame émuë :
Un confus souvenir vient encor m'affliger ;
Je tremble de le voir & de l'interroger.

PHORBAS.

Eh bien ! est-ce aujourd'hui qu'il faut que je périsse?
Grande Reine, avez-vous ordonné mon supplice?
Vous ne fûtes jamais injuste que pour moi.

JOCASTE.

JOCASTE.

Raſſurez-vous, Phorbas, & répondez au Roi.

PHORBAS.

Au Roi !

JOCASTE.

C'eſt devant lui que je vous fais paraître.

PHORBAS.

O Dieux ! Laïus eſt mort, & vous êtes mon Maître,
Vous, Seigneur ?

OEDIPE.

Epargnons les diſcours ſuperflus :
Tu fus le ſeul témoin du meurtre de Laïus ;
Tu fus bleſſé, dit-on, en voulant le défendre.

PHORBAS.

Seigneur, Laïus eſt mort, laiſſez en paix ſa cendre ;
N'inſultez point du moins au malheureux deſtin
D'un fidele Sujet bleſſé de votre main.

OEDIPE.

Je t'ai bleſſé ? qui ? moi ?

PHORBAS.

Contentez votre envie,
Achevez de m'ôter une importune vie.
Seigneur, que votre bras, que les Dieux ont trompé,
Verſe un reſte de ſang qui vous eſt échappé ;

Et

Et puifqu' il vous fouvient de ce fentier funefte,
Où mon Roi . . .

OEDIPE.

Malheureux, épargne-moi le refte.
J'ai tout fait, je le voi, c'en eft affez . . . ô Dieux!
Enfin après quatre ans vous défillez mes yeux.

JOCASTE.

Hélas! il eft donc vrai!

OEDIPE.

Quoi! c'eft toi que ma rage
Attaqua vers Daulis en cet étroit paffage?
Oui, c'eft toi, vainement je cherche à m'abufer;
Tout parle contre moi, tout fert à m'accufer,
Et mon œil étonné ne peut te méconnaître.

PHORBAS.

Il eft vrai, fous vos coups j'ai vû tomber mon Maître;
Vous avez fait le crime, & j'en fus foupçonné;
J'ai vécu dans les fers, & vous avez régné.

OEDIPE.

Va, bien-tôt à mon tour je te rendrai juftice.
Va, laiffe-moi du moins le foin de mon fupplice;
Laiffe-moi, fauve-moi de l'affront douloureux
De voir un innocent que j'ai fait malheureux.

SCENE

* * * * * * * * * * * * * * * * * * *

SCENE III.

OEDIPE, JOCASTE.

OEDIPE.

Jocafte . . . car enfin la fortune jaloufe
M'interdit à jamais le tendre nom d'Epoufe,
Vous voyez mes forfaits, libre de votre foi,
Frappez, délivrez-vous de l'horreur d'être à moi.

JOCASTE.

Hélas!

OEDIPE.

  Prenez ce fer, inftrument de ma rage,
Qu'il vous ferve aujourd'hui, pour un plus jufte ufage;
Plongez-le dans mon fein.

JOCASTE.

    Que faites-vous, Seigneur?
Arrêtez, moderez cette aveugle douleur,
Vivez.

OEDIPE.

  Quelle pitié pour moi vous intéreffe?
Je dois mourir.

JOCASTE.

  Vivez, c'eft moi qui vous en preffe,
Ecoutez ma priere.

F 3   OEDIPE.

OE D I P E.

Ah! je n'écoute rien;
J'ai tué votre Epoux.

JOCASTE.

Mais vous êtes le mien.

OE D I P E.

Je le fuis par le crime.

JOCASTE.

Il eft involoñtaire.

OEDIPE.

N'importe, il eft commis.

JOCASTE.

O comble de mifere!

OEDIPE.

O trop funefte hymen! ô feux jadis fi doux!

JOCASTE.

Ils ne font point éteints, vous êtes mon Epoux.

OEDIPE.

Non, je ne le fuis plus, & ma main ennemie
N'a que trop bien rompu le faint nœud qui nous lie.
Je remplis ces Climats du malheur qui me fuit:
Redoutez - moi, craignez le Dieu qui me pourfuit;
Ma timide vertu ne fert qu'à me confondre,
Ét de moi deformais je ne puis plus répondre.

Peut-

Peut-être de ce Dieu partageant le couroux,

L'horreur de mon deftin s'étendra jufqu'à vous.

Ayez du moins pitié de tant d'autres victimes;

Frappez, ne craignez rien, vous m'épargniez des crimes.

JOCASTE.

Ne vous accufez point d'un deftin fi cruel,

Vous êtes malheureux, & non pas criminel.

Dans ce fatal combat que Daulis vous vit rendre,

Vous ignoriez quel fang vos mains alloient répandre,

Et fans trop rappeller cet affreux fouvenir,

Je ne puis que me plaindre, & non pas vous punir.

Vivez . . .

OEDIPE.

Moi que je vive! il faut que je vous fuie.

Hélas! où traînerai-je une mourante vie?

Sur quels bords malheureux, dans quels triftes Climats

Enfevelir l'horreur, qui s'attache à mes pas?

Irai-je errant encore, & me fuyant moi-même,

Mériter par le meurtre un nouveau Diadême?

Irai-je dans Corinthe, où mon trifte deftin

A des crimes plus grands réferve encor ma main?

Corinthe, que jamais ta déteftable rive . . .

F 4 *SCENE*

* *

SCENE IV.

OEDIPE, JOCASTE, DIMAS.

DIMAS.

Seigneur, en ce moment un Etranger arrive;
Il se dit de Corinthe, & demande à vous voir.

OEDIPE.

Allons, dans un moment je vais le recevoir.

A Jocaste.

Adieu ; que de vos pleurs la source se dissipe,
Vous ne reverrez plus l'inconsolable Oedipe :
C'en est fait, j'ai régné, vous n'avez plus d'Epoux;
En cessant d'être Roi, je cesse d'être à vous.
Je pars : je vais chercher dans ma douleur mortelle,
Des Païs où ma main ne soit point criminelle;
Et vivant loin de vous sans Etats, mais en Roi,
Justifier les pleurs, que vous versez pour moi.

Fin du quatriéme Acte.

❊ ✳ ❊

ACTE

* *

ACTE V.

SCENE PREMIERE.

OEDIPE, ARASPE, DIMAS, Suite.

OEDIPE.

Finiſſez vos regrets, & retenez vos larmes,
Vous plaignez mon exil, il a pour moi des charmes.
Ma fuite à vos malheurs aſſure un prompt ſecours,
En perdant votre Roi vous conſervez vos jours.
Du ſort de tout ce Peuple il eſt tems que j'ordonne,
J'ai ſauvé cet Empire en arrivant au Trône;
J'en deſcendrai du moins comme j'y ſuis monté,
Ma gloire me ſuivra dans mon adverſité.
Mon deſtin fut toujours de vous rendre la vie,
Je quitte mes Enfans, mon Trône, ma Patrie,
Ecoutez-moi du moins pour la derniere fois,
Puiſqu'il vous faut un Roi, conſultez-en mon choix;
Philoctete eſt puiſſant, vertueux, intrépide,
Un Monarque eſt ſon Pere *, il fut l'ami d'Alcide;
Que je parte & qu'il régne; allez chercher Phorbas,
Qu'il paraiſſe à mes yeux, qu'il ne me craigne pas.

F 5   Il faut

---

* Il étoit Fils du Roi d'Eubée, aujourd'hui Négrepont.

Il faut de mes bontés lui laiſſer quelque marque,
Et deſcendre du moins de mon Trône en Monarque.
Que l'on faſſe approcher l'Etranger devant moi.
Vous, demeurez.

* *

SCENE II.

OEDIPE, ARASPE, ICARE, Suite.

OEDIPE.

Icare, eſt-ce vous que je vois?
Vous de mes premiers ans ſage dépoſitaire,
Vous digne favori de Polibe mon pere.
Quel ſujet important vous conduit parmi nous?

ICARE.

Seigneur, Polibe eſt mort.

OEDIPE.

Ah! que m'apprenez-vous?
Mon pere . . .

ICARE.

A ſon trépas vous deviez vous attendre.
Dans la nuit du tombeau les ans l'ont fait deſcendre;
Ses jours étoient remplis, il eſt mort à mes yeux.

OEDIPE.

OEDIPE.

Qu'êtes-vous devenus, Oracles de nos Dieux?
Vous, qui faifiez trembler ma vertu trop timide,
Vous, qui me prépariez l'horreur d'un parricide,
Mon père eft chez les morts, & vous m'avez trompé.
Malgré vous dans fon fang mes mains n'ont point trempé:
Ainfi de mon erreur efclave volontaire,
Occupé d'écarter un mal imaginaire,
J'abandonnois ma vie à des malheurs certains;
Trop crédule artifan de mes triftes deftins.

  O Ciel! & quel eft donc l'excès de ma mifere?
Si le trépas des miens me devient néceffaire;
Si trouvant dans leur perte un bonheur odieux,
Pour moi la mort d'un pere eft un bienfait des Dieux.
Allons, il faut partir; il faut que je m'acquite
Des funebres tributs que la cendre mérite.
Partons: vous vous taifez, je voi vos pleurs couler;
Que ce filence! . . .

ICARE.

   O Ciel! oferai-je parler?

OEDIPE.

Vous refte-t-il encor des malheurs à m'apprendre?

        ICARE.

ICARE.

Un moment fans témoins daignerez-vous m'entendre?

OEDIPE *à fa Suite.*

Allez, retirez-vous . . . Que va-t-il m'annoncer?

ICARE.

A Corinthe, Seigneur, il ne faut plus penfer.
Si vous y paraiffez, votre mort eft jurée.

OEDIPE.

Eh! qui de mes Etats me défendroit l'entrée?

ICARE.

Du Sceptre de Polibe un autre eft l'héritier.

OEDIPE.

Eft-ce affez? & ce trait fera-t-il le dernier?
Pourfuis, Deftin, pourfuis, tu ne pourras m'abattre.
Eh bien, j'allois régner, Icare, allons combattre.
A mes lâches Sujets courons me préfenter.
Parmi ces malheureux promts à fe révolter,
Je puis trouver du moins un trépas honorable.
Mourant chez les Thébains je mourrois en coupable,
Je dois périr en Roi. Quels font mes ennemis?
Parle, quel Etranger fur mon Trône eft affis?

ICARE.

ICARE.

Le gendre de Polibe ; & Polibe lui-même
Sur fon front en mourant a mis le Diadême.
A fon Maître nouveau tout le Peuple obéit.

OEDIPE.

Eh quoi! mon pere auffi, mon pere me trahit?
De la rebellion mon pere eft le complice?
Il me chaffe du Trône!

ICARE.

Il vous a fait juftice;
Vous n'étiez point fon fils.

OEDIPE

Icare . . . .

ICARE.

Avec regret
Je revele en tremblant ce terrible fecret:
Mais il le faut, Seigneur, & toute la Province . . .

OEDIPE.

Je ne fuis point fon fils?

ICARE.

Non, Seigneur, & ce Prince
A tout dit en mourant; de fes remords preffé
Pour le fang de nos Rois il vous a renoncé,

Et

Et moi de fon fecret confident & complice,
Craignant du nouveau Roi la févere juftice,
Je venois implorer votre appui dans ces lieux.

OEDIPE.

Je n'étois point fon fils! & qui fuis-je, grands Dieux?

ICARE.

Le Ciel, qui dans mes mains a remis votre enfance,
D'une profonde nuit couvre votre naiffance;
Et je fai feulement, qu'en naiffant condamné,
Et fur un Mont défert à périr deftiné,
La lumiere fans moi vous eût été ravie.

OEDIPE.

Ainfi donc mon malheur commence avec ma vie;
J'étois dès le berceau l'horreur de ma Maifon.
Où tombai-je en vos mains?

ICARE.

Sur le Mont Cithéron.

OEDIPE.

Près de Thébe?

ICARE.

Un Thébain qui fe dit votre pere,
Expofa votre enfance en ce lieu folitaire.

Quelque

Quelque Dieu bienfaifant guida vers vous mes pas,
La pitié me faifit, je vous prens dans mes bras,
Je ranime dans vous la chaleur prefque éteinte:
Vous vivez, & bien-tôt je vous porte à Corinthe.
Je vous préfente au Prince: admirez votre fort,
Le Prince vous adopte au lieu de fon fils mort;
Et par ce coup adroit, fa Politique heureufe
Affermit pour jamais fa puiffance douteufe.
Sous le nom de fon fils vous fûtes élevé
Par cette même main qui vous avoit fauvé.
Mais le Trône en effet n'étoit point votre place,
L'intérêt vous y mit, le remords vous en chaffe.

OEDIPE.

O vous, qui préfidez aux fortunes des Rois,
Dieux! faut-il en un jour m'accabler tant de fois?
Et préparant vos coups par vos trompeurs Oracles,
Contre un faible mortel épuifer les miracles?
Mais ce Vieillard, ami, de qui tu m'as reçu,
Depuis ce tems fatal ne l'as-tu jamais vu?

ICARE.

Jamais, & le trépas vous a ravi peut-être
Le feul qui vous eût dit, quel fang vous a fait naître;
Mais long-tems de fes traits mon efprit occupé
De fon image encore eft tellement frappé,
Que je le connaitrois, s'il venoit à paraître.

OEDIPE.

OEDIPE.

Malheureux! eh pourquoi chercher à le connaître?
Je devrois bien plutôt d'accord avec les Dieux,
Chérir l'heureux bandeau, qui me couvre les yeux;
J'entrevois mon deſtin; ces recherches cruelles
Ne me découvriront que des horreurs nouvelles.
Je le ſai; mais malgré les maux que je prévoi,
Un deſir curieux m'entraîne loin de moi.
Je ne puis demeurer dans cette incertitude;
Le doute en mon malheur eſt un tourment trop rude;
J'abhorre le flambeau, dont je veux m'éclairer;
Je crains de me connaître, & ne puis m'ignorer.

* *

SCENE III.

OEDIPE, ICARE, PHORBAS.

OEDIPE.

Ah! Phorbas, approchez.

ICARE.

Ma ſurpriſe eſt extrême,
Plus je le vois, & plus . . . Ah! Seigneur, c'eſt lui-même,
C'eſt lui.

PHORBAS *à Icare.*

Pardonnez-moi, ſi vos traits inconnus. . .

ICARE.

ICARE.

Quoi! du Mont Cithéron ne vous fouvient-il plus?

PHORBAS.

Comment?

ICARE.

Quoi! cet enfant qu'en mes mains vous remites,
Cet enfant qu'au trépas. . . . . .

PHORBAS.

Ah! qu'eſt-ce que vous dites,
Et de quel fouvenir venez-vous m'accabler?

ICARE.

Allez, ne craignez rien, ceſſez de vous troubler.
Vous n'avez en ces lieux que des fujets de joye;
Oedipe eſt cet enfant.

PHORBAS.

Que le Ciel te foudroye!
Malheureux, qu'as-tu dit?

ICARE à *Oedipe.*

Seigneur, n'en doutez pas,
Quoique ce Thébain diſe, il vous mit dans mes bras.
Vos deſtins font connus, & voilà votre pere.

OEDIPE.

O fort, qui me confond! ô comble de miſere!

VOLT. Tom. IV.   G   *A Phorbas.*

A Phorbas.

Je ferois né de vous . . . . . le Ciel auroit permis,
Que votre fang verfé. . . .

PHORBAS.

Vous n'êtes point mon fils.

OEDIPE.

Eh quoi! n'avez-vous pas expofé mon enfance?

PHORBAS.

Seigneur, permettez-moi de fuir votre préfence,
Et de vous épargner cet horrible entretien.

OEDIPE.

Phorbas, au nom des Dieux, ne me déguife rien.

PHORBAS.

Partez, Seigneur, fuyez vos Enfans & la Reine.

OEDIPE.

Répons-moi feulement, la réfiftance eft vaine.
Cet enfant par toi-même à la mort deftiné,

En montrant Icare.

Le mis-tu dans fes bras?

PHORBAS.

PHORBAS.

Oui, je le lui donnai.
Que ce jour ne fut-il le dernier de ma vie!

OEDIPE.

Quel étoit son Païs?

PHORBAS.

Thèbe étoit sa Patrie.

OEDIPE.

Tu n'étois point son pere?

PHORBAS.

Hélas! il étoit né
D'un sang plus glorieux & plus infortuné.

OEDIPE.

Quel étoit-il enfin?

PHORBAS *se jette aux genoux du Roi.*

Seigneur, qu'allez-vous faire?

OEDIPE.

Acheve, je le veux.

PHORBAS.

Jocaste étoit sa mere.

G 2   ICARE.

ICARE.

Et voilà donc le fruit de mes généreux soins!

PHORBAS.

Qu'avons-nous fait tous deux!

OEDIPE.

Je n'attendois pas moins.

ICARE.

Seigneur

OEDIPE.

Sortez, cruels, fortez de ma préfence,
De vos affreux bienfaits craignez la récompenfe;
Fuyez, à tant d'horreurs par vous feuls réfervé,
Je vous punirois trop de m'avoir confervé.

* *

SCENE IV.

OEDIPE.

Le voilà donc rempli cet Oracle exécrable,
Dont ma crainte a preffé l'effet inévitable,
Et je me vois enfin par un mêlange affreux
Incefte, & parricide, & pourtant vertueux.
Miférable vertu, nom ftérile & funefte,
Toi par qui j'ai réglé des jours que je détefte,

A mon

A mon noir afcendant tu n'as pu réfifter,

Je tombois dans le piége, en voulant l'éviter.

Un Dieu plus fort que moi m'entraînoit vers le crime,

Sous mes pas fugitifs il creufoit un abîme,

Et j'étois malgré moi dans mon aveuglement,

D'un pouvoir inconnu l'efclave & l'inftrument.

Voilà tous mes forfaits, je n'en connais point d'autres;

Impitoyables Dieux, mes crimes font les vôtres,

Et vous m'en puniffez . . . . . où fuis-je! quelle nuit

Couvre d'un voile affreux la clarté qui nous luit?

Ces murs font teints de fang, je vois les Eumenides

Secouer leurs flambeaux vengeurs des parricides.

Le tonnerre en éclats femble fondre fur moi,

L'Enfer s'ouvre . . . . ô Laïus, ô mon pere! eft-ce toi?

Je vois, je reconnais la bleffure mortelle

Que te fit dans le flanc cette main criminelle.

Punis-moi, venge-toi d'un Monftre déteflé,

D'un Monftre qui fouilla les flancs qui l'ont porté.

Approche, entraîne-moi dans les demeures fombres,

J'irai de mon fupplice épouvanter les Ombres.

Viens, je te fuis.

G 3 *SCENE*

* * * * * * * * * * * * * * * * * * *

SCENE V.

OEDIPE, JOCASTE, EGINE, LE CHŒUR.

JOCASTE.

Seigneur, diffipez mon effroi,
Vos redoutables cris ont été jufqu'à moi.

OEDIPE.

Terre, pour m'engloutir entr'ouvre tes abîmes.

JOCASTE.

Quel malheur imprévu vous accable?

OEDIPE.

Mes crimes.

JOCASTE.

Seigneur.

OEDIPE.

Fuyez, Jocaste.

JOCASTE.

Ah trop cruel Epoux!

OEDIPE.

Malheureufe! arrêtez, quel nom prononcez-vous?
Moi votre Epoux! quittez ce titre abominable
Qui nous rend l'un à l'autre un objet exécrable.

JOCASTE.

JOCASTE.

Qu'entens-je?

OEDIPE.

C'en est fait, nos destins sont remplis;
Laïus étoit mon pere, & je suis votre fils.

Il sort.

I. PERSONNAGE DU CHOEUR.

O crime!

II. PERSONNAGE DU CHOEUR.

O jour affreux! jour à jamais terrible!

JOCASTE.

Egine, arrache-moi de ce Palais horrible.

EGINE.

Hélas!

JOCASTE,

Si tant de maux ont de quoi te toucher,
Si ta main sans frémir peut encor m'approcher,
Aide-moi, soutiens-moi, prens pitié de ta Reine.

I. PERSONNAGE DU CHOEUR.

Dieux! est-ce donc ainsi que finit votre haine?
Reprenez, reprenez vos funestes bienfaits,
Cruels, il valoit mieux nous punir à jamais.

G 4 *SCENE*

* * * * * * * * * * * * * * * * *

SCENE VI.

JOCASTE, EGINE, LE GRAND-PRETRE, LE CHOEUR.

LE GRAND-PRETRE.

Peuples, un calme heureux écarte les tempêtes,
Un Soleil plus serein se léve sur vos têtes;
Les feux contagieux ne sont plus allumés,
Vos tombeaux qui s'ouvroient sont déja refermés,
La Mort fuit, & le Dieu du Ciel & de la Terre
Annonce ses bontés par la voix du tonnerre.

Ici on entend grouder la foudre, & on voit briller les éclairs.

JOCASTE.

Quels éclats! Ciel! où suis-je, & qu'est-ce que j'entends?
Barbares!...

LE GRAND-PRETRE.

C'en est fait, & les Dieux sont contents.
Laïus du sein des morts cesse de vous poursuivre,
Il vous permet encor de régner & de vivre;
Le sang d'Oedipe enfin suffit à son courroux.

LE

LE CHOEUR.

Dieux !

JOCASTE.

O mon fils! hélas! dirai-je mon Epoux?
O des noms les plus chers affemblage effroyable!
Il eft donc mort?

LE GRAND-PRETRE.

Il vit, & le fort qui l'accable
Des morts & des vivans femble le féparer;
Il s'eft privé du jour avant que d'expirer.
Je l'ai vu dans fes yeux enfoncer cette épée
Qui du fang de fon pere avoit été trempée;
Il a rempli fon fort, & ce moment fatal
Du falut des Thébains eft le premier fignal.
Tel eft l'ordre du Ciel, dont la fureur fe laffe:
Comme il veut aux mortels il fait juftice ou grace;
Ses traits font épuifés fur ce malheureux fils.
Vivez, il vous pardonne.

JOCASTE.

Et moi je me punis.

Elle fe frappe.
Par un pouvoir affreux réfervée à l'incefte,
La mort eft le feul bien, le feul Dieu qui me refte.

Laïus,

Laïus, reçois mon fang, je te fuis chez les morts:
J'ai vécu vertueufe, & je meurs fans remords.

LE CHOEUR.

O malheureufe Reine! ô deftin que j'abhorre!

JOCASTE.

Ne plaignez que mon fils, puifqu'il refpire encore,
Prêtres, & vous Thébains, qui fûtes mes Sujets,
Honorez mon bucher, & fongez à jamais,
Qu'au milieu des horreurs du deftin qui m'opprime,
J'ai fait rougir les Dieux qui m'ont forcée au crime.

Fin du cinquiéme & dernier Acte.

HE.

MARIAMNE
TRAGEDIE.

Bernigeroth Sc. Lips 1747

HERODE

ET

MARIAMNE,

TRAGEDIE

Repréfentée pour la premiere fois le 6. Mars

1 7 2 3.

AVERTISSEMENT.

LA MARIAMNE *fut jouée en 1723 pour la premiere fois.   Baron, qu'on a furnommé Æfopus des Français, joua le Rôle d'Herode; mais il étoit trop vieux pour foûtenir ce caractere violent.   Adrienne le Couvreur, la meilleure Comédienne qui ait jamais été, repréfenta Mariamne.   L'Auteur faifoit mourir cette Princeffe par le poifon, & on le lui donnoit fur le Théatre.   C'étoit vers le tems des Rois que la Piéce fut jouée.   Un Petit-Maître dans le Parterre, voyant donner la coupe empoifonnée à Mariamne, s'avifa de crier, la Reine boit. Tous les Français fe mirent à rire, & la Piéce ne fut point achevée.   On la redonna l'année fuivante.   On fit mourir Mariamne d'un autre genre de mort.   La Piéce eut 40 Repréfentations.*

Le

Le Sr. Rousseau, qui commençoit à être un peu jaloux de l'Auteur, fit alors une Mariamne d'après l'ancienne Piéce de Tristan ; il l'envoya aux Comédiens, qui n'ont jamais pu la jouer, & au Libraire Didot, qui n'a jamais pu la vendre. Ce fut-là l'origine de la longue querelle entre notre Auteur & Rousseau.

PRÉFACE.

Je ne donne cette Edition qu'en tremblant. Tant
d'Ouvrages, que j'ai vûs applaudis au Théatre &
méprifés à la lecture, me font craindre pour le mien le
même fort.   Une ou deux fituations, l'art des Acteurs,
la docilité que j'ai fait paraître, ont pû m'attirer des fuf-
frages aux Repréfentations ; mais il faut un autre mérite
pour foutenir le grand jour de l'Impreffion.   C'eft peu
d'une conduite réguliere.   Ce feroit peu même d'in-
tereffer.   Tout Ouvrage en Vers, quelque beau qu'il
foit d'ailleurs, fera néceffairement ennuyeux, fi tous les
Vers ne font pas pleins de force & d'harmonie, fi on n'y
trouve pas une élégance continuë, fi la Piéce n'a point
ce charme inexprimable de la Poëfie que le génie feul
peut donner, où l'efprit ne fauroit jamais atteindre, &
fur lequel on raifonne fi mal & fi inutilement depuis la
mort de Monfieur Defpreaux.

C'eft

C'eſt une erreur bien groſſiere de s'imaginer, que les Vers ſoient la derniere partie d'une Piéce de Théatre, & celle qui doit le moins coûter. Mr. Racine, c'eſt-à-dire l'Homme de la terre, qui après Virgile a le mieux connu l'Art des Vers, ne penſoit pas ainſi. Deux années entiè-res lui ſuffirent à peine pour écrire ſa PHEDRE. Pradon ſe vante d'avoir compoſé la ſienne en moins de trois mois. Comme le ſuccès paſſager des Repréſentations d'une Tragédie ne dépend point du ſtile, mais des Acteurs & des ſituations, il arriva que les deux Phédres ſemblerent d'abord avoir une égale deſtinée; mais l'impreſſion régla bien-tôt le rang de l'une & de l'autre. Pradon, ſelon la coutume des mauvais Auteurs, eut beau faire une Pré-face inſolente, dans laquelle il traitoit ſes Critiques de malhonnêtes gens; ſa Piéce tant vantée par ſa cabale & par lui, tomba dans le mépris qu'elle mérite, & ſans la Phédre de Monſieur Racine, on ignoreroit aujourd'hui que Pradon en a compoſé une.

Mais d'où vient enfin cette diſtance ſi prodigieuſe entre ces deux Ouvrages? La conduite en eſt à-peu-près la même: Phédre eſt mourante dans l'une & dans l'autre. Theſée eſt abſent dans les premiers Actes: il paſſe pour avoir été aux Enfers avec Pirithoüs: Hippolite ſon fils veut quitter Trezene; il veut fuïr Aricie qu'il aime. Il déclare ſa paſſion à Aricie, & reçoit avec horreur celle de Phédre; il meurt du même genre de mort, & ſon Gouverneur fait le récit de ſa mort.

Il y a plus. Les perſonnages des deux Piéces ſe trou-vant dans les mêmes ſituations, diſent preſque les mêmes choſes; mais c'eſt-là qu'on diſtingue le grand Homme, & le mauvais Poëte. C'eſt lorſque Racine & Pradon penſent de même, qu'ils ſont les plus différens. En voici un exemple bien ſenſible, dans la déclaration d'Hip-polite à Aricie. Monſieur Racine fait ainſi parler Hippolite.

Moi

Moi qui contre l'amour fiérement révolté,

Aux fers de ses Captifs ai long-tems insulté ;

Qui des faibles mortels déplorant les naufrages,

Pensois toujours du bord contempler les orages,

Asservi maintenant sous la commune Loi,

Par quel trouble me voi - je emporté loin de moi ?

Un moment a vaincu mon audace imprudente ;

Cette ame si superbe est enfin dépendante.

Depuis près de six mois honteux, desespéré,

Portant partout le trait dont je suis déchiré,

Contre vous, contre moi, vainement je m'éprouve,

Préfente je vous fuis, absente je vous trouve.

Dans le fond des Forêts votre image me suit;

La lumiere du jour, les ombres de la nuit,

Tout retrace à mes yeux les charmes que j'évite;

Tout vous livre à l'envi le rebelle Hippolite.

Moi-même pour tout fruit de mes foins fuperflus,

Maintenant je me cherche, & ne me trouve plus.

Mon Arc, mes Javelots, mon Char, tout m'importune,

Je ne me fouviens plus des leçons de Neptune.

Mes feuls gémiffemens font retentir les Bois,

Et mes Courfiers oififs ont oublié ma voix.

Voici comment Hippolite s'exprime dans Pradon.

Affez & trop long-tems, d'une bouche profane,

Je méprifai l'amour, & j'adorai Diane;

Solitaire, farouche, on me voyoit toujours

Chaffer dans nos Forêts les Lions & les Ours.

Mais un foin plus preffant m'occupe & m'embarraffe;

Depuis que je vous vois j'abandonne la chaffe,

Elle fit autrefois mes plaifirs les plus doux,

Et quand j'y vais, ce n'eft que pour penfer à vous.

On ne fauroit lire ces deux Piéces de comparaifon, fans admirer l'une, & fans rire de l'autre. C'eft pourtant dans toutes les deux le même fond de fentimens & de penfées; car quand il s'agit de faire parler les paffions, tous les hommes ont prefque les mêmes idées : Mais la façon de les exprimer diftingue l'homme d'efprit d'avec celui qui n'en a point; l'homme de génie d'avec celui qui n'a que de l'efprit; & le Poëte d'avec celui qui veut l'être.

Pour parvenir à écrire comme Mr. Racine, il faudroit avoir fon génie, & polir autant que lui fes Ouvrages. Quelle défiance ne dois-je donc point avoir, moi qui né avec des talens fi faibles, & accablé par des maladies continuelles, n'ai ni le don de bien imaginer, ni la liberté de corriger par un travail affidu les défauts de mes Ouvrages? Je fens avec déplaifir toutes les fautes qui font dans la contexture de cette Piéce, auffi-bien que dans la diction. J'en aurois corrigé quelques-unes, fi j'avois pu retarder cette Edition; mais j'en aurois encore laiffé beaucoup. Dans tous les Arts il y a un terme par-delà lequel on ne

peut plus avancer. On eſt reſſerré dans les bornes de
ſon talent; on voit la perfection au-delà de ſoi, & on fait
des efforts impuiſſans pour y atteindre.

Je ne ferai point une Critique détaillée de cette Piéce:
les Lecteurs la feront aſſez ſans moi. Mais je crois qu'il eſt
néceſſaire, que je parle ici d'une Critique générale qu'on
a faite ſur le choix du ſujet de Mariamne. Comme le
génie des Français eſt de ſaiſir vivement le côté ridicule
des choſes les plus ſérieuſes, on diſoit que le ſujet de
Mariamne n'étoit autre choſe qu'*un vieux mari amoureux*
& brutal, à qui ſa femme refuſe avec aigreur le devoir
conjugal; & on ajoutoit, qu'une querelle de ménage ne
pouvoit jamais faire une Tragédie. Je ſupplie qu'on
faſſe avec moi quelques réflexions ſur ce préjugé.

Les Piéces tragiques ſont fondées ou ſur les intérêts
de toute une Nation, ou ſur les intérêts particuliers de
quelques Princes. De ce premier genre ſont l'*Iphigénie*
en Aulide, où la Grece aſſemblée demande le ſang du fils
d'Agamemnon: *les Horaces*, où trois combattans ont
entre les mains le ſort de Rome: l'*Oedipe*, où le Salut
des Thébains dépend de la découverte du meurtre de
Laïus. Du ſecond genre ſont *Britannicus*, *Phédre*, *Mi-*
thridate, &c.

Dans ces trois dernieres tout l'intérêt eſt renfermé
dans la Famille du Héros de la Piéce: Tout roule ſur
des paſſions que des Bourgeois reſſentent comme les Princes. Et l'intrigue de ces Ouvrages eſt auſſi propre à la
Comédie qu'à la Tragédie. Otez les noms, *Mithridate*
n'eſt qu'un Vieillard amoureux d'une jeune fille: ſes deux
fils en ſont amoureux auſſi, & il ſe ſert d'une ruſe aſſez
baſſe pour découvrir celui des deux qui eſt aimé.

Phédre eft une belle-mere, qui enhardie par une Intriguante, fait des propofitions à fon beau-fils, lequel eft occupé ailleurs.

Neron eft un jeune homme impétueux qui devient amoureux tout d'un coup : qui dans le moment veut fe féparer d'avec fa femme, & fe cache derriere une Tapifferie pour écouter les difcours de fa Maîtreffe. Voilà des fujets que Moliere a pû traiter comme Racine. Auffi l'intrigue de l'Avare eft-elle précifement la même que celle de Mithridate. Harpagon & le Roi de Pont font deux Vieillards amoureux ; l'un & l'autre ont leur fils pour rival ; l'un & l'autre fe fervent du même artifice pour découvrir l'intelligence qui eft entre leur fils & leur Maîtreffe: & les deux Piéces finiffent par le mariage du jeune homme.

Moliere & Racine ont également réuffi, en traitant ces deux intrigues: L'un a amufé, a réjoui, a fait rire les Honnêtes-gens ; l'autre a attendri, a effrayé, a fait verfer des larmes. Moliere a joué l'amour ridicule d'un vieil Avare : Racine a repréfenté les faibleffes d'un grand Roi, & les a renduës refpectables.

Que l'on donne une Noce à peindre à Vateau & à le Brun. L'un repréfentera fous une treille des Païfans pleins d'une joye naïve, groffiére & effrenée, autour d'une Table ruftique, où l'yvreffe, l'emportement, la débauche, le rire immodéré régneront. L'autre peindra les Noces de Pelée & de Thétis, les Feftins des Dieux, leur joye majeftueufe. Et tous deux feront arrivés à la perfection de leur Art par des chemins différens.

On peut appliquer tous ces exemples à *Mariamne.* La mauvaife humeur d'une femme, l'amour d'un vieux mari, les *tracafferies* d'une belle fœur, font de petits objets comiques par eux-mêmes. Mais un Roi à qui la
Terre

Terre a donné le nom de *Grand*, éperdument amoureux de la plus belle femme de l'Univers ; la paſſion furieuſe de ce Roi ſi fameux par ſes vertus & par ſes crimes, ſes cruautés paſſées, ſes remords préſens : ce paſſage ſi continuel & ſi rapide de l'amour à la haine, & de la haine à l'amour : l'ambition de ſa ſœur, les intrigues de ſes Miniſtres, la ſituation cruëlle d'une Princeſſe dont la vertu & la beauté ſont célébrés encore dans le monde; qui avoit vu ſon pere & ſon frere livrés à la mort par ſon mari, & qui pour comble de douleur ſe voyoit aimée du Meurtrier de ſa Famille ; quel champ ! quelle carriére pour un autre génie que le mien ! Peut-on dire, qu'un tel ſujet ſoit indigne de la Tragédie ? C'eſt-là ſurtout que *ſelon ce qu'on peut-être, les choſes changent de nom.*

H 3   *ACTEURS.*

ACTEURS.

VARUS, Préteur Romain, Gouverneur de Syrie.

HERODE, Roi de Palestine.

MARIAMNE, Femme d'Hérode.

SALOME, Sœur d'Hérode.

ALBIN, Confident de Varus.

MAZAEL,⎫
⎬ Miniſtres d'Hérode.
IDAMAS,⎭

NABAL, ancien Officier des Rois Aſmonéens.

ELIZE, Confidente de Mariamne.

Un Garde d'Hérode, parlant.

Suite de Varus.

Suite d'Hérode.

Une Suivante de Mariamne, muette.

La Scene eſt à Jéruſalem.

MA.

MARIAMNE,
TRAGEDIE.

❋❋❋❋❋❋❋❋❋❋❋❋❋❋❋❋❋❋❋❋❋❋

ACTE PREMIER.

SCENE I.

SALOME, MAZAEL.

MAZAEL.

Oui, cette autorité qu'Hérode vous confie,
Eſt partout reconnuë, & partout affermie.
J'ai volé vers Azor, & repaſſé ſoudain
Des champs de Samarie aux Sources du Jourdain.
Madame, il étoit tems que du moins ma préſence
Des Hébreux inquiets confondit l'eſpérance.
Hérode votre frere à Rome retenu,
Deja dans ſes Etats n'étoit plus reconnu.

Le

Le peuple pour fes Rois toujours plein d'injuftices,
Hardi dans fes difcours, aveugle en fes caprices,
Publioit hautement qu'à Rome condamné,
Hérode à l'efclavage étoit abandonné,
Et que la Reine affife au rang de fes Ancêtres,
Feroit régner fur nous le fang de nos Grands-Prêtres.
Je l'avoue à regret, j'ai vû dans tous les lieux
Mariamne adorée, & fon nom précieux.
Ifraël aime encore avec idolâtrie
Le fang de ces Héros dont elle tient la vie.
Sa beauté, fa naiffance, & furtout fes malheurs,
D'un Peuple qui nous hait ont féduit tous les cœurs,
Et leurs vœux indifcrets la nommant Souveraine,
Sembloient vous annoncer une chûte certaine:
J'ai vu par ces faux-bruits tout un peuple ébranlé:
Mais j'ai parlé, Madame, & ce peuple a tremblé.
Je leur ai peint Hérode avec plus de puiffance,
Rentrant dans fes Etats fuivi de la vengeance;
Son nom feul a partout répandu la terreur,
Et les Juifs en filence ont pleuré leur erreur.

SALOME.

Vous ne vous trompiez point, Hérode va paraître,
L'indocile Sion va trembler fous fon Maître.
Il enchaîne à jamais la Fortune à fon Char;
Le Favori d'Antoine eft l'ami de Céfar;
Sa Politique habile, égale à fon courage,
De fa chûte imprévuë a réparé l'outrage.
Le Sénat le couronne.   MA-

MAZAEL.

                    Eh ! que deviendrez-vous,
Quand la Reine en ces lieux reverra fon Epoux?
De votre autorité cette fiere Rivale,
Madame, auprès du Roi vous fut toujours fatale:
Son efprit orgueilleux, qui n'a jamais plié,
Conferve encor pour vous la même inimitié.
Elle vous outragea, vous l'avez offenfée;
A votre abaiffement elle eft intéreffée.
Eh ! ne craignez-vous plus ces charmes tout-puiffans,
Du malheureux Hérode impérieux tyrans ?
Depuis près de cinq ans qu'un fatal hymenée
D'Hérode & de la Reine unit la deftinée,
L'amour prodigieux, dont ce Prince eft épris,
Se nourrit par la haine, & croît par le mépris.
Vous avez vu cent fois ce Monarque infléxible
Dépofer à fes pieds fa Majefté terrible,
Et chercher dans fes yeux irrités ou diftraits
Quelques regards plus doux qu'il ne trouvoit jamais.
Vous l'avez vu frémir, foupirer & fe plaindre,
La flatter, l'irriter, la menacer, la craindre;
Cruel dans fon amour, foumis dans fes fureurs,
Efclave en fon Palais, Héros partout ailleurs.
Que dis-je ! en puniffant une ingrate Famille,
Fumant du fang du Pere il adoroit la Fille:
Le fer encor fanglant & que vous excitiez,
Etoit levé fur elle & tomboit à fes pieds.

Il eft vrai, que dans Rome éloigné de fa vûë,
Sa chaîne de fi loin fembloit s'être rompuë :
Mais c'en eft fait, Madame, il rentre en fes Etats,
Il l'aimoit, il verra fes dangereux appas ;
Ces yeux toujours puiffans, toujours fûrs de lui plaire,
Reprendront malgré vous leur empire ordinaire,
Et tous fes ennemis bien-tôt humiliés,
A fes moindres regards feront facrifiés.
Otons lui, croyez-moi, l'intérêt de nous nuire.
Songeons à la gagner, n'ayant pu la détruire ;
Et par de vains refpects, par des foins affidus, . . .

SALOME.

Il eft d'autres moyens de ne la craindre plus.

MAZAEL.

Quel eft donc ce deffein ? Que pretendez-vous dire?

SALOME.

Peut-être en ce moment notre ennemie expire.

MAZAEL.

D'un coup fi dangereux, ofez-vous vous charger,
Sans que le Roi . . .

SALOME.

Le Roi confent à me venger.
Zarès eft arrivé, Zarès eft dans Solime,
Miniftre de ma haine, il attend fa victime ;
Le lieu, le tems, le bras, tout eft choifi par lui,
Il vint hier de Rome, & nous venge aujourd'hui.

MA.

MAZAEL.

Quoi! vous avez enfin gagné cette victoire ?
Quoi! malgré fon amour, Hérode a pu vous croire?
Il vous la facrifie ! Il prend de vous des loix !

SALOME.

Je puis encor fur lui bien moins que tu ne crois.
Pour arracher de lui cette lente vengeance,
Il m'a falu choifir le tems de fon abfence.
Tant qu' Hérode en ces lieux demeuroit expofé
Aux charmes dangereux qui l'ont tyrannifé:
Mazaël, tu m'as vuë avec inquiétude,
Traîner de mon deftin la trifte incertitude.
Quand par mille détours affurant mes fuccès,
De fon cœur foupçonneux j'avois trouvé l'accès :
Quand je croyois fon ame à moi feule renduë,
Il voyoit Mariamne, & j'étois confonduë.
Un coup d'œil renverfoit ma brigue & mes deffeins,
La Reine a vu cent fois mon fort entre fes mains;
Et fi fa Politique avoit avec adreffe
D'un Epoux amoureux ménagé la tendreffe;
Cet ordre, cet Arrêt prononcé par fon Roi,
Ce coup que je lui porte auroit tombé fur moi.
Mais fon farouche orgueil a fervi ma vengeance;
J'ai fû mettre à profit fa fatale imprudence.
Elle a voulu fe perdre, & je n'ai fait enfin
Que lui lancer les traits qu'a préparé fa main.

Tu

Tu te fouviens affez de ce tems plein d'allarmes,
Lorfqu' un bruit fi funefte à l'efpoir de nos armes,
Apprit à l'Orient, étonné de fon fort,
Qu'Augufte étoit vainqueur, & qu'Antoine étoit mort.
Tu fais, comme à ce bruit nos peuples fe troublerent.
De l'Orient vaincu les Monarques tremblerent.
Mon Frere envelopé dans ce commun malheur,
Crut perdre fa Couronne avec fon Protecteur.
Il falut, fans s'armer d'une inutile audace,
Au Vainqueur de la Terre aller demander grace.
Rappelle en ton efprit ce jour infortuné;
Songe à quel defefpoir Hérode abandonné,
Vit fon époufe altiere, abhorrant fes approches,
Déteftant fes adieux, l'accablant de reproches,
Redemander encor en ce moment cruel,
Et le fang de fon Frere, & le fang paternel.
Hérode auprès de moi vient déplorer fa peine.
Je faifis cet inftant précieux à ma haine:
Dans fon cœur déchiré je repris mon pouvoir,
J'enflâmai fon couroux, j'aigris fon defefpoir,
J'empoifonnai le trait dont il fentoit l'atteinte;
Tu le vis plein de trouble & d'horreur & de crainte,
Jurer d'exterminer les reftes dangereux
D'un Sang toujours trop cher aux perfides Hébreux,
Et dès ce même inftant fa facile colere
Deshérita les Fils, & condamna la Mere.

Mais

Mais ſa fureur encor flattoit peu mes ſouhaits:
L'amour qui la cauſoit en repouſſoit les traits;
De ce fatal objet telle étoit la puiſſance;
Un regard de l'ingrate arrêtoit ſa vengeance.
Je preſſai ſon départ; il partit, & depuis
Mes Lettres chaque jour ont nourri ſes ennuis.
Ne voyant plus la Reine, il vit mieux ſon outrage;
Il eut honte en ſecret de ſon peu de courage:
De moment en moment ſes yeux ſe ſont ouverts,
J'ai levé le bandeau qui les avoit couverts·
Zarès, étudiant le moment favorable,
A peint à ſon eſprit cette Reine implacable,
Son credit, ſes amis, ces Juifs ſéditieux,
Du ſang Aſmonéen Partiſans factieux.
J'ai fait plus, j'ai moi-même armé ſa jalouſie.
Il a craint pour ſa gloire, il a craint pour ſa vie.
Tu ſais, que dès long-tems en butte aux trahiſons,
Son cœur de toutes parts eſt ouvert aux ſoupçons.
Il croit ce qu'il redoute, & dans ſa défiance
Il confond quelquefois le crime & l'innocence.
Enfin j'ai ſû fixer ſon couroux incertain,
Il a ſigné l'Arrêt, & j'ai conduit ſa main.

MAZAEL.

Il n'en faut point douter, ce coup eſt néceſſaire:
Mais avez-vous prévu, ſi ce Préteur auſtere,
Qui ſous les Loix d'Auguſte a remis cet Etat,
Verroit d'un œil tranquile un pareil attentat?

Varus,

Varus, vous le favez, eft ici votre Maître.

En vain le peuple Hébreux, prompt à vous reconnaître,

Tremble encor fous le poids de ce Trône ébranlé:

Votre pouvoir n'eft rien, fi Rome n'a parlé.

Avant qu'en ce Palais, des mains de Varus même,

Votre Frere ait repris l'Autorité fuprême,

Il ne peut fans bleffer l'orgueil du nom Romain,

Dans fes Etats encor agir en Souverain.

Varus fouffrira-t-il, que l'on ofe à fa vuë,

Immoler une Reine en fa garde reçuë?

Je connais les Romains; leur efprit irrité

Vengera le mépris de leur autorité.

Vous allez fur Hérode attirer la tempête;

Dans leurs fuperbes mains la foudre eft toujours prête,

Ces Vainqueurs foupçonneux font jaloux de leurs droits,

Et furtout leur orgueil aime à punir les Rois.

SALOME.

Non, non, l'heureux Hérode à Céfar a fû plaire;

Varus en eft inftruit, Varus le confidère.

Croyez-moi, ce Romain voudra le ménager;

Mais, quoiqu'il faffe enfin, fongeons à nous venger.

Je touche à ma grandeur, & je crains ma difgrace;

Demain, dès aujourd'hui, tout peut changer de face.

Qui fait même, qui fait, fi paffé ce moment

Je pourrai fatisfaire à mon reffentiment?

Qui vous a répondu, qu'Hérode en fa colere,

D'un efprit fi conftant jufqu'au bout perfevere?

Je

Je connais fa tendreffe, il la faut prévenir,
Et ne lui point laiffer le tems du repentir.
Qu'après Rome menace, & que Varus foudroye,
Leur couroux paffager troublera peu ma joye.
Mes plus grands ennemis ne font pas les Romains;
Mariamne en ces lieux eft tout ce que je crains.
Il faut que je périffe, ou que je la prévienne,
Et fi je n'ai fa tête, elle obtiendra la mienne.
Mais Varus vient à nous, il le faut éviter.
Zarès à mes regards devoit fe préfenter.
Je vais l'attendre, allez, & qu'aux moindres allarmes
Mes Soldats en fecret puiffent prendre les Armes.

SCENE II.

VARUS, ALBIN, MAZAEL, Suite de Varus.

VARUS.

Salome & Mazaël femblent fuir devant moi;
Dans leurs yeux étonnés je lis leur jufte effroi:
Le crime à mes regards doit craindre de paraître.
Mazaël, demeurez; mandez à votre Maître,
Que fes cruels deffeins font déja découverts:
Que fon Miniftre infâme eft ici dans les fers,
Et que Varus peut-être au milieu des fupplices
Eût dû faire expirer ce Monftre . . . & fes complices.
Mais

Mais je refpecte Hérode affez pour me flater,
Qu'il connaîtra le piége, où l'on veut l'arrêter,
Qu'un jour il punira les traîtres qui l'abufent,
Et vengera fur eux la Vertu qu'ils accufent.
Vous fi vous m'en croyez, pour lui, pour fon honneur,
Calmez de fes chagrins la honteufe fureur:
Ne l'empoifonnez plus de vos lâches maximes :
Songez, que les Romains font les vengeurs des crimes,
Que Varus vous connaît, qu'il commande en ces lieux,
Et que fur vos complots il ouvrira les yeux.
Allez, que Mariamne en Reine foit fervie,
Et refpectez fes loix, fi vous aimez la vie.

MAZAEL.

Seigneur . . .

VARUS.

Vous entendez mes ordres abfolus;
Obéïffez, vous dis-je, & ne repliquez plus.

❋✪✪✪✪✪✪✪✪✪✪✪✪✪✪✪✪✪❋

SCENE III.

VARUS, ALBIN.

VARUS.

Ainfi donc fans tes foins, fans ton avis fidelle
Mariamne expiroit fous cette main cruelle?

ALBIN.

ALBIN.

Le retour de Zarès n'étoit que trop fufpect,
Le foin myfterieux d'éviter votre afpect,
Son trouble, fon effroi fut mon premier indice.

VARUS.

Que ne te dois-je point pour un fi grand fervice!
C'eft par toi qu'elle vit : c'eft par toi que mon cœur
A goûté, cher Albin, ce folide bonheur,
Ce bien fi précieux pour un cœur magnanime,
D'avoir pû fecourir la Vertu qu'on opprime.

ALBIN.

Je reconnais Varus à ces foins généreux.
Votre bras fut toujours l'appui des malheureux.
Quand de Rome en vos mains vous portiez le Tonnerre,
Vous étiez occupé du bonheur de la Terre.
Puiffiez-vous feulement écouter en ce jour
Votre noble pitié plûtôt que votre amour!

VARUS.

Ah! faut-il donc l'aimer pour prendre fa défenfe?
Qui n'auroit comme moi chéri fon innocence?
Quel cœur indifférent n'iroit à fon fecours?
Et qui pour la fauver n'eût prodigué fes jours?

ALBIN.

Ainfi l'amour trompeur, dont vous fentez la flâme,
Se déguife en vertu pour mieux vaincre votre ame,
Et ce feu malheureux . . .

VARUS.

VARUS.

Je ne m'en defends pas,
L'infortuné Varus adore fes appas.
Je l'aime, il eſt trop vrai, mon ame toute nuë
Ne craint point, cher Albin, de paraître à ta vûë:
Juge fi fon péril a dû troubler mon cœur !
Moi, qui borne à jamais mes vœux à fon bonheur,
Moi, qui rechercherois la mort la plus affreufe,
Si ma mort un moment pouvoit la rendre heureufe.

ALBIN.

Seigneur, que dans ces lieux ce grand cœur eſt changé!
Qu'il venge bien l'amour qu'il avoit outragé !
Je ne reconnais plus ce Romain fi fevere,
Qui parmi tant d'objets empreſſés à lui plaire,
N'a jamais abaiſſé fes fuperbes regards
Sur ces Beautés que Rome enferme en fes remparts.

VARUS.

Ne t'en étonne point ; tu fais, que mon courage
A la feule vertu réferva fon hommage.
Dans nos murs corrompus ces coupables Beautés
Offroient de vains attraits à mes yeux révoltés.
Je fuyois leurs complots, leurs brigues éternelles,
Leurs amours paſſagers, leurs vengeances cruelles.
Je voyois leur orgueil, accru du deshonneur,
Se montrer triomphant fur leur front fans pudeur;
L'altiere ambition, l'intérêt, l'artifice,

La

La folle vanité, le frivole caprice,

Chez les Romains féduits prenans le nom d'amour,

Gouverner Rome entiere, & régner tour-à-tour.

J'abhorrois, il eft vrai, leur indigne conquête,

A leur joug odieux je dérobois ma tête ;

L'amour dans l'Orient fut enfin mon vainqueur.

De la trifte Syrie établi Gouverneur,

J'arrivai dans ces lieux, quand le droit de la guerre

Eut au pouvoir d'Augufte abandonné la Terre,

Et qu'Hérode à fes pieds au milieu de cent Rois,

De fon fort incertain vint attendre des loix.

Lieu funefte à mon cœur ! malheureufe Contrée !

C'eft-là que Mariamne à mes yeux s'eft montrée.

L'Univers étoit plein du bruit de fes malheurs,

Son parricide Epoux faifoit couler fes pleurs.

Ce Roi fi redoutable au refte de l'Afie,

Fameux par fes exploits & par fa jaloufie,

Prudent, mais foupçonneux ; vaillant, mais inhumain,

Au fang de fon beau-pere avoit trempé fa main.

Sur ce Trône fanglant il laiffoit en partage

A la fille des Rois la honte & l'efclavage.

Du fort qui la pourfuit tu connais la rigueur :

Sa vertu, cher Albin, furpaffe fon malheur.

Loin de la Cour des Rois la Vérité profcrite,

L'aimable Vérité fur fes lévres habite.

Son unique artifice eft le foin généreux

D'affurer des fecours aux jours des malheureux.

Son devoir eſt ſa loi, ſa tranquille innocence
Pardonne à ſon Tyran, mépriſe ſa vengeance,
Et près d'Auguſte encore implore mon appui,
Pour ce barbare Epoux qui l'immole aujourd'hui.

Tant de vertus enfin, de malheurs & de charmes,
Contre ma liberté ſont de trop fortes armes.
Je l'aime, cher Albin; mais non d'un fol amour
Que le caprice enfante & détruiſe en un jour;
Non d'une paſſion que mon ame troublée
Reçoive avidement par les ſens aveuglée;
Ce cœur qu'elle a vaincu ſans l'avoir amoli,
Par un amour honteux ne s'eſt point avili;
Et plein du noble feu, que ſa vertu m'inſpire,
Je prétends la venger, & non pas la ſéduire.

ALBIN.

Mais ſi le Roi, Seigneur, a fléchi les Romains,
S'il rentre en ſes Etats . . . . .

VARUS.

Et c'eſt ce que je crains.
Hélas! près du Sénat je l'ai ſervi moi-même.
Sans doute il a déja reçu ſon Diadême,
Et cet indigne Arrêt, que ſa bouche a dicté,
Eſt le premier eſſai de ſon autorité.
Ah! ſon retour ici lui peut être funeſte.
Mon pouvoir va finir, mais mon amour me reſte.
Reine, pour vous défendre on me verra périr;
L'Univers doit vous plaindre, & je dois vous ſervir.

Fin du premier Acte.

ACTE

ACTE II.

SCENE I.

SALOME, MAZAEL.

SALOME.

Enfin vous le voyez, ma haine est confonduë,
Mariamne triomphe, & Salome est perduë.
Zarès fut sur les eaux trop long-tems arrêté,
La mer alors tranquille à regret l'a porté.
Mais Hérode en partant pour son nouvel Empire,
Revole avec les vents vers l'objet qui l'attire;
Et des Mers & l'Amour, & Varus & le Roi,
Le Ciel, les Elémens, sont armés contre moi.
Fatale ambition que j'ai trop écoutée,
Dans quel abîme affreux m'as-tu précipitée!
Je vous l'avois bien dit, que dans le fond du cœur
Le Roi se repentoit de sa juste rigueur.
De son fatal penchant l'ascendant ordinaire
A révoqué l'Arrêt dicté dans sa colère.
J'en ai déja reçu les funestes avis;
Et Zarès à son Roi renvoïé par mépris,
Ne me laisse en ces lieux qu'une douleur stérile,
Qu'un opprobre éternel, & qu'un crime inutile.

I 3   Déja

Déja de ma Rivale adorant la faveur,
Le Peuple à ma difgrace infulte avec fureur.
Je verrai tout plier fous fa grandeur nouvelle;
Et mes faibles honneurs éclipfés devant elle,
Mais c'eft peu que fa gloire irrite mon dépit,
Ma mort va fignaler ma chûte & fon crédit.
Je ne me flatte point, je fai comme en fa place
De tous mes ennemis je confondrois l'audace.
Ce n'eft qu'en me perdant qu'elle pourra régner,
Et fon jufte couroux ne doit point m'épargner.
Cependant, ô contrainte! ô comble d'infamie!
Il faut donc qu'à fes yeux ma fierté s'humilie!
Je viens avec refpect effuyer fes hauteurs,
Et la féliciter fur mes propres malheurs.

MAZAEL.

Contre elle encor, Madame, il vous refte des armes;
J'ai toujours redouté le pouvoir de fes charmes,
J'ai toujours craint du Roi les fentimens fecrets;
Mais fi je m'en rapporte aux avis de Zarès,
La colere d'Hérode autrefois peu durable,
Eft enfin devenuë une haine implacable.
Il détefte la Reine, il a juré fa mort;
Et s'il fufpend le coup qui terminoit fon fort,
C'eft qu'il veut ménager fa nouvelle puiffance;
Et lui-même en ces lieux affurer fa vengeance.
Mais foit qu'enfin fon cœur en ce funefte jour,
Soit aigri par la haine, ou fléchi par l'amour,

C'eft

C'eft affez qu'une fois il ait profcrit fa tête.
Mariamne aifément groffira la tempête:
La foudre gronde encor: un Arrêt fi cruel
Va mettre entr'eux, Madame, un divorce éternel.
Vous verrez Mariamne à foi-même inhumaine,
Forcer le cœur d'Hérode à ranimer fa haine;
Irriter fon Epoux par de nouveaux dédains,
Et vous rendre les traits qui tombent de vos mains:
De fa perte en un mot, repofez-vous fur elle.

SALOME.

Non, cette incertitude eft pour moi trop cruelle.
Non, c'eft par d'autres coups que je veux la frapper:
Dans un piége plus fûr il faut l'enveloper.
Contre mes ennemis mon intérêt m'éclaire.
Si j'ai bien de Varus obfervé la colere,
Ce tranfport violent de fon cœur agité
N'eft point un fimple effet de générofité.
La tranquille pitié n'a point ce caractere.
La Reine a des appas, Varus a pu lui plaire.
Ce n'eft pas que mon cœur injufte en fon dépit,
Difpute à fa beauté cet éclat qui la fuit;
Que j'envie à fes yeux le pouvoir de leurs armes,
Ni ce flateur encens qu'on prodigue à fes charmes.

I 4   Qu'elle

Qu'elle goûte à loifir ce dangereux bonheur.
Moi, je veux de mon Roi partager la grandeur;
Je veux qu'à mon parti la Cour fe réuniffe,
Que fous mes volontés tout tremble, tout fléchiffe,
Voilà mes intérêts & mes vœux affidus.

Vous, obfervez la Reine, examinez Varus,
Faites veiller fur eux les regards mercenaires
De tous ces délateurs aujourd'hui néceffaires,
Qui vendent les fecrets de leurs Concitoyens,
Et dont cent fois les yeux ont éclairé les miens.
Mais, la voici. Pourquoi faut-il que je la voye!

* * * * * * * * * * * * * * * * * * * *

SCENE II.

MARIAMNE, ELISE, SALOME, MAZAEL, NABAL.

SALOME.

Je viens auprès de vous partager votre joye,
Rome me rend un Frere, & vous rend un Epoux
Couronné, tout-puiffant, & digne enfin de vous.
Son amour méprifé, fon trop de défiance,
Avoit contre vos jours allumé fa vengeance:
Mais ce feu violent s'eft bien-tôt confumé;
L'amour arma fon bras, l'amour l'a defarmé.
Ses triomphes paffés, ceux qu'il prépare encore,
Ce titre heureux de *Grand*, dont l'Univers l'honore,

Les

Les droits du Senat même à ses soins confiés,
Sont autant de présens qu'il va mettre à vos pieds.
Possedez désormais son ame & son Empire :
C'est ce qu'à vos vertus mon amitié desire ;
Et je vais par mes soins serrer l'heureux lien,
Qui doit joindre à jamais votre cœur & le sien.

MARIAMNE.

Je ne prétends de vous, ni n'attends ce service.
Je vous connais, Madame, & je vous rends justice.
Je sais par quels complots, je sai par quels détours,
Votre haine impuissante a poursuivi mes jours.
Jugeant de moi par vous, vous me craignez peut-être :
Mais vous deviez du moins apprendre à me connaître.
Ne me redoutez point ; je sais également
Dédaigner votre crime & votre châtiment.
J'ai vu tous vos desseins, & je vous les pardonne.
C'est à vos seuls remords que je vous abandonne ;
Si toutefois après de si lâches efforts,
Un cœur comme le vôtre écoute des remords,

SALOME.

Je n'ai point mérité cette injuste colere.
Ma conduite, mes soins, & l'aveu de mon frere,
Contre tous vos soupçons vont me justifier.

MARIAMNE.

Je vous l'ai déja dit, je veux tout oublier,
Dans l'état où je suis c'est assez pour ma gloire ;
Je puis vous pardonner, mais je ne puis vous croire.

I 5   MAZAEL.

MAZAEL.

J'ose ici, grande Reine, attester l'Eternel,
Que mes soins à regret. . . .

MARIAMNE.

Arrêtez, Mazaël,
Vos excuses pour moi sont un nouvel outrage.
Obéissez au Roi, voilà votre partage.
A mes Tyrans vendu, servez bien leur couroux,
Je ne m'abaisse pas à me plaindre de vous.

A Salome.

Je ne vous retiens point, & vous pouvez, Madame,
Aller apprendre au Roi les secrets de mon ame.
Dans son cœur aisément vous pouvez ranimer
Un couroux, que mes yeux dédaignent de calmer.
De tous vos délateurs armez la calomnie;
J'ai laissé jusqu'ici leur audace impunie,
Et je n'oppose encor à mes vils ennemis,
Qu'une vertu sans tache, & qu'un juste mépris.

MAZAEL.

Quel orgueil!

SALOME.

Il aura sa juste récompense,
Viens, c'est à l'Artifice à punir l'imprudence.

SCENE III.

MARIAMNE, ELISE, NABAL.

ELISE.

Ah! Madame, à ce point pouvez-vous irriter
Des Ennemis ardens à vous perfécuter!
La vengeance d'Hérode un moment fufpenduë,
Sur votre tête encor eft peut-être étenduë,
Et loin d'en détourner les redoutables coups,
Vous appellez la mort qui s'éloignoit de vous.
Vous n'avez plus ici de bras qui vous appuie.
Ce défenfeur heureux de votre illuftre vie,
Varus, aux Nations qui bornent cet Etat,
Ira porter bien-tôt les Ordres du Sénat.
Hélas! grace à fes foins, grace à vos bontés même,
Rome à votre Tyran donne un pouvoir fuprême:
Il revient plus terrible & plus fier que jamais,
Vous le verrez armé de vos propres bienfaits:
Vous dépendrez ici de ce fuperbe Maître,
D'autant plus dangereux qu'il vous aime peut-être;
Et que cet amour même aigri par vos refus. . .

MARIAMNE.

Chère Elife, en ces lieux faites venir Varus.
Je conçois vos raifons, j'en demeure frappée:
Mais d'un autre intérêt mon ame eft occupée;
Par de plus grands objets mes vœux font attirez.
Que Varus vienne ici; vous Nabal demeurez.

SCENE

* *

SCENE IV.

MARIAMNE, NABAL.

MARIAMNE.

Vos vertus, votre zéle, & votre expérience,
Ont acquis dès long-tems toute ma confiance.
Mon cœur vous est connu, vous savez mes desseins,
Et les maux que j'éprouve, & les maux que je crains,
Vous avez vu ma mere au desespoir réduite,
Me presser en pleurant d'accompagner sa fuite.
Son esprit agité d'une juste terreur,
Croit à tous les momens voir Hérode en fureur,
Encor tout dégoutant du sang de sa Famille,
Venir à ses yeux même assassiner sa fille.
Elle veut que mes fils portés entre nos bras,
S'éloignent avec nous de ces affreux Climats.
Les Vaisseaux des Romains, des bords de la Syrie
Nous ouvrent sur les eaux les chemins d'Italie.
J'attends tout de Varus, d'Auguste, des Romains,
Je sai qu'il m'est permis de fuir mes Assassins,
Que c'est le seul parti que le destin me laisse.
Toutefois en secret, soit vertu, soit faiblesse,
Prête à fuir un Epoux mon cœur frémit d'effroi,
Et mes pas chancelans s'arrêtent malgré moi.

NABAL.

Cet effroi généreux n'a rien que je n'admire,
Tout injuste qu'il est, la vertu vous l'inspire.

Ce

Ce cœur indépendant des outrages du fort,
Craint l'ombre d'une faute, & ne craint point la mort.
Bannissez toutefois ces allarmes secretes;
Ouvrez les yeux, Madame, & voyez où vous êtes.
C'est-là que répandu par les mains d'un Epoux,
Le sang de votre pere a rejailli sur vous.
Votre frere en ces lieux a vu trancher sa vie.
En vain de son trépas le Roi se justifie,
En vain César trompé l'en absout aujourd'hui,
L'Orient révolté n'en accuse que lui.
Regardez, consultez les pleurs de votre mere,
L'affront fait à vos fils, le sang de votre pere,
La cruauté du Roi, la haine de sa sœur,
Et (ce que je ne puis prononcer sans horreur,
Mais dont votre vertu n'est point épouvantée,)
La mort en ce jour même à vos yeux présentée.
    Enfin si tant de maux ne vous étonnent pas,
Si d'un front assuré vous marchez au trépas:
Du moins de vos Enfans embrassez la défense.
Le Roi leur a du Trône arraché l'espérance,
Et vous connaissez trop ces Oracles affreux,
Qui depuis si long-tems vous font trembler pour eux.
Le Ciel vous a prédit qu'une main étrangere
Devoit un jour unir vos fils à votre pere.
Un Arabe implacable a déja sans pitié
De cet Oracle obscur accompli la moitié.
Madame, après l'horreur d'un essai si funeste,
Sa cruauté, sans doute, accompliroit le reste.

Dans

Dans fes emportemens rien n'eft facré pour lui;
Eh! qui vous répondra, que lui-même aujourd'hui
Ne vienne executer fa fanglante menace,
Et des Afmonéens anéantir la race?
Il eft tems déformais de prévenir fes coups,
Il eft tems d'épargner un meurtre à votre Epoux,
Et d'éloigner du moins de ces tendres victimes
Le fer de vos Tyrans, & l'exemple des crimes.

    Nourri dans ce Palais près des Rois vos Ayeux,
Je fuis prêt à vous fuivre en tout tems, en tous lieux,
Partez, rompez vos fers, allez dans Rome même
Implorer du Sénat la juftice fuprême,
Remettre de vos fils la fortune en fa main,
Et les faire adopter par le Peuple Romain.
Qu'une vertu fi pure aille étonner Augufte.
Si l'on vante à bon droit fon régne heureux & jufte,
Si la Terre avec joye embraffe fes genoux,
S'il mérite fa gloire, il fera tout pour vous.

MARIAMNE.

Je vois qu'il n'eft plus tems, que mon cœur délibere;
Je cede à vos confeils, aux larmes de ma mere;
Aü danger de mes fils, au fort, dont les rigueurs
Vont m'entraîner peut-être en de plus grands malheurs.
Retournez chez ma mere, allez; quand la nuit fombre
Dans ces lieux criminels aura porté fon ombre,
Qu'au fond de mon Palais on me vienne avertir;
On le veut, il le faut; je fuis prête à partir.

SCENE

****

SCENE V.

MARIAMNE, VARUS, ELISE.

VARUS.

Je viens m'offrir, Madame, à vos ordres fuprêmes.
Vos volontés pour moi font les loix des Dieux mêmes.
Faut-il armer mon bras contre vos ennemis?
Commandez, j'entreprens: parlez & j'obéis.

MARIAMNE.

Je vous dois tout, Seigneur, & dans mon infortune
Ma douleur ne craint point de vous être importune,
Ni de folliciter par d'inutiles vœux,
Les bontés d'un Héros, l'appui des malheureux.
    Lorfqu'Hérode attendoit le Trône ou l'efclavage,
J'ofai long-tems pour lui briguer votre fuffrage.
Malgré fes cruautés, malgré mon defefpoir,
Malgré mes intérêts, j'ai fuivi mon devoir.
J'ai fervi mon Epoux; je le ferois encore.
Souffrez, que pour moi-même enfin je vous implore;
Souffrez, que je dérobe à d'inhumaines loix
Les reftes malheureux du pur fang de nos Rois.
J'aurois dû dès long-tems, loin d'un lieu fi coupable,
Demander au Sénat un azile honorable.
Mais, Seigneur, je n'ai pu dans les troubles divers,
Dont vos divifions ont rempli l'Univers,

Chercher

Chercher, parmi l'effroi, la Guerre & les ravages,
Un Port aux mêmes lieux d'où partoient les orages.
  Auguste, au Monde entier donne aujourd'hui la paix.
Sur toute la Nature il répand ses bienfaits.
Après les longs travaux d'une Guerre odieuse,
Ayant vaincu la Terre, il veut la rendre heureuse.
Du haut du Capitole il juge tous les Rois:
Et de ceux qu'on opprime il prend en main les droits
Qui peut à ses bontés plus justement prétendre,
Que mes faibles Enfans que rien ne peut défendre,
Et qu'une mere en pleurs amene auprès de lui,
Du bout de l'Univers implorer son appui?
Loin de ces lieux sanglants que le crime environne,
Je mettrai leur enfance à l'ombre de son Trône;
Ses généreuses mains pourront sécher nos pleurs.
Je ne demande point qu'il venge mes malheurs,
Que sur mes Ennemis son bras s'appesantisse:
C'est assez que mes fils, témoins de sa justice,
Formés par son exemple, & devenus Romains,
Apprennent à régner des Maitres des Humains.
Pour conserver les fils, pour consoler la mere,
Pour finir tous mes maux, c'est en vous que j'espere.
Je m'adresse à vous seul, à vous, à ce grand cœur,
De la simple vertu généreux Protecteur;
A vous, à qui je dois ce jour que je respire.
Seigneur, éloignez-moi de ce fatal Empire;
Donnez-moi dans la nuit des guides assurés,

           Jusques

Jufques fut vos Vaiffeaux dans Sidon préparés.
Vous ne répondez rien.   Que faut-il que je penfe
De ces fombres regards & de ce long filence?
Je vois que mes malheurs excitent vos refus.

VARUS.

Non, . . . je refpecte trop vos ordres abfolus.
Mes Gardes vous fuivront jufques dans l'Italie;
Difpofez d'eux, de moi, de mon cœur, de ma vie.
Fuyez le Roi.   Rompez vos nœuds infortunez.
Il eft affez puni, fi vous l'abandonnez.
Il ne vous verra plus, grace à fon injuftice,
Et je fens qu'il n'eft point de fi cruel fupplice . . .
Pardonnez-moi ce mot, il m'échappe à regret;
La douleur de vous perdre a trahi mon fecret.
Tout mon crime eft connu. Mais malgré ma faibleffe,
Songez que mon refpect égale ma tendreffe.
Le malheureux Varus ne veut que vous fervir,
Adorer vos vertus, vous venger & mourir.

MARIAMNE.

Je me flattois, Seigneur, & j'avois lieu de croire,
Qu'avec mes intérêts vous chériffiez ma gloire;
Et quand le grand Varus a confervé mes jours,
J'ai cru qu'à fa pitié je devois fon fecours.
Je ne m'attendois pas, que vous duffiez vous-même
Mettre aujourd'hui le comble à ma douleur extrême,
Ni que dans mes périls il me falût jamais
Rougir de vos bontés, & craindre vos bienfaits.

Ne penſez pas pourtant, qu'un diſcours qui m'offenſe
Vous ait rien dérobé de ma reconnaiſſance:
Ma conſtante amitié reſpecte encor Varus ;
J'oublierai votre flâme, & non pas vos vertus.
Je ne veux voir en vous qu'un Héros magnanime,
Qui juſqu'à ce moment mérita mon eſtime.
Un plus long entretien pourroit vous en priver,
Seigneur, & je vous fuis pour vous la conſerver.

SCENE VI.

VARUS, ALBIN.

ALBIN.

Vous vous troublez, Seigneur, & changez de viſage.

VARUS.

J'ai ſenti, je l'avouë, ébranler mon courage.
Ami, pardonne au feu, dont je ſuis conſumé,
Ces faibleſſes d'un cœur qui n'avoit point aimé.
Je ne connaiſſois pas tout le poids de ma chaîne,
Je la ſens à regret, je la romps avec peine.
Avec quelle douceur, avec quelle bonté,
Elle impoſoit ſilence à ma témerité !
Sans trouble & ſans couroux, ſa tranquille ſageſſe
M'apprenoit mon devoir, & plaignoit ma faibleſſe.
J'adorois, cher Albin, juſques à ſes refus.

J'ai

J'ai perdu l'espérance, & je l'aime encor plus.
A quelle épreuve, ô Dieux! ma constance est réduite!

ALBIN.

Etes-vous résolu de préparer sa fuite?

VARUS.

Quel emploi!

ALBIN.

Pourrez-vous respecter ses rigueurs
Jusques à vous charger du soin de vos malheurs?
Quel est votre dessein?

VARUS.

Moi, que je l'abandonne!
Que je désobéisse aux loix qu'elle me donne!
Non, non, mon cœur encore est trop digne du sien,
Marianne a parlé, je n'examine rien.
Que loin de ses Tyrans elle aille auprès d'Auguste,
Sa fuite est raisonnable & ma douleur injuste.
L'amour me parle en vain, je vole à mon devoir.
Je servirai la Reine, & même sans la voir.
Elle me laisse, au moins, la douceur éternelle
D'avoir tout entrepris, d'avoir tout fait pour elle.
Je brise ses liens, je lui sauve le jour;
Je fais plus, je lui veux immoler mon amour,
Et fuyant sa beauté, qui me séduit encore,
Egaler, s'il se peut, sa vertu que j'adore.

Fin du second Acte.

K 2 ACTE

* * * * * * * * * * * * * * * * * *

ACTE III.

SCENE I.

VARUS, NABAL, ALBIN, Suite de Varus.

NABAL.

Oui, Seigneur, en ces lieux l'heureux Hérode arrive.
Les Hébreux pour le voir ont volé sur la Rive.
Salome, qui craignoit de perdre son crédit,
Par ses conseils flateurs assiége son esprit.
Ses Courtisans en foule autour de lui se rendent:
Les palmes dans les mains, nos Pontifes l'attendent.
Idamas le devance, & député vers vous,
Il vient au nom d'Hérode embrasser vos genoux.
C'est ce même Idamas, cet Hébreu plein de zéle,
Qui toujours à la Reine est demeuré fidéle;
Qui sage Courtisan d'un Roi plein de fureur,
A quelquefois d'Hérode adouci la rigueur:
Bien-tôt vous l'entendrez. Cependant Mariamne
Au moment de partir s'arrête, se condamne;
Ce grand projet l'étonne, & prêt à le tenter,
Son austere vertu craint de l'executer.
Sa Mere est à ses pieds, & le cœur plein d'allarmes,
Lui présente ses Fils, la baigne de ses larmes:

La

La conjure en tremblant de preſſer ſon départ,
La Reine flotte, héſite, & partira trop tard.
C'eſt vous dont la bonté peut hâter ſa ſortie,
Vous avez dans vos mains la fortune & la vie
De l'objet le plus rare & le plus précieux,
Que jamais à la Terre ayent accordé les Cieux.
Protegez, conſervez une auguſte Famille ;
Sauvez de tant de Rois la déplorable Fille.
Vos Gardes ſont-ils prêts ? Puis-je enfin l'avertir ?

VARUS.

Oui, j'ai tout ordonné, la Reine peut partir.

NABAL.

Souffrez donc qu'à l'inſtant un Serviteur fidelle
Se prépare, Seigneur, à marcher après elle.

VARUS.

Allez, ſur mes Vaiſſeaux accompagnez ſes pas;
Ce ſéjour odieux ne la méritoit pas.
Qu'un dépôt ſi ſacré ſoit reſpecté des Ondes;
Que le Ciel attendri par ſes douleurs profondes,
Faſſe lever ſur elle un Soleil plus ſerein.
Et vous, Vieillard heureux, qui ſuivez ſon deſtin,
Des Serviteurs des Rois, ſage & parfait modelle,
Votre ſort eſt trop beau, vous vivrez auprès d'elle.

K 3   *SCENE*

SCENE II.

VARUS, ALBIN, Suite de Varus.

VARUS.

Mais déja le Roi vient.　Déja dans ce féjour,
Le fon de la trompette annonce fon retour.
Quel retour, juftes Dieux ! Que je crains fa préfence!
Le cruel peut d' un coup affurer fa vengeance.
Plût au Ciel que la Reine eût déja pour jamais
Abandonné ces lieux confacrés aux forfaits !
Hélas! je ne puis même accompagner fa fuite,
Plus je l'adore, & plus il faut que je l'évite.
C'eft un crime pour moi d'ofer fuivre fes pas,
Et tout ce que je puis . . . . mais je vois Idamas

* * * * * * * * * * * * * * * * * *

SCENE III.

VARUS, IDAMAS, ALBIN, Suite de Varus.

IDAMAS.

Avant que dans ces lieux mon Roi vienne lui-même
Recevoir de vos mains le facré Diadême,
Et vous foumettre un rang qu'il doit à vos bontés;
Seigneur, fouffrirez-vous ? . . .

VARUS.

VARUS.

Idamas, arrêtez.

Le Roi peut s'épargner ces frivoles hommages,
De l'amitié des Grands importuns témoignages,
D'un Peuple curieux trompeur amusement,
Qu'on étale avec pompe, & que le cœur dément.
Mais parlez; Rome enfin vient de vous rendre un Maître,
Hérode est Souverain, est-il digne de l'être?
La Reine en ce moment est-elle en sureté?
Et le sang innocent sera-t-il respecté?

IDAMAS.

Veuille le juste Ciel, formidable au parjure,
Ouvrir les yeux du Roi qu'aveugle l'imposture.
Mais qui peut pénétrer ses secrets sentimens,
Et de son cœur troublé les soudains mouvemens?
Il observe avec nous un silence farouche;
Le nom de Mariamne échappe de sa bouche.
Il menace, il soupire, il donne en frémissant
Quelques ordres secrets qu'il révoque à l'instant.
D'un sang qu'il détestoit Mariamne est formée;
Il la hait d'autant plus qu'il l'avoit trop aimée.
Le perfide Zarès par votre ordre arrêté,
Et par votre ordre enfin remis en liberté,
Artisan de la fraude, & de la calomnie,
De Salome avec soin servira la furie.
Mazaël en secret leur prête son secours.
Le soupçonneux Hérode écoute leurs discours:

Ils

Ils l'affiégent fans ceffe, & leur haine attentive
Tient toujours loin de lui la Vérité captive.
Ainfi ce Conquerant qui fit trembler les Rois,
Ce Roi dont Rome même admira les Exploits,
De qui la Renommée allarme encor l'Afie,
Dans fa propre Maifon voit fa gloire avilie.
Haï de fon Epoufe, abufé par fa Sœur,
Déchiré de foupçons, accablé de douleur,
J'ignore en ce moment le deffein qui l'entraîne.
Mais je le plains, Seigneur, & crains tout pour la Reine;
Daignez la protéger . . .

VARUS.

Il fuffit, Idamas,
La Reine eft en danger; Albin, fuivez mes pas;
Venez, c'eft à moi feul de fauver l'innocence.

IDAMAS.

Seigneur, ainfi du Roi vous fuirez la préfence?

VARUS.

Je fai, qu'en ce Palais je dois le recevoir,
Le Sénat me l'ordonne, & tel eft mon devoir:
Mais un autre intérêt, un autre foin m'anime;
Et mon premier devoir eft d'empêcher le crime.

Il fort.

IDAMAS.

Quels orages nouveaux ! quel trouble je prévoi !
Puiffant Dieu des Hébreux, changez le cœur du Roi.

SCENE

* *

SCENE IV.

HERODE, MAZAEL, IDAMAS,
Suite d' Hérode.

HERODE.

Eh quoi! Varus auſſi ſemble éviter ma vûë!
Quelle horreur devant moi s'eſt partout répanduë!
Ciel! ne puis-je inſpirer que la haine ou l'effroi?
Tous les cœurs des Humains ſont-ils fermés pour moi?
En horreur à la Reine, à mon Peuple, à moi-même,
A regret ſur mon front je vois le Diadême.
Hérode en arrivant, recueille avec terreur
Les chagrins dévorans qu'a ſemés ſa fureur.
Ah Dieu!

MAZAEL.

Daignez calmer ces injuſtes allarmes.

HERODE.

Malheureux, qu'ai-je fait?

MAZAEL.

Quoi! vous verſez des larmes?
Vous, ce Roi fortuné, ſi ſage en ſes deſſeins,
Vous, la terreur du Parthe, & l'ami des Romains?
Songez, Seigneur, ſongez, à ces noms pleins de gloire,
Que vous donnoient jadis Antoine & la Victoire.

K 5   Songez,

Songez, que près d'Augufte, appellé par fon choix,
Vous marchiez diftingué de la foule des Rois.
Revoyez à vos loix Jérufalem renduë,
Jadis par vous conquife, & par vous défenduë,
Reprenant aujourd'hui fa premiere fplendeur,
En contemplant fon Prince au faîté du bonheur.
Jamais Roi plus heureux dans la Paix, dans la Guerre...

HERODE.

Non, il n'eft plus pour moi de bonheur fur la Terre:
Le deftin m'a frappé de fes plus rudes coups,
Et pour comble d'horreurs, je les mérite tous.

IDAMAS.

Seigneur, m'eft-il permis de parler fans contrainte?
Ce Trône augufte & faint qu'environne la crainte,
Seroit mieux affermi s'il l'étoit par l'amour.
En faifant des heureux, un Roi l'eft à fon tour.
A d'éternels chagrins votre ame abandonnée,
Pourroit tarir d'un mot leur fource empoifonnée.
Seigneur, ne fouffrez plus, que d'indignes difcours
Ofent troubler la paix & l'honneur de vos jours,
Ni que de vils flateurs écartent de leur Maître,
Des cœurs infortunés qui vous cherchoient peut-être.
Bien-tôt de vos vertus, tout Ifraël charmé . . .

HERODE.

Eh! croyez-vous encor, que je puiffe être aimé?

MA·

MAZAEL.

Seigneur, à vos deffeins Zarès toujours fidéle,
Renvoyé près de vous, & plein d'un même zéle,
De la part de Salome attend pour vous parler.

HERODE.

Quoi ! tous deux fans relâche ils veulent m' accabler !
Que jamais devant moi ce Monftre ne paraiffe.
Je l'ai trop écouté. . . Sortez tous, qu'on me laiffe.
Ciel ! qui pourra calmer un trouble fi cruel ? . . .
Demeurez, Idamas; demeurez, Mazaël.

* *

SCENE V.

HERODE, MAZAEL, IDAMAS.

HERODE.

Eh bien ! voilà ce Roi fi fier & fi terrible !
Ce Roi dont on craignoit le courage infléxible,
Qui fut vaincre & régner, qui fut brifer fes fers,
Et dont la politique étonna l'Univers.
Qu'Hérode eft aujourd'hui différent de lui-même !

MAZAEL.

Tout adore à l'envi votre grandeur fuprême.

IDAMAS.

Un feul cœur vous réfifte, & l'on peut le gagner.

HERODE.

HERODE.

Non: je fuis un barbare, indigne de régner.

IDAMAS.

Votre douleur eft jufte, & fi pour Mariamne. . .

HERODE.

Et c'eft ce nom fatal, hélas! qui me condamne;
C'eft ce nom qui reproche à mon cœur agité
L'excès de ma faibleffe & de ma cruauté.

MAZAEL.

Seigneur, votre clémence augmente encor fa haine.
Elle fuit votre vûë.

HERODE.

Ah! j'ai cherché la fienne.

MAZAEL.

Qui? vous, Seigneur?

HERODE.

Eh quoi! mes tranfports furieux,
Ces pleurs que mes remords arrachent de mes yeux,
Ce changement foudain, cette douleur mortelle,
Tout ne te dit-il pas, que je viens d'auprès d'elle?
Toujours troublé, toujours plein de haine & d'amour,
J'ai trompé, pour la voir, une importune Cour.
Quelle entrevûë, ô Cieux! quels combats! quel fupplice!
Dans fes yeux indignés j'ai lu mon injuftice.
Ses regards inquiets n'ofoient tomber fur moi,
Et tout, jufqu'à mes pleurs, augmentoit fon effroi.

MA-

MAZAEL.

Seigneur, vous le voyez, fa haine envenimée
Jamais par vos bontés ne fera defarmée :
Vos refpects dangereux nourriffent fa fierté.

HERODE.

Elle me hait ! ah Dieu ! je l'ai trop mérité.
Je lui pardonne, hélas ! dans le fort qui l'accable,
De haïr à ce point un Epoux fi coupable.

MAZAEL.

Vous coupable ? Eh, Seigneur, pouvez-vous oublier
Ce que la Reine a fait pour vous juftifier ?
Ses mépris outrageans, fa fuperbe colere,
Ses defleins contre vous, les complots de fon Pere ?
Le fang, qui la forma, fut un fang ennemi ;
Le dangereux Hircan vous eût toujours trahi,
Et des Afmonéens la brigue étoit fi forte,
Que fans un coup d'Etat vous n'auriez pu . . .

HERODE.

N'importe.

Hircan étoit fon pere, il falloit l'épargner ;
Mais je n'écoutai rien que la foif de régner.
Ma politique affreufe a perdu fa Famille,
J'ai fait périr le Pere, & j'ai profcrit la Fille :
J'ai voulu la haïr, j'ai trop fu l'opprimer ;
Le Ciel pour m'en punir me condamne à l'aimer.

IDAMAS.

IDAMAS.

Seigneur, daignez m'en croire, une juste tendresse
Devient une vertu loin d'être une faiblesse:
Digne de tant de biens que le Ciel vous a faits,
Mettez votre amour même au rang de ses bienfaits.

HERODE.

Hirçan, Mânes sacrés, fureurs que je déteste!

IDAMAS.

Perdez-en pour jamais le souvenir funeste.

MAZAEL.

Puisse la Reine aussi l'oublier comme vous.

HERODE.

O Pere infortuné! plus malheureux Epoux!
Tant d'horreurs, tant de sang, le meurtre de son pere,
Les maux que je lui fais me la rendent plus chere.
Si son cœur, . . . si sa foi, . . . mais c'est trop différer,
Idamas, en un mot, je veux tout réparer.
Va la trouver; dis-lui que mon ame affervie,
Met à ses pieds mon Trône, & ma gloire & ma vie.
Je veux dans ses Enfans choisir un Successeur.
Des maux qu'elle a soufferts elle accuse ma Sœur;
C'en est assez; ma Sœur aujourd'hui renvoyée,
A ce cher intérêt fera sacrifiée.
Je laisse à Mariamne un pouvoir absolu.

MA-

MAZAEL.

Quoi! Seigneur, vous voulez . . .

HERODE.

Oui, je l'ai réfolu.

Oui, mon cœur déformais la voit, la confidere,
Comme un préfent des Cieux qu'il faut que je révére.
Que ne peut point fur moi l'amour qui m'a vaincu!
A Mariamne enfin je devrai ma vertu.
Il le faut avouer, on m'a vu dans l'Afie
Régner avec éclat, mais avec barbarie.
Craint, refpecté du Peuple, admiré, mais haï,
J'ai des adorateurs, & n'ai pas un ami.
Ma Sœur, que trop long-tems mon cœur a daigné croire,
Ma Sœur n'aima jamais ma véritable gloire.
Plus cruelle que moi dans fes fanglants projets,
Sa main faifoit couler le fang de mes Sujets,
Les accabloit du poids de mon Sceptre terrible:
Tandis qu'à leurs douleurs Mariamne fenfible,
S'occupant de leur peine, & s'oubliant pour eux,
Portoit à fon Epoux les pleurs des malheureux.
C'en eft fait. Je prétens, plus jufte & moins févére,
Par le bonheur public effayer de lui plaire.
Sion va refpirer fous un Régne plus doux;
Mariamne a changé le cœur de fon Epoux.

Mes

Mes mains loin de mon Trône écartant les allarmes,

Des Peuples opprimés vont essuyer les larmes.

Je veux sur mes Sujets régner en Citoïen,

Et gagner tous les cœurs, pour mériter le sien.

Va la trouver, te dis-je, & surtout à sa vûë

Peins bien le repentir de mon ame éperduë.

Dis-lui que mes remords égalent ma fureur.

Va, cours, vole, & reviens. Que vois-je! c'est ma Sœur.

    A Mazaël.

Sortez. . . Termine, ô Ciel ! les chagrins de ma vie.

* * * * * * * * * * * * * * * * * * *

SCENE VI.

HERODE, SALOME.

SALOME.

He bien, vous avez vû votre chere Ennemie,

Avez-vous essuyé des outrages nouveaux?

HERODE.

Madame, il n'est plus tems d'appesantir mes maux.

Je cherche à les finir. Ma rigueur implacable,

En me rendant plus craint, m'a fait plus miserable.

Assez & trop long-tems sur ma triste Maison,

La vengeance & la haine ont versé leur poison.

De la Reine & de vous les discordes cruelles

Seroient de mes tourmens les sources éternelles.

                                           Ma

Ma Sœur, pour mon repos, pour vous, pour toutes deux,

Eloignez-vous, partez, fuyez ces triftes lieux;

Il le faut.

SALOME.

Ciel, qu'entens-je! ah fatale Ennemie!

HERODE.

Un Roi vous le commande, un Frere vous en prie.

Que puiffe déformais ce Frere malheureux

N'avoir point à donner d'ordre plus rigoureux,

N'avoir plus fur les miens de vengeances à prendre,

De foupçons à former, ni de fang à répandre,

Ne perfécutez plus mes jours trop agitez.

Murmurez; plaignez-vous, plaignez-moi; mais partez.

SALOME.

Moi, Seigneur, je n'ai point de plaintes à vous faire;

Vous croyez mon exil & jufte & néceffaire;

A vos moindres defirs inftruite à confentir,

Lorfque vous commandez je ne fai qu'obéir.

Vous ne me verrez point, fenfible à mon injure,

Attefter devant vous le Sang & la Nature;

Sa voix trop rarement fe fait entendre aux Rois,

Et près des paffions le fang n'a point de droits.

Je ne vous vante plus cette amitié fincere,

Dont le zèle aujourd'hui commence à vous déplaire.

Je

Je rappelle encor moins mes services paſſés,
Je vois trop qu'un regard les a tous effacés.
Mais avez-vous penſé, que Mariamne oublie,
Qu'Hérode en ce jour même attenta ſur ſa vie?
Vous, qu'elle craint toujours, ne la craignez-vous plus?
Ses vœux, ſes ſentimens, vous ſont-ils inconnus?
Qui préviendra jamais, par des avis utiles,
De ſon cœur outragé les vengeances faciles?
Quels yeux intéreſſés à veiller ſur vos jours,
Pourront de ſes complots démêler les détours?
Son couroux aura-t-il quelque frein qui l'arrête?
Et penſez-vous enfin, que lorſque votre tête
Sera par vos ſoins même expoſée à ſes coups,
L'amour qui vous ſéduit lui parlera pour vous?
Quoi donc! tant de mépris, cette horreur inhumaine

HERODE.

Ah! laiſſez-moi douter un moment de ſa haine,
Laiſſez-moi me flatter de regagner ſon cœur,
Ne me détrompez point, reſpectez mon erreur.
Je veux croire, & je crois, que votre haine altiere
Entre la Reine & moi mettoit une barriére;
Que par vos cruautés ſon cœur s'eſt endurci,
Et que ſans vous enfin j'euſſe été moins haï.

SALOMÈ.

SALOME.

Si vous pouviez favoir, fi vous pouviez comprendre
A quel point. . .

HERODE.

Non, ma Sœur, je ne veux rien entendre;
Mariamne à fon gré peut menacer mes jours,
Ils me font odieux, qu'elle en tranche le cours.
Je périrai du moins d'une main qui m'eft chere.

SALOME.

Ah! c'eft trop l'épargner, vous tromper & me taire.
Je m'expofe à me perdre, & cherche à vous fervir,
Et je vais vous parler, duffiez-vous m'en punir.
Epoux infortuné! qu'un vil amour furmonte,
Connaiffez Mariamne, & voyez votre honte.
C'eft peu des fiers dédains dont fon cœur eft armé;
C'eft peu de vous haïr; . . . un autre en eft aimé.

HERODE.

Un autre en eft aimé! Pouvez-vous bien, barbare,
Soupçonner devant moi la vertu la plus rare?
Ma Sœur, c'eft donc ainfi que vous m'affaffinez?
Laiffez-vous pour adieux ces traits empoifonnez?
Ces flambèaux de difcorde, & la honte & la rage,
Qui de mon cœur jaloux font l'horrible partage?

L 2   Ma-

Mariamne . . . mais non, je ne veux rien favoir,
Vos confeils fur mon ame ont eu trop de pouvoir;
Je vous ai long-tems crue, & les Cieux m'en puniffent;
Mon fort étoit d'aimer des cœurs qui me haïffent;
Oui, c'eft moi feul ici que vous perfécutez.

SALOME.

Hé bien donc, loin de vous . . .

HERODE.

Non, Madame, arrêtez . . .
Un autre en eft aimé ! nommez-moi donc, cruelle,
Le fang que doit verfer ma vengeance nouvelle;
Pourfuivez votre ouvrage; achevez mon malheur.

SALOME.

Puifque vous le voulez . . .

HERODE.

Frappe, voilà mon cœur.
Dis-moi qui m'a trahi; mais quoiqu'il en puiffe être,
Songe que cette main t'en punira peut-être;
Oui, je te punirai de m'ôter mon erreur.
Parle, à ce prix . . .

SALOME.
N'importe.

HERODE.
Eh bien. . .

SALOME.
C'eft . . .

SCENE

SCENE VII.

HERODE, SALOME, MAZAEL.

MAZAEL.

Ah ! Seigneur,
Venez, ne souffrez pas que ce crime s'achève:
Votre Epouse vous fuit, & Varus vous l'enleve.

HERODE.

Mariamne ! Varus! où suis-je? justes Cieux!

MAZAEL.

Varus & ses Soldats sont sortis de ces lieux.
Il prépare à l'instant cette indigne retraite ;
Il place auprès des murs une escorte secrete.
Mariamne l'attend pour sortir du Palais,
Et vous allez, Seigneur, la perdre pour jamais.

HERODE.

Ah ! le charme est rompu, le jour enfin m'éclaire.
Venez, à son couroux connaissez votre Frere.
Surprenons l'infidelle, & vous allez juger,
S'il est encor Hérode, & s'il sait se venger.

Fin du troisiéme Acte.

L 3 ACTE

ACTE IV.

SCENE I.

SALOME, MAZAEL.

MAZAEL.

Jamais, je l'avouerai, plus heureuse apparence,
N'a d'un menfonge adroit foûtenu la prudence.
Ma bouche, auprès d'Hérode, avec dextérité
Confondoit l'artifice avec la vérité.
Mais lorfque fans retour Mariamne eft perduë,
Quand la faveur d'Hérode à vos yeux eft renduë,
Dans ces fombres chagrins qui peut donc vous plonger?
Madame, en fe vengeant le Roi va vous venger.
Sa fureur eft au comble, & moi-même je n'ofe
Regarder fans effroi les malheurs que je caufe.
Vous avez vû tantôt ce fpectacle inhumain;
Ces Efclaves tremblans, égorgés de fa main:
Près de leurs corps fanglans la Reine évanouïe;
Le Roi le bras levé, prêt à trancher fa vie;
Ses Fils baignés de pleurs, embraffant fes genoux,
En préfentant leur tête au-devant de fes coups.
Que vouliez-vous de plus? Que craignez-vous encore?

SALOME.

SALOME.

Je crains le Roi: je crains ces charmes qu'il adore,
Ce bras prompt à punir, prompt à se desarmer,
Cette colere enfin, facile à s'enflâmer;
Mais qui toujours douteuse, & toujours aveuglée,
En ces transports soudains s'est peut-être exhalée.
Mazaël, mon triomphe est encore incertain,
J'ai deux fois en un jour vû changer mon destin:
Deux fois j'ai vû l'amour succeder à la haine;
Et nous sommes perdus, s'il voit encore la Reine.

* *

SCENE II.

HERODE, SALOME, MAZAEL, Gardes.

MAZAEL.

Il vient: de quelle horreur il paraît agité!

SALOME.

Seigneur, votre vengeance est-elle en sureté?

MAZAEL.

Me préserve le Ciel que ma voix téméraire,
D'un Roi clément & sage irritant la colere,
Ose se faire entendre entre la Reine & lui:
Mais, Seigneur, contre vous Varus est son appui.
Non, ne vous vengez point; mais sauvez votre vie,
Prévenez de Varus l'indiscrete furie:

Ce

Ce fuperbe Préteur, ardent à tout tenter,
Se fait une vertu de vous perfecuter.

HERODE.

Ah! ma Sœur, à quel point ma flâme étoit trahie!
Venez contre une ingrate animer ma furie.
De ma douleur mortelle ayez quelque pitié,
Mon cœur n'attend plus rien que de votre amitié.
Hélas! plein d'une erreur, trop fatale & trop chere,
Je vous facrifiois au feul foin de lui plaire:
Je vous comptois déja parmi mes ennemis;
Je puniffois fur vous fa haine & fes mépris,
Ah! j'attefte à vos yeux ma tendreffe outragée,
Qu'avant la fin du jour vous en ferez vengée.
Je veux, furtout, je veux dans ma jufte fureur,
La punir du pouvoir qu'elle avoit fur mon cœur.
Hélas! jamais ce cœur ne brûla que pour elle;
J'aimai, je déteftai, j'adorai l'infidelle.
Et toi, Varus, & toi, faudra-t-il que ma main
Refpecte ici ton crime, & le fang d'un Romain?
Non, je te punirai dans un autre toi-même.
Tu verras cet objet qui m'abhorre & qui t'aime,
Cet objet à mon cœur jadis fi précieux,
Dans l'horreur des tourmens, expirant à tes yeux.
Que fur toi, s'il fe peut, tout fon fang rejailliffe.
Tu l'aimes, il fuffit, fa mort eft ton fupplice . . . .
Mais . . . croyez-vous qu'Augufte approuve ma rigueur?

SALOME.

SALOME.

Il la confeilleroit; n'en doutez point, Seigneur.
Augufte a des Autels où le Romain l'adore;
Mais de fes Ennemis le fang y fume encore.
Augufte à tous les Rois a pris foin d'enfeigner,
Comme il faut qu'on les craigne, & comme il faut régner.
Imitez fon exemple, affurez votre vie,
Tout condamne la Reine, & tout vous juftifie.

MAZAEL.

Ménagez cependant des momens précieux,
Et tandis que Varus eft abfent de ces lieux,
Que par lui, loin des murs, fa Garde eft difpofée,
Saififfez, achevez une vengeance aifée.

SALOME.

Mais furtout aux Hébreux cachez votre douleur;
D'un fpectacle funefte épargnez-vous l'horreur.
Loin de ces triftes lieux, témoins de votre outrage,
Fuyez de tant d'objets la douloureufe image.
Venez, Seigneur, venez au fond de mon Palais,
A vos efprits troublés daignez rendre la paix.

HERODE.

Non, ma Sœur, laiffez-moi la voir & la confondre.
Je veux l'entendre ici, la forcer à répondre;

L 5   Qu'elle

Qu'elle tremble en voyant l'appareil du trépas;
Qu'elle demande grace, & ne l'obtienne pas.

SALOME.

Quoi! Seigneur, vous voulez vous montrer à sa vûe!

HERODE.

Ah! ne redoutez rien. Sa perte est résoluë:
Vainement l'infidelle espere en mon amour;
Mon cœur à la clémence est fermé sans retour.
Loin de craindre ces yeux qui m'avoient trop sû plaire,
Je sens que sa présence aigrira ma colere.
Gardes, que dans ces lieux on la fasse venir;
Je ne veux que la voir, l'entendre, & la punir.
Ma Sœur, pour un moment, souffrez que je respire,
Qu'on appelle la Reine. Et vous qu'on se retire.

* *

SCENE III.

HERODE *seul.*

Tu veux la voir, Hérode, à quoi te résous-tu?
Conçois-tu les desseins de ton cœur éperdu?
Quoi! son crime à tes yeux n'est-il pas manifeste?
N'es-tu pas outragé? que t'importe le reste?

Quel

Quel fruit efpéres-tu de ce trifte entretien?

Ton cœur peut-il douter des fentimens du fien!

Hélas! tu fais affez combien elle t'abhorre.

Tu prétens te venger! Pourquôi vit-elle encore?

Tu veux la voir! ah! lâche, indigne de régner,

Va foupirer près d'elle, & cours lui pardonner . . .

Va voir cette Beauté fi long-tems adorée . . .

Non, elle périra; non, fa mort eft jurée.

Vous ferez répandu, fang de mes Ennemis,

Sang des Afmonéens dans fes veines tranfmis,

Sang qui me haïffez, & que mon cœur détefte.

Mais la voici. Grand Dieu! quel fpectacle funefte!

* * * * * * * * * * * * * * * * * * * *

SCENE IV.

MARIAMNE, HERODE, ELISE, Gardes.

ELISE.

Reprenez vos efprits, Madame, c'eft le Roi.

MARIAMNE.

Où fuis-je? où vais-je? ô Dieu! je me meurs . . je le vois.

HERODE.

D'où vient qu'à fon afpect mes entrailles frémiffent?

MARIAMNE.

Elife, foûtiens-moi, mes forces s'affaibliffent.

ELISE.

ELISE.

Avançons.

MARIAMNE.

Quel tourment!

HERODE.

Que lui dirai-je? ô Cieux!

MARIAMNE.

Pourquoi m'ordonnez-vous de paraître à vos yeux?
Voulez-vous de vos mains m'ôter ce faible reste
D'une vie à tous deux également funeste?
Vous le pouvez: frappez, le coup m'en fera doux,
Et c'est l'unique bien que je tiendrai de vous.

HERODE

Oui, je me vengerai, vous serez satisfaite.
Mais parlez; défendez votre indigne retraite.
Pourquoi, lorsque mon cœur si long tems offensé,
Indulgent pour vous seule, oublioit le passé:
Lorsque vous partagiez mon Empire & ma gloire,
Pourquoi prépariez-vous cette fuite si noire?
Quel dessein! quelle haine a pû vous posseder?

MARIAMNE.

Ah! Seigneur, est-ce à vous à me le demander?
Je ne veux point vous faire un reproche inutile:

Mais

Mais si loin de ces lieux j'ai cherché quelque azyle,
Si Mariamne enfin pour la premiere fois
Du pouvoir d'un Epoux méconnaissant les droits,
A voulu se soustraire à son obéïssance;
Songez à tous ces Rois dont je tiens la naissance,
A mes périls présens, à mes malheurs passez,
Et condamnez ma fuite après, si vous l'osez.

HERODE.

Quoi! lorsqu'avec un traître un fol amour vous lie;
Quand Varus . . . .

MARIAMNE.

     Arrêtez; il suffit de ma vie.
D'un si cruel affront cessez de me couvrir;
Laissez-moi chez les Morts descendre sans rougir.
N'oubliez pas du moins, qu'attachez l'un à l'autre,
L'hymen qui nous unit joint mon honneur au vôtre.
Voila mon cœur. Frappez. Mais en portant vos coups,
Respectez Mariamne, & même son Epoux.

HERODE.

Perfide! il vous sied bien de prononcer encore
Ce nom qui vous condamne & qui me deshonore!
Vos coupables dédains vous accusent assez,
Et je crois tout de vous, si vous me haïssez.

         MARI-

MARIAMNE

Quand vous me condamnez, quand ma mort est certaine,
Que vous importe, hélas! ma tendresse, ou ma haine?
Et quel droit désormais avez-vous sur mon cœur,
Vous, qui l'avez rempli d'amertume & d'horreur?
Vous, qui depuis cinq ans insultez à mes larmes,
Qui marquez sans pitié mes jours par mes allarmes?
Vous, de tous mes Parens destructeur odieux?
Vous, teint du sang d'un Pere expirant à mes yeux?
Cruel! ah! si du moins votre fureur jalouse
N'eut jamais attenté qu'aux jours de votre Epouse,
Les Cieux me sont témoins, que mon cœur tout à vous
Vous chériroit encor, en mourant par vos coups:
Mais qu'au moins mon trépas calme votre furie,
N'étendez point mes maux au-delà de ma vie;
Prenez soin de mes Fils, respectez votre sang;
Ne les punissez pas d'être nés dans mon flanc.
Hérode, ayez pour eux des entrailles de Pere,
Peut-être un jour, hélas! vous connaîtrez leur Mere.
Vous plaindrez, mais trop tard, ce cœur infortuné,
Que seul dans l'Univers vous avez soupçonné:
Ce cœur qui n'a point sû, trop superbe peut-être,
Déguiser ses douleurs, & ménager un Maître;

Mais

Mais qui jufqu'au tombeau conferva fa vertu,
Et qui vous eût aimé fi, vous l'aviez voulu.

H E R O D E.

Qu'ai je entendu? quel charme, & quel pouvoir fuprême
Commande à ma colere, & m'arrache à moi-même?
Mariamne . . .

M A R I A M N E.
Cruel!

H E R O D E.
. . . O faibleffe! ô fureur!

M A R I A M N E.

De l'état où je fuis voyez du moins l'horreur,
Otez-moi, par pitié cette odieufe vie.

H E R O D E.

Ah! la mienne à la vôtre eft pour jamais unie.
C'en eft fait: je me rends, banniffez votre effroi;
Puifque vous m'avez vû, vous triomphez de moi.
Vous n'avez plus befoin d'excufe & de défenfe,
Ma tendreffe pour vous vous tient lieu d'innocence.
En eft-ce affez, ô Ciel! en eft-ce affez, Amour?
C'eft moi qui vous implore, & qui tremble à mon tour.
Serez-vous aujourd'hui la feule inéxorable?
Quand j'ai tout pardonné, ferai-je encor coupable?

Mariamne

Mariamne, ceſſons de nous perſécuter;
Nos cœurs ne ſont-ils faits que pour ſe déteſter?
Nous faudra-t-il toujours redouter l'un & l'autre!
Finiſſons à la fois ma douleur & la vôtre.
Commençons ſur nous-même à régner en ce jour;
Rendez-moi votre main, rendez-moi votre amour.

MARIAMNE.

Vous demandez ma main! Juſte Ciel que j'implore,
Vous ſavez de quel ſang la ſienne fume encore.

HERODE.

Eh bien, j'ai fait périr & ton pere & mon Roi,
J'ai répandu ſon ſang pour régner avec toi.
Ta haine en eſt le prix, ta haine eſt légitime:
Je n'en murmure point, je connais tout mon crime,
Que dis-je? ſon trépas, l'affront fait à tes fils,
Sont les moindres forfaits que mon cœur ait commis.
Hérode a juſqu'à toi porté ſa barbarie;
Durant quelques momens je t'ai même haïe:
J'ai fait plus, ma fureur a pû te ſoupçonner,
Et l'effort des vertus eſt de me pardonner.
D'un trait ſi généreux ton cœur ſeul eſt capable;
Plus Hérode à tes yeux doit paraître coupable,

Plus ta grandeur éclate à respecter en moi

Ces nœuds infortunés qui m'unissent à toi.

Tu vois où je m'emporte, & quelle est ma faiblesse;

Garde-toi d'abuser du trouble qui me presse.

Cher & cruel objet d'amour & de fureur,

Si du moins la pitié peut entrer dans ton cœur,

Calme l'affreux desordre où mon ame s'égare.

Tu détournes les yeux . . . . Mariamne . . .

MARIAMNE.

Ah! barbare,

Un juste repentir produit-il vos transports?

Et pourrai-je en effet compter sur vos remords?

HERODE.

Oui, tu peux tout sur moi, si j'amollis ta haine.

Hélas! ma cruauté, ma fureur inhumaine,

C'est toi qui dans mon cœur as su la rallumer;

Tu m'as rendu barbare en cessant de m'aimer.

Que ton crime & le mien soient noyés dans mes larmes;

Je te jure. . . .

* *

SCENE V.

HERODE, MARIAMNE, ELISE, UN GARDE.

LE GARDE.

Seigneur, tout le Peuple est en armes,
Dans le sang des Bourreaux il vient de renverser
L'Echaffaut que Salome a déja fait dresser.
Au Peuple, à vos Soldats, Varus commande en Maître;
Il marche vers ces lieux, il vient, il va paraître.

HERODE.

Quoi! dans le moment même où je suis à vos pieds,
Vous auriez pu, perfide! . . .

MARIAMNE.

Ah! Seigneur, vous croiriez?..

HERODE.

Tu veux ma mort! eh bien, je vais remplir ta haine:
Mais au moins dans ma tombe il faut que je t'entraîne,
Et qu'unis malgré toi. . . Qu'on la garde, Soldats.

SCENE

* *

SCENE VI.

HERODE, MARIAMNE, SALOME,
MAZAEL, ELISE, Gardes.

SALOME.

Ah! mon frere, aux Hébreux ne vous préfentez pas.
Le Peuple foulevé demande votre vie.
Le nom de Mariamne excite leur furie;
De vos mains, de ces lieux, ils viennent l'arracher,

HERODE.

Allons. Ils me verront, & je cours les chercher.
De l'horreur où je fuis tu répondras, cruelle.
Ne l'abandonnez pas, ma fœur, veillez fur elle.

MARIAMNE.

Je ne crains point la mort; mais j'attefte les Cieux...

MAZAEL.

Eh! Seigneur, les Romains font déja fous vos yeux.

HERODE.

Courons..... Mais quoi! laiffer la coupable impunie!
Ah! je veux dans fon fang laver fa perfidie;
Je veux, j'ordonne, hélas! dans mon funefte fort,
Je ne puis rien réfoudre, & vais chercher la mort.

Fin du quatriéme Acte.

M 2   ACTE

* *

ACTE V.

SCENE I.

MARIAMNE, ELISE, Gardes.

MARIAMNE.

Eloignez-vous, Soldats, daignez laisser du moins
    Votre Reine un moment respirer sans témoins.
      Les Gardes se retirent au coin du Théâtre.

    Voilà donc, juste Dieu, quelle est ma destinée!
La splendeur de mon sang, la pourpre où je suis née,
Enfin ce qui sembloit promettre à mes beaux jours
D'un bonheur assuré l'inaltérable cours;
'Tout cela n'a donc fait que verser sur ma vie
Le funeste poison dont elle fut remplie.
O naissance! ô jeunesse! Et toi, triste beauté,
Dont l'éclat dangereux enfla ma vanité,
Flateuse illusion dont je fus occupée,
Vaine ombre de bonheur, que vous m'avez trompée!
Sous ce Trône coupable, un éternel ennui.

                         M'a

M'a creufé le tombeau que l'on m'ouvre aujourd'hui.

Dans les eaux du Jourdain j'ai vu périr mon Frere ;

Mon Epoux à mes yeux a maffacré mon Pere,

Par ce cruel Epoux condamnée à périr,

Ma vertu me reftoit ; on ofe la flétrir.

Grand Dieu ! dont les rigueurs éprouvent l'innocence,

Je ne demande point ton aide ou ta vengeance.

J'appris de mes Ayeux, que je fais imiter,

A voir la mort fans crainte, & fans la mériter.

Je t'offre tout mon fang. Défens aumoins ma gloire.

Commande à mes Tyrans d'épargner ma mémoire ;

Que le menfonge impur n'ofe plus m'outrager ;

Honorer la vertu c'eft affez la venger.

Mais quel tumulte affreux ! quels cris ! quelles allarmes !

Ce Palais retentit du bruit confus des armes.

Hélas ! j'en fuis la caufe, & l'on périt pour moi.

On enfonce la porte. Ah ! qu'eft-ce que je voi ?

SCENE

❀❀❀❀❀❀❀❀❀❀❀❀❀❀❀❀❀❀❀❀❀

SCENE II.

MARIAMNE, VARUS, ELISE, ALBIN,
Soldats d'Hérode, Soldats de Varus.

VARUS.

Fuyez, vils Ennemis qui gardez votre Reine,
Hébreux, disparaissez. Romains, qu'on les enchaîne.

Les Gardes & les Soldats d'Hérode s'en vont.

Venez, Reine, venez, secondez nos efforts:
Suivez mes pas, marchons dans la foule des Morts;
A vos Persécuteurs vous n'êtes plus livrée:
Ils n'ont pu de ces lieux me défendre l'entrée.
Dans son perfide sang Mazaël est plongé,
Et du moins à demi mon bras vous a vengé.
D'un instant précieux saisissez l'avantage.
Mettez ce front auguste à l'abri de l'orage.
Avançons.

MARIAMNE.

Non, Seigneur, il ne m'est plus permis,
D'accepter vos bontés contre mes Ennemis.
Après l'affront cruel, & la tache trop noire,
Dont les soupçons d'Hérode ont offensé ma gloire;

Je

Je les mériterois, si je pouvois souffrir
Cet appui dangereux que vous venez m'offrir.
Je crains votre secours, & non sa barbarie.
Il est honteux pour moi de vous devoir la vie ;
L'honneur m'en fait un crime. Il le faut expier,
Et j'attends le trépas pour me justifier.

VARUS.

Que faites-vous, hélas ! malheureuse Princesse !
Un moment peut vous perdre. On combat. Le tems presse.
Craignez encor Hérode, armé du desespoir.

MARIAMNE.

Je ne crains que la honte, & je sai mon devoir.

VARUS.

Quoi ! faudra-t-il toujours que Varus vous offense ?
Je vais donc, malgré-vous, servir votre vengeance.
Je cours à ce Tyran qu'en vain vous respectez,
Je revole au combat, & mon bras. . . .

MARIAMNE.

Arrêtez:
Je déteste un triomphe à mes yeux si coupable;
Seigneur, le sang d'Hérode est pour moi respectable.
C'est lui de qui les droits. . .

VARUS.

L'ingrat les a perdus.

MARIAMNE.

Par les nœuds les plus saints . . . .

VARUS.

Tous vos nœuds font rompus

MARIAMNE.

Le devoir nous unit.

VARUS.

Le crime vous sépare.
N'arrêtez plus mes pas. Vengez-vous d'un Barbare.
Sauvez tant de vertus . . . .

MARIAMNE,

Vous les deshonorez.

VARUS.

Il va trancher vos jours.

MARIAMNE.

Les fiens me font facrez.

VARUS.

Il a fouillé fa main du fang de votre Pere.

MARIAMNE.

Je fai ce qu'il a fait, & ce que je dois faire.
De fa fureur ici j'attends les derniers traits,
Et ne prends point de lui l'exemple des forfaits.

VARUS.

VARUS.

O courage ! ô conſtance ! ô cœur inébranlable !
Dieux ! que tant de vertus rend Hérode coupable !
Plus vous me commandez de ne point vous ſervir,
Et plus je vous promets de vous deſobéir.
Votre honneur s'en offenſe, & le mien me l'ordonne.
Il n'eſt rien qui m'arrête, il n'eſt rien qui m'étonne;
Et je cours réparer, en cherchant votre Epoux,
Ce tems que j'ai perdu ſans combattre pour vous.

MARIAMNE.

Seigneur . . .

❍❍❍❍❍❍❍❍❍❍❍❍❍❍❍❍

SCENE III.

MARIAMNE, ELISE,
Gardes.

MARIAMNE.

Mais il m'échappe, il ne veut point m'entendre.
Ciel ! ô Ciel ! épargnez le ſang qu'on va répandre:
Epargnez mes Sujets, épuiſez tout ſur moi:
Sauvez le Roi lui même.

❀✻❀

M 5 *SCENE*

SCENE IV.

MARIAMNE, ELISE, NABAL, Gardes.

MARIAMNE.

Ah! Nabal, eſt-ce toi?
Qu'as-tu fait de mes Fils, & que devient ma Mere!

NABAL.

Le Roi n'a point ſur eux étendu ſa colere.
Unique & triſte objet de ſes tranſports jaloux,
Dans ces extrêmités ne craignez que pour vous.
Le ſeul nom de Varus augmente ſa furie.
Si Varus eſt vaincu, c'eſt fait de votre vie.
Déja même, déja le barbare Zarès
A marché vers ces lieux, chargé d'ordres ſecrets.
Oſez paraître, oſez vous ſecourir vous-même.
Jettez-vous dans les bras d'un Peuple qui vous aime.
Faites voir Mariamne à ce Peuple abattu;
Vos regards lui rendront ſon antique vertu.
Appellons à grands cris nos Hébreux & nos Prêtres;
Tout Juda défendra le pur ſang de ſes Maîtres.
Madame, avec courage, il faut vaincre ou périr.
Daignez . . .

MA-

MARIAMNE.

Le vrai courage eſt de ſavoir ſouffrir,
Non d'aller exciter une foule rebelle,
A lever ſur ſon Prince une main criminelle.
Je rougirois de moi, ſi craignant mon malheur,
Quelques vœux pour ſa mort avoient ſurpris mon cœur,
Si j'avois un moment ſouhaité ma vengeance,
Et fondé ſur ſa perte un reſte d'eſpérance.
Nabal, en ce moment le Ciel met dans mon ſein
Un deſeſpoir plus noble, un plus digne deſſein.
Le Roi, qui me ſoupçonne, enfin va me connaître.
Au milieu du Combat on me verra paraître.
De Varus & du Roi j'arrêterai les coups;
Je remettrai ma tête aux mains de mon Epoux.
Je fuyois ce matin ſa vengeance cruelle;
Ses crimes m'exiloient, ſon danger me rappelle.
Ma gloire me l'ordonne, & prompte à l'écouter,
Je vais ſauver au Roi le jour qu'il veut m'ôter.

NABAL.

Hélas! où courez-vous? dans quel deſordre extrême?...

MARIAMNE.

Je ſuis perduë, hélas! c'eſt Hérode lui-même.

SCENE

✳✳✳✳✳✳✳✳✳✳✳✳✳✳✳✳✳

SCENE V.

HERODE, MARIAMNE, ELISE, NABAL, IDAMAS, Gardes.

HERODE.

Ils se font vus! ah, Dieu . . . . perfide, tu mourras.

MARIAMNE.

Pour la derniere fois, Seigneur, ne souffrez pas . . .

HERODE.

Sortez . . . Vous, qu'on la suive.

NABAL.

O justice éternelle!

SCENE

SCENE VI.

HERODE, IDAMAS,
Gardes.

HERODE.

Que je n'entende plus le nom de l'infidelle.
Eh bien! braves Soldats, n'ai-je plus d'Ennemis?

IDAMAS.

Les Romains font défaits, les Hébreux font foumis:
Varus, percé de coups vous céde la Victoire.
Ce jour vous a comblé d'une éternelle gloire,
Mais le fang de Varus, répandu par vos mains,
Peut attirer fur vous le couroux des Romains.
Songez-y bien, Seigneur, & qu'une telle offenfe . . .

HERODE.

De la coupable enfin, je vais prendre vengeance.
Je perds l'indigne objet que je n'ai pu gagner,
Et de ce feul moment je commence à régner.
J'étois trop aveuglé; ma fatale tendreffe
Etoit ma feule tache, & ma feule faibleffe.

Laiffons

Laiffons mourir l'ingrate: oublions fes attraits:
Que fon nom dans ces lieux s'efface pour jamais;
Que dans mon cœur furtout fa mémoire périffe;
Enfin tout eft-il prêt pour ce jufte fupplice?

IDAMAS.

Oui, Seigneur.

HERODE.

Quoi! fi-tôt on a pu m'obéir?
Infortuné Monarque! elle va donc périr?
Tout eft prêt, Idamas?

IDAMAS.

Vos Gardes l'ont faifie,
Votre vengeance, hélas! fera trop bien fervie.

HERODE.

Elle a voulu fa perte, elle a fû m'y forcer;
Que l'on me venge. Allons, il n'y faut plus penfer.
Hélas! j'aurois voulu vivre & mourir pour elle.
A quoi m'as-tu réduit, Epoufe criminelle?

SCENE

SCENE DERNIERE.

HERODE, IDAMAS, NABAL.

HERODE.

Nabal, où courez-vous ? Juste Ciel ! vous pleurez !
De crainte, en le voyant, mes sens sont pénétrez.

NABAL.

Seigneur . . .

HERODE.

Ah ! malheureux que venez-vous me dire ?

NABAL.

Ma voix en vous parlant, sur mes lévres expire.

HERODE.

Marianne . , .

NABAL.

O douleur ! ô regrets superflus !

HERODE.

Quoi ! c'en est fait ?

NABAL.

Seigneur, Marianne n'est plus.

HE-

HERODE.

Elle n'est plus? grand Dieu!

NABAL.

Je dois à sa mémoire,
A sa vertu trahie, à vous, à votre gloire,
De vous montrer le bien que vous avez perdu,
Et le prix de ce sang par vos mains répandu.
Non, Seigneur, non, son cœur n'étoit point infidelle.
Hélas! lorsque Varus a combattu pour elle,
Votre Epouse à mes yeux détestant son secours,
Voloit pour vous défendre au péril de ses jours.

HERODE.

Qu'entends-je! ah! malheureux! ah! désespoir extrême!
Nabal, que m'as-tu dit?

NABAL.

C'est dans ce moment même,
Où son cœur se faisoit ce généreux effort,
Que vos ordres cruels l'ont conduite à la mort.
Salome avoit pressé l'instant de son supplice.

HERODE

O Monstre, qu'à regret épargna ma justice!
Monstre, quels châtimens sont pour toi réservés?
Que ton sang, que le mien . . . . Ah! Nabal, achevez,
Achevez mon trépas par ce récit funeste.

NA-

NABAL.

Comment pourrai-je, hélas ! vous apprendre le reste ?
Vos Gardes de ces lieux ont ofé l'arracher.
Elle a fuivi leurs pas fans vous rien reprocher,
Sans affecter d'orgueil, & fans montrer de crainte.
La douce Majefté fur fon front étoit peinte.
La modefte innocence & l'aimable pudeur
Régnoient dans fes beaux yeux, ainfi que dans fon cœur.
Son malheur ajoûtoit à l'éclat de fes charmes.
Nos Prêtres, nos Hébreux dans les cris, dans les larmes,
Conjuroient vos Soldats, levoient les mains vers eux,
Et demandoient la mort avec des cris affreux.
Hélas ! de tous côtés, dans ce defordre extrême,
En pleurant Mariamne, on vous plaignoit vous-même.
L'on difoit hautement, qu'un Arrêt fi cruel
Accableroit vos jours d'un remords éternel.

HERODE.

Grand Dieu ! que chaque mot me porte un coup terrible !

NABAL.

Aux larmes des Hébreux Mariamne fenfible,
Confoloit tout ce Peuple, en marchant au trépas.
Enfin vers l'échaffaut on a conduit fes pas.
C'eft-là qu'en foulevant fes mains appefanties
Du poids affreux des fers indignement flétries :
„Cruel, a-t-elle dit, & malheureux Epoux !
„Mariamne en mourant ne pleure que fur vous.

„Puiſſiez-vous par ma mort finir vos injuſtices.

„Vivez, regnez heureux ſous de meilleurs auſpices;

„Voyez d'un œil plus doux mes Peuples & mes Fils;

„Aimez-les : je mourrai trop contente à ce prix.

En achevant ces mots, votre Epouſe innocente

Tend au fer des Bourreaux cette tête charmante,

Dont la Terre admiroit les modeſtes appas.

Seigneur, j'ai vu lever le parricide bras;

J'ai vû tomber . . .

HERODE.

Tu meurs, & je reſpire encore?

Mânes ſacrés, chere Ombre, Epouſe que j'adore,

Reſte pâle & ſanglant de l'objet le plus beau,

Je te ſuivrai du moins dans la nuit du tombeau.

Quoi! vous me retenez? Quoi! Citoyens perfides,

Vous arrachez ce fer à mes mains parricides!

Ma chere Mariamne, arme-toi, punis-moi,

Viens déchirer ce cœur qui brûle encor pour toi.

Je me meurs.   *Il tombe dans un fauteuil.*

NABAL.

De ſes ſens il a perdu l'uſage;

Il ſuccombe à ſes maux.

HERODE.

Quel funeſte nuage

S'eſt répandu ſoudain ſur mes eſprits troublés!

D'un ſombre & noir chagrin mes ſens ſont accablés.

D'où

D'où vient qu'on m'abandonne au trouble qui me gêne?
Je ne vois point ma Sœur, je ne vois point la Reine.
Vous pleurez, vous n'osez vous approcher de moi!
Triste Jerusalem, tu fuis devant ton Roi?
Qu'ai-je donc fait? Pourquoi fuis-je en horreur au monde?
Qui me délivrera de ma douleur profonde?
Par qui ce long tourment sera-t-il adouci;
Qu'on cherche Mariamne, & qu'on l'amene ici.

NABAL.

Mariamne, Seigneur!

HERODE.

     Oui: je sens que sa vûë
Va rendre un calme heureux à mon ame éperduë,
Toujours devant ses yeux que j'aime & que je crains
Mon cœur est moins troublé, mes jours sont plus serains.
Déja même à son nom mes douleurs s'affaiblissent,
Déja de mon chagrin les ombres s'éclaircissent,
Qu'elle vienne.

NABAL.

   Seigneur . . .

HERODE.

    Je veux la voir.

NABAL.

        Hélas!
Avez-vous pu, Seigneur, oublier son trépas?

     ·HE-

HERODE.

Cruel! que dites-vous?

NABAL.

La douleur le tranſporte:
Il ne ſe connait plus.

HERODE.

Quoi! Mariamne eſt morte?
Ah! funeſte Raiſon, pourquoi m'éclaires-tu?
Jour triſte, jour affreux, pourquoi m'es-tu rendu?
Lieux teints de ce beau ſang que l'on vient de répandre,
Murs que j'ai relevés, Palais, tombez en cendre,
Cachez ſous les débris de vos ſuperbes Tours,
La place où Mariamne a vu trancher ſes jours.
Quoi! Mariamne eſt morte, & j'en ſuis l'homicide!
Puniſſez, déchirez ce Monſtre parricide,
Armez-vous contre-moi, Sujets qui la perdez,
Tonnez, écraſez-moi, Cieux qui la poſſedez.

Fin du cinquiéme & dernier Acte.

L'IN.

L'INDISCRET
COMEDIE.

Bernigeroth Sc. Lips. 1746.

L'INDISCRET·

COMEDIE,

Représentée pour la premiere fois le Août

1 7 2 5.

＊ ＊ ＊ ＊ ＊ ＊ ＊ ＊ ＊ ＊ ＊ ＊ ＊ ＊ ＊ ＊ ＊ ＊ ＊

A MADAME
LA MARQUISE
DE PRIE.

Vous, qui poſſedez la beauté
Sans être vaine ni coquette ;
Et l'extrême vivacité,
Sans être jamais indiſcrette :
Vous, à qui donnerent les Dieux
Tant de lumieres naturelles,
Un eſprit juſte, gracieux,
Solide dans le ſérieux,
Et charmant dans les bagatelles ;
Souffrez, qu'on préſente à vos yeux
L'avanture d'un téméraire,
Qui perd ce qu'il aime le mieux,
Pour s'être vanté de trop plaire.

    Si l'Héroïne de la Piéce,
De PRIE, eût eu votre beauté,
On excuſeroit la faibleſſe
Qu'il eut de s'être un peu vanté.
Quel Amant ne ſeroit tenté
De parler de telle Maîtreſſe
Par un excès de vanité,
Ou par un excès de tendreſſe ?

N 4   ACTEURS.

ACTEURS.

EUPHÉMIE.

DAMIS.

HORTENSE.

TRASIMON.

CLITANDRE.

NÉRINE.

PASQUIN.

Plusieurs Laquais de Damis.

L'IN.

L'INDISCRET.
COMEDIE.

SCENE I.

EUPHE'MIE, DAMIS.

EUPHE'MIE.

N'Attendez pas, mon Fils, qu'avec un ton févére
Je déploye à vos yeux l'autorité de Mere.
Toujours prête à me rendre à vos juftes raifons,
Je vous donne un confeil, & non pas des leçons.
C'eft mon cœur qui vous parle, & mon expérience
Fait que ce cœur pour vous fe trouble par avance.
Depuis deux mois au plus vous êtes à la Cour,
Vous ne connaiffez pas ce dangereux féjour.
Sur un nouveau venu le Courtifan perfide
Avec malignité jette un regard avide;

Pénétre

Pénétre ſes défauts, & dès le premier jour,
Sans pitié le condamne, & même ſans retour.
Craignez de ces Meſſieurs la malice profonde.
Le premier pas, mon fils, que l'on fait dans le monde,
Eſt celui dont dépend le reſte de nos jours.
Ridicule une fois, on vous le croit toujours.
L'impreſſion demeure. En vain croiſſant en âge,
On change de conduite, on prend un air plus ſage,
On ſouffre encor long-tems de ce vieux préjugé:
On eſt ſuſpect encor lorſqu'on eſt corrigé;
Et j'ai vu quelquefois payer dans la vieilleſſe
Le tribut des défauts qu'on eut dans la jeuneſſe.
Connaiſſez donc le monde, & ſongez qu'aujourd'hui
Il faut que vous viviez pour vous moins que pour lui.

DAMIS.

Je ne ſais, où peut tendre un ſi long préambule.

EUPHÉMIE.

Je vois, qu'il vous paraît injuſte & ridicule.
Vous mépriſez des ſoins pour vous bien importans,
Vous m'en croirez un jour : il n'en ſera plus tems,
Vous êtes indiſcret. Ma trop longue indulgence
Pardonna ce défaut au feu de votre enfance;
Dans un âge plus mûr il cauſe ma frayeur:
Vous avez des talens, de l'eſprit & du cœur;
Mais croyez qu'en ce lieu tout rempli d'injuſtices,
Il n'eſt point de vertu qui rachete les vices,
Qu'on cite nos défauts en toute occaſion,

Que

Que le pire de tous eſt l'indiſcrétion,

Et qu'à la Cour, mon fils, l'Art le plus néceſſaire

N'eſt pas de bien parler, mais de ſavoir ſe taire.

Ce n'eſt pas en ce lieu, que la ſocieté

Permet ces entretiens remplis de liberté;

Le plus ſouvent ici l'on parle ſans rien dire,

Et les plus ennuyeux ſavent s'y mieux conduire.

Je connais cette Cour: on peut fort la blâmer;

Mais lorſqu'on y demeure il faut s'y conformer.

Pour les femmes ſurtout, plein d'un égard extrême,

Parlez-en rarement, encor moins de vous-même.

Paraiſſez ignorer ce qu'on fait, ce qu'on dit,

Cachez vos ſentimens, & même votre eſprit:

Surtout de vos ſecrets ſoyez toujours le maître:

Qui dit celui d'autrui doit paſſer pour un traître;

Qui dit le ſien, mon fils, paſſe ici pour un ſot;

Qu'avez-vous à répondre à cela?

D A M I S.

        Pas le mot,

Je ſuis de votre avis: je hais le caractere

De quiconque n'a pas le pouvoir de ſe taire;

Ce n'eſt pas là mon vice, & loin d'être entiché

Du défaut qui par vous m'eſt ici reproché,

Je vous avouë enfin, Madame, en confidence,

Qu'avec vous trop long-tems j'ai gardé le ſilence

Sur un fait dont pourtant j'aurois dû vous parler;

Mais ſouvent dans la vie il faut diſſimuler.

             Je

Je fuis Amant aimé d'une Veuve adorable,
Jeune, charmante, riche, auffi fage qu'aimable.
C'eft Hortenfe. A ce nom, jugez de mon bonheur,
Jugez, s'il étoit fu , de la vive douleur
De tous nos Courtifans qui foupirent pour elle.
Nous leur cachons à tous notre ardeur mutuelle.
L'amour depuis deux jours a ferré ce lien,
Depuis deux jours entiers, & vous n'en favez rien.

EUPHE'MIE.

Mais j'étois à Paris depuis deux jours.

DAMIS.

　　　　　　　　　　　　　　　　Madame,
On n'a jamais brûlé d'une fi belle flâme.
Plus l'aveu vous en plaît, plus mon cœur eft content,
Et mon bonheur s'augmente en vous le racontant.

EUPHE'MIE.

Je fuis fûre, Damis, que cette confidence
Vient de votre amitié, non de votre imprudence.

DAMIS.

En doutez-vous?

EUPHE'MIE.

　　　　　　　Eh! eh! . . . mais enfin entre nous,
Songez au vrai bonheur, qui vient s'offrir à vous;
Hortenfe a des appas ; mais de plus cette Hortenfe
Eft le meilleur Parti, qui foit pour vous en France.

DAMIS.

DAMIS.

Je le fai.

EUPHE'MIE.

D'elle feule elle reçoit des loix,
Et le don de fa main dépendra de fon choix.

DAMIS.

Et tant mieux.

EUPHE'MIE.

Vous faurez flatter fon caractere,
Ménager fon efprit.

DAMIS.

Je fais mieux, je fai plaire.

EUPHE'MIE.

C'eft bien dit; mais, Damis, elle fuit les éclats,
Et les airs trop bruyans ne l'accommodent pas.
Elle peut, comme une autre, avoir quelque faibleffe;
Mais jufques dans fes goûts elle a de la fageffe,
Craint furtout de fe voir en fpectacle à la Cour,
Et d'être le fujet de l'hiftoire du jour.
Le fecret, le myftere eft tout ce qui la flatte.

DAMIS.

Il faudra bien pourtant qu'enfin la chofe éclate.

EUPHE'MIE.

Mais près d'elle en un mot quel fort vous a produit?
Nul jeune homme jamais n'eft chez elle introduit.
Elle fuit avec foin, en perfonne prudente,
De nos jeunes Seigneurs la cohuë éclatante.

DAMIS.

DAMIS.

Ma foi chez elle encor je ne fuis point reçû,

Je l'ai long-tems lorgnée, & grace au Ciel, j'ai plu.

D'abord elle rendit mes Billets fans les lire;

Bien-tôt elle les lut, & daigne enfin m'écrire.

Depuis près de deux jours je goûte un doux efpoir,

Et je dois en un mot l'entretenir ce foir.

EUPHE'MIE.

Eh bien, je veux auffi l'aller trouver moi-même.

La mere d'un Amant qui nous plaît, qui nous aime,

Eft toujours, que je croi, reçuë avec plaifir.

De vous adraitement je veux l'entretenir,

Et difpofer fon cœur à preffer l'hymenée,

Qui fera le bonheur de votre deftinée.

Obtenez au plutôt & fa main & fa foi;

Je vous y fervirai; mais n'en parlez qu'à moi.

DAMIS.

Non, il n'eft point ailleurs, Madame, je vous jure,

Une mere plus tendre, une amitié plus pure;

A vous plaire à jamais je borne tous mes vœux.

EUPHE'MIE.

Soyez heureux, mon fils, c'eft tout ce que je veux.

SCENE

****

SCENE II.

DAMIS *seul.*

Ma mere n'a point tort, je fai bien, qu'en ce monde
Il faut, pour réuffir, une adreffe profonde.
Hors dix ou douze Amis à qui je puis parler,
Avec toute la Cour je vais diffimuler.
Çà pour mieux effayer cette prudence extrême,
De nos fecrets ici ne parlons qu'à nous-même.
Examinons un peu fans témoins, fans jaloux,
Tout ce que la Fortune a prodigué pour nous.
Je fuis dans une Cour, qu'une Reine nouvelle
Va rendre plus brillante, & plus vive & plus belle.
Je ne fuis pas trop vain; mais entre nous je croi
Avoir tout-a-fait l'air d'un favori du Roi.
Je fuis jeune, affez beau, vif, galant, fait à peindre,
Je fai plaire au beau Sexe, & furtout je fai feindre.
Colonel à treize ans, je penfe avec raifon,
Que l'on peut à trente ans m'honorer du bâton.
Heureux en ce moment, heureux en efperance,
Je garderai Julie, & vais avoir Hortenfe.
Poffeffeur une fois de toutes fes beautés
Je lui ferai par jour vingt infidélités;
Mais fans troubler en rien la douceur du ménage,
Sans être foupçonné, fans paraître volage,

Avec

Avec cet air aifé, que j'attrape fi bien,
Je vais être de-plus maître d'un très-gros bien.
Ah! que je vais tenir une table excellente!
Hortenfe a bien, je crois, cent mille francs de rente.
J'en aurai tout autant; mais d'un bien clair & net,
Que je vais deformais couper au Lanfquenet!

* *

S C E N E   III.

DAMIS, TRASIMON.

DAMIS.

Eh! bon jour, Commandeur.

TRASIMON.

Aye! ouf! on m'eftropie. . . .

DAMIS.

Embraffons-nous encor, Commandeur, je te prie.

TRASIMON.

Souffrez . . . .

DAMIS.

Que je t'étouffe une troifiéme fois.

TRASIMON.

Mais quoi?

DAMIS.

Déride un peu ce renfrogné minois.
Réjouïs-toi, je fuis le plus heureux des hommes.

TRASIMON.

TRASIMON.

Je venois pour vous dire . . . .

DAMIS.

Oh! parbleu tu m'affommes
Avec ce front glacé que tu portes ici.

TRASIMON.

Mais je ne prétens pas vous réjouir auffi.
Vous avez fur les bras une fâcheufe affaire.

DAMIS.

Eh! eh! pas fi fâcheufe.

TRASIMON.

Erminie & Valere
Contre vous en ces lieux déclament hautement:
Vous avez parlé d'eux un peu légerement;
Et même depuis peu le vieux Seigneur Horace
M'a prié . . . .

DAMIS.

Voilà bien de quoi je m'embarraffe.
Horace eft un vieux fou, plutôt qu'un vieux Seigneur,
Tout chamarré d'orgueil, pétri d'un faux honneur,
Affez bas à la Cour, important à la Ville,
Et non moins ignorant qu'il veut paraître habile.
Pour Madame Erminie, on fait affez comment
Je l'ai prife & quittée un peu trop brufquement.
Qu'elle eft aigre, Erminie, & qu'elle eft tracaffiere!
Pour fon petit Amant mon cher Ami Valere,

Tu

Tu le connais un peu: parle; as-tu jamais vu
Un efprit plus guindé, plus gauche, plus tortu?...
A propos, on m'a dit hier en confidence,
Que fon grand frere aîné, cet homme d'importance,
Eft reçu chez Clarice avec quelque faveur,
Que la groffe Comteffe en creve de douleur.
Et toi, vieux Commandeur, comment va la tendreffe?

TRASIMON.

Vous favez, que le Sexe affez peu m'intéreffe.

DAMIS.

Je ne fuis pas de même, & le Sexe, ma foi,
A la Ville, à la Cour, me donne affez d'emploi.
Ecoute, il faut ici que mon cœur te confie
Un fecret dont dépend le bonheur de ma vie.

TRASIMON.

Puis-je vous y fervir?

DAMIS.

Toi? point du tout.

TRASIMON.

Eh bien,

Damis, s'il eft ainfi ne m'en dites donc rien.

DAMIS.

Le droit de l'amitié ...

TRASIMON.

C'eft cette amitié même
Qui me fait éviter avec un foin extrême

Le

Le fardeau d'un secret au hazard confié,
Qu'on me dit par faibleſſe, & non par amitié,
Dont tout autre que moi feroit dépoſitaire,
Qui de mille ſoupçons eſt la ſource ordinaire,
Et qui peut nous combler de honte & de dépit,
Moi d'en avoir trop ſu, vous d'en avoir trop dit.

DAMIS.

Malgré toi, Commandeur, quoique tu puiſſes dire,
Pour te faire plaiſir je veux du moins te lire
Le Billet qu'aujourd'hui . . . . .

TRASIMON.

Par quel empreſſement . . .

DAMIS.

Ah! tu le trouveras écrit bien tendrement.

TRASIMON.

Puiſque vous le voulez enfin . . . .

DAMIS.

C'eſt l'Amour même,
Ma foi, qui l'a dicté. Tu verras, comme on m'aime.
La main, qui me l'écrit, le rend d'un prix . . . vois-tu . . . .
Mais d'un prix . . . eh! morbleu, je crois l'avoir perdu.
Je ne le trouve point. . . Holà, la Fleur, la Brie!

O 2 *SCENE*

* * * * * * * * * * * * * * * * * * * *

SCENE IV.

DAMIS, TRASIMON, plusieurs Laquais.

Un Laquais.

Monseigneur?

DAMIS.

Remontez vîte à la Gallerie,
Retournez chez tous ceux que j'ai vu ce matin:
Allez chez ce vieux Duc . . . ah! je le trouve enfin,
Ces Marauds l'ont mis-là par pure étourderie.

A ses Gens.

Laissez-nous. Commandeur, écoute, je te prie.

* *

SCENE V.

DAMIS, TRASIMON, CLITANDRE, PASQUIN.

CLITANDRE *à Pasquin tenant un Billet à la main.*

Oui, tout le long du jour demeure en ce Jardin:
Observe tout, vois tout, redis-moi tout, Pasquin;
Rends-moi compte, en un mot, de tous les pas d'Hortense.

SCENE

* * * * * * * * * * * * * * * * *

SCENE VI.

DAMIS, TRASIMON, CLITANDRE.

CLITANDRE.

Ah! je saurai . . . .

DAMIS.

Voici le Marquis qui s'avance.

Bonjour, Marquis.

CLITANDRE *un Billet à la main.*

Bonjour.

DAMIS.

Qu'as-tu donc aujourd'hui?

Sur ton front à longs traits qui diable a peint l'ennui?

Tout le monde m'aborde avec un air si morne,

Que je crois . . .

CLITANDRE *bas.*

Ma douleur, hélas! n'a point de borne.

DAMIS.

Que marmotes-tu-là!

CLITANDRE *bas.*

Que je suis malheureux!

DAMIS.

Çà, pour vous égayer, pour vous plaire à tous deux,

Le Marquis entendra le Billet de ma Belle.

CLITANDRE *bas en regardant le Billet qu'il a entre les mains.*

Quel congé! quelle Lettre! Hortense . . . ah! la cruelle!

O 3   DAMIS

DAMIS *à Clitandre.*

C'eſt un Billet à faire expirer un Jaloux.

CLITANDRE.

Si vous êtes aimé, que votre ſort eſt doux!

DAMIS.

Il le faut avouer, les Femmes de la Ville,
Ma foi, ne ſavent point écrire de ce ſtile.

Il lit.

„Enfin je cede aux feux dont mon cœur eſt épris;
„Je voulois le cacher; mais j'aime à vous le dire.
„Eh! pourquoi ne vous point écrire
„Ce que cent fois mes yeux vous ont ſans doute appris?
„Oui, mon cher Damis, je vous aime,
„D'autant plus que mon cœur peu propre à s'enflâmer,
„Craignant votre jeuneſſe, & ſe craignant lui-même,
„A fait ce qu'il a pu pour ne vous point aimer.
„Puiſſai-je, après l'aveu d'une telle faibleſſe,
„Ne me la jamais reprocher!
„Plus je vous montre ma tendreſſe,
„Et plus à tous les yeux vous devez la cacher.

TRASIMON.

Vous prenez très-grand ſoin d'obéïr à la Dame,
Sans doute, & vous brûlez d'une diſcrete flâme.

CLITANDRE.

Heureux, qui d'une femme adorant les appas,
Reçoit de tels Billets & ne les montre pas.

DAMIS.

DAMIS.

Vous trouvez donc la Lettre. . . .

TRASIMON.

Un peu forte.

CLITANDRE.

Adorable.

DAMIS.

Celle qui me l'écrit eſt cent fois plus aimable.
Que vous feriez charmés ſi vous ſaviez ſon nom!
Mais dans ce Monde il faut de la diſcrétion.

TRASIMON.

Oh! nous n'exigeons point de telle confidence.

CLITANDRE.

Damis, nous nous aimons ; mais c'eſt avec prudence.

TRASIMON.

Loin de vouloir ici vous forcer de parler . . .

DAMIS.

Non, je vous aime trop pour rien diſſimuler.
Je vois que vous penſez, & la Cour le publie,
Que je n'ai d'autre affaire ici qu'avec Julie.

CLITANDRE.

Il eſt vrai, qu'on le dit.

DAMIS.

On a quelque raiſon,
Mais vous auriez de moi méchante opinion,
Si je me contentois d'une ſeule Maîtreſſe.
J'aurois trop à rougir de pareille faibleſſe.

Q 4   A Julie

A Julie en public je parais attaché;
Mais, par ma foi, j'en fuis très faiblement touché.

TRASIMON.

Ou fort, où faiblement, il ne m'importe guere.

DAMIS.

La Julie eſt coquette, & paraît bien legere.
L'autre eſt très-différente; & c'eſt folidement
Que je l'aime.

CLITANDRE.

Enfin donc cet objet ſi charmant...

DAMIS.

Vous m'y forcez, allons, il faut bien vous l'apprendre.
Regarde ce Portrait, mon cher ami Clitandre.
Çà, dis-moi, ſi jamais tu vis de tes deux yeux
Rien de plus adorable & de plus gracieux?
C'eſt Macé qui l'a peint, c'eſt tout dire, & je penſe
Que tu reconnaîtras...

CLITANDRE.

Juſte Ciel! c'eſt Hortenſe?

DAMIS.

Pourquoi t'en étonner?

TRASIMON.

Vous oubliez, Monſieur,
Qu'Hortenſe eſt ma Couſine, & chérit ſon honneur,
Et qu'un pareil aveu....

DAMIS.

DAMIS.

Vous nous la donnez bonne.
J'ai fix Coufines, moi, que je vous abandonne :
Et je vous les verrois lorgner, tromper, quitter,
Imprimer leurs Billets, fans m'en inquiéter.
Il nous feroit beau voir, dans nos humeurs chagrines,
Prendre avec foin fur nous l'honneur de nos Coufines.
Nous aurions trop à faire à la Cour, & ma foi,
C'eft affez que chacun réponde ici pour foi.

TRASIMON.

Mais Hortenfe, Monfieur . . .

DAMIS.

Eh bien, oui, je l'adore.
Elle n'aime que moi, je vous le dis encore,
Et je l'épouferai pour vous faire enrager.

CLITANDRE *à part.*

Ah! plus cruellement pouvoit-on m'outrager?

DAMIS.

Nos nôces, croyez-moi, ne feront point fecretes ;
Et vous n'en ferez pas, tout Coufin que vous êtes.

TRASIMON.

Adieu, Monfieur Damis, on peut vous faire voir,
Que fur une Coufine on a quelque pouvoir.

SCENE

* * * * * * * * * * * * * * * * * * *

SCENE VII.

DAMIS, CLITANDRE.

DAMIS.

Que je hais ce Censeur, & son air pédantesque,
Et tous ces faux éclats de vertu romanesque !
Qu'il est sec ! qu'il est brute, & qu'il est ennuyeux!
Mais tu vois ce Portrait d'un œil bien curieux.

CLITANDRE *à part.*

Comme ici de moi-même il faut que je sois maître,
Qu'il faut dissimuler !

DAMIS.

       Tu remarques peut-être,
Qu'au coin de cette Boëte il manque un des Brillans:
Mais tu sais, que la Chasse hier dura long-tems.
A tout moment on tombe, on se heurte, on s'acroche.
J'avois quatre portraits balottés dans ma poche.
Celui-ci par malheur fut un peu maltraité,
La Boëte s'est rompuë, un Brillant a sauté.
Parbleu, puisque demain tu t'en vas à la ville,
Passe chez la Frenaye; il est cher, mais habile :
Choisis comme pour toi l'un de ses Diamans.
Je lui dois, entre nous, plus de vingt mille francs.
Adieu; ne montre aumoins ce Portrait à personne.

CLI·

CLITANDRE *à part.*

Où fuis-je?

DAMIS.

Adieu, Marquis, à toi je m'abandonne.
Sois difcret.

CLITANDRE *à part.*

Se peut-il? . . .

DAMIS *revenant.*

J'aime un ami prudent.
Va, de tous mes fecrets tu feras confident.
Eh! peut-on poffèder ce que le cœur defire,
Etre heureux, & n'avoir perfonne à qui le dire?
Peut-on garder pour foi, comme un dépôt facré,
L'infipide plaifir d'un amour ignoré?
C'eft n'avoir point d'amis qu'être fans confiance.
C'eft n'être point heureux que de l'être en filence.
Tu n'as vu qu'un Portrait & qu'un feul Billet doux.

CLITANDRE.

Eh bien?

DAMIS.

L'on m'a donné, mon cher, un rendez-vous.

CLITANDRE *à part.*

Ah! je fremis.

DAMIS.

Ce foir, pendant le Bal qu'on donne,
Je dois, fans être vu, ni fuivi de perfonne,
Entretenir Hortenfe, ici, dans ce Jardin.

CLI-

CLITANDRE.

Voici le dernier coup. Ah ! je fuccombe enfin.

DAMIS.

Là, n'es-tu pas charmé de ma bonne fortune?

CLITANDRE.

Hortenfe doit vous voir?

DAMIS.

Oui, mon cher, fur la brune:
Mais le Soleil qui baiffe, amene ces momens,
Ces momens fortunés defirés fi long-tems.
Adieu. Je vais chez toi rajufter ma parure,
De deux livres de poudre orner ma chevelure,
De cent parfums exquis mêler la douce odeur:
Puis paré, triomphant, tout plein de mon bonheur,
Je reviendrai foudain finir notre avanture.
Toi, rode près d'ici, Marquis, je t'en conjure.
Pour te faire un peu part de ces plaifirs fi doux,
Je te donne le foin d'écarter les jaloux.

* * * * * * * * * * * * * * * * * *

SCENE VIII.

CLITANDRE *feul.*

Ai-je affez retenu mon trouble & ma colere?
Hélas! après un an de mon amour fincere,
Hortenfe en ma faveur enfin s'attendriffoit;
Las de me réfifter, fon cœur s'amolliffoit.
Damis en un moment la voit, l'aime, & fait plaire.

Ce

Ce que n'ont pu deux ans, un moment l'a fû faire :

On le prévient ! On donne à ce jeune éventé

Ce Portrait que ma flâme avoit tant mérité.

Il reçoit une Lettre . . . . Ah ! celle qui l'envoye

Par un pareil Billet m'eût fait mourir de joye :

Et pour combler l'affront dont je fuis outragé,

Ce matin par écrit j'ai reçu mon congé.

De cet écervelé la voilà donc coëffée !

Elle veut à mes yeux lui fervir de trophée.

Hortenfe, ah ! que mon cœur vous connaiffoit bien mal !

* * * * * * * * * * *,* * * * * * * *

SCENE IX.

CLITANDRE, PASQUIN.

CLITANDRE.

Enfin, mon cher Pafquin, j'ai trouvé mon Rival.

PASQUIN.

Hélas ! Monfieur, tant pis.

CLITANDRE.

C'eft Damis que l'on aime ;

Oui, c'eft cet étourdi.

PASQUIN.

Qui vous l'a dit ?

CLITANDRE

Lui-même.

L'indifcret à mes yeux de trop d'orgueil enflé,

Vient fe vanter à moi du bien qu'il m'a volé.

Vois

Vois ce Portrait, Pafquin. C'eft par vanité pure
Qu'il confie à mes mains cette aimable peinture.
C'eft pour mieux triompher. Hortenfe! eh! qui l'eût crû,
Que jamais près de vous Damis m'auroit perdu?

PASQUIN.

Damis eft bien joli.

CLITANDRE *prenant Pafquin à la gorge.*

Comment? tu prétends, traître,
Qu'un jeune fat . . . .

PASQUIN.

Aye, ouf! il eft vrai que peut être . . .
Eh! ne m'étranglez pas. Il n'a que du caquet . . .
Mais fon air . . . entre nous, c'eft un vrai freluquet.

CLITANDRE.

Tout freluquet qu'il eft, c'eft lui qu'on me préfere.
Il faut montrer ici ton adreffe ordinaire,
Pafquin, pendant le Bal que l'on donne ce foir,
Hortenfe & mon Rival doivent ici fe voir;
Confole-moi, fers moi, rompons cette partie.

PASQUIN.

Mais, Monfieur . . .

CLITANDRE.

Ton efprit eft rempli d'induftrie.
Tout eft à toi. Voilà de l'or à pleines mains.
D'un Rival imprudent dérangeons les deffeins.

Tandis

Tandis qu'il va parer fa petite perfonne,
Tâchons de lui voler les momens qu'on lui donne.
Puifqu'il eft indifcret il en faut profiter :
De ces lieux en un mot il le faut écarter.

PASQUIN.

Croyez-vous me charger d'une facile affaire?
J'arrêterois, Monfieur, le cours d'une Riviere,
Un Cerf dans une Plaine, un Oifeau dans les airs,
Un Poëte entêté qui recite fes Vers,
Une Plaideufe en feu qui crie à l'injuftice,
Un Manceau tonfuré, qui court un Bénéfice,
La tempête, le vent, le tonnerre & fes coups,
Plutôt qu'un petit Maître allant en rendez-vous.

CLITANDRE.

Veux-tu m'abandonner à ma douleur extrême?

PASQUIN.

Attendez.　Il me vient en tête un ftratagême.
Hortenfe ni Damis ne m'ont jamais vu?

CLITANDRE.

Non.

PASQUIN.

Vous avez en vos main un fien Portrait?

CLITANDRE.

Oui.

PASQUIN.

Bon.

Vous avez un Billet que vous écrit la Belle?

CLI-

CLITANDRE.

Hélas ! il eft trop vrai.

PASQUIN.

Cette Lettre cruelle
Eft un ordre bien net de ne lui parler plus?

CLITANDRE.

Eh ! oui, je le fai bien.

PASQUIN.

La Lettre eft fans deffus?

CLITANDRE.

Eh ! oui, bourreau.

PASQUIN.

Prêtez vite & Portrait & Lettre;
Donnez.

CLITANDRE.

En d'autres mains, qui, moi, j'irois remettre
Un Portrait confié?

PASQUIN.

Voilà bien des façons:
Le fcrupule eft plaifant. Donnez moi ces chiffons.

CLITANDRE.

Mais . . .

PASQUIN.

Mais repofez-vous de tout fur ma prudence.

CLITANDRE.

Tu veux . . . .

PASQUIN.

Eh ! dénichez. Voici Madame Hortenfe.

SCENE

❀❀❀❀❀❀❀❀❀❀❀❀❀❀❀❀❀❀

SCENE X.

HORTENSE, NE'RINE.

HORTENSE.

Nérine, j'en conviens, Clitandre eft vertueux.
Je connais la conftance & l'ardeur de fes feux.
Il eft fage, difcret, honnête-homme, fincere,
Je le dois eftimer ; mais Damis fait me plaire.
Je fens trop aux tranfports de mon cœur combattu,
Que l'amour n'eft jamais le prix de la vertu.
C'eft par les agrémens que l'on touche une femme,
Et pour une de nous que l'amour prend par l'ame,
Nérine, il en eft cent qu'il féduit par les yeux.
J'en rougis. Mais Damis ne vient point en ces lieux!

NE'RINE.

Quelle vivacité ! quoi! cette humeur fi fiere?

HORTENSE.

Non, je ne devois pas arriver la premiere.

NE'RINE.

Au premier rendez-vous vous avez du dépit !

HORTENSE.

Damis trop fortement occupe mon efprit.
Sa mere, ce jour même, a fû par fa vifite
De fon Fils dans mon cœur augmenter le mérite.

Je

Je vois bien qu'elle veut avancer le moment,
Où je dois pour Epoux accepter mon amant.
Mais je veux en secret lui parler à lui-même,
Sonder ses sentimens.

NE'RINE.

Doutez-vous qu'il vous aime?

HORTENSE.

Il m'aime, je le croi, je le sai.   Mais je veux
Mille fois de sa bouche entendre ses aveux,
Voir s'il est en effet si digne de me plaire,
Connaître son esprit, son cœur, son caractere,
Ne point céder, Nérine, à ma prévention,
Et juger, si je puis, de lui sans passion.

* *

SCENE XI.

HORTENSE, NE'RINE, PASQUIN.

PASQUIN.

Madame, en grand secret, Monsieur Damis mon Maître...

HORTENSE.

Quoi! ne viendroit-il pas?

PASQUIN.
Non.

NE'RINE.

Ah! le petit traître!

HOR·

HORTENSE.

Il ne viendra point?

PASQUIN.

Non. Mais par bon procedé,
Il vous rend ce Portrait dont il est excedé.

HORTENSE.

Mon Portrait!

PASQUIN.

Reprenez vîte la mignature.

HORTENSE.

Je doute si je veille.

PASQUIN.

Allons, je vous conjure,
Dépêchez-moi, j'ai hâte, & de sa part ce soir
J'ai deux Portraits à rendre, & deux à recevoir.
Jusqu' au revoir. Adieu.

HORTENSE.

Ciel! quelle perfidie!
J'en mourrai de douleur.

PASQUIN.

De-plus, il vous supplie
De finir la lorgnade, & chercher aujourd'hui,
Avec vos airs pincés, d'autres dupes que lui.

SCENE

* * * * * * * * * * * * * * * * * * *

SCENE XII.

HORTENSE, NÉRINE, DAMIS, PASQUIN.

DAMIS *dans le fond du Théatre.*

Je verrai dans ce lieu la Beauté qui m'engage.

PASQUIN.

C'eſt Damis.   Je ſuis pris.   Ne perdons point courage.
Vous voyez, Monſeigneur, un des Griſons ſecrets,
Qui d'Hortenſe partout va portant les Poulets.
J'ai certain Billet doux de ſa part à vous rendre.

HORTENSE.

Quel changement ! quel prix de l'amour le plus tendre!

DAMIS.

Liſons.   *Il lit.*

Hom ... hom ... hom ...

,,Vous méritez de me charmer,
,,Je ſens à vos vertus ce que je dois d'eſtime;
,,Mais je ne ſaurois vous aimer.
Eſt-il un trait plus noir & plus abominable ?
Je ne me croyois pas à ce point eſtimable.
Je veux que tout ceci ſoit public à la Cour,
Et j'en informerai le monde dès ce jour.
La choſe aſſurément vaut bien qu'on la publie.

HORTENSE *à l'autre bout du Théatre.*

A-t-il pu juſques-là pouſſer ſon infamie?

DA-

DAMIS.

Tenez; c'eft-là le cas qu'on fait de tels Ecrits.

(Il déchire le Billet.)

PASQUIN *à Hortenfe.*

Je fuis honteux pour vous d'un fi cruel mépris.
Madame, vous voyez de quel air il déchire
Les Billets qu'à l'ingrat vous daignâtes écrire.

HORTENSE.

Il me rend mon Portrait! Ah! périffe à jamais
Ce malheureux crayon de mes faibles attraits.

Elle jette fon Portrait.

PASQUIN *à Damis.*

Vous voyez, devant vous l'ingrate met en pieces
Votre Portrait, Monfieur.

DAMIS.

Il eft quelques Maîtreffes
Par qui l'original eft un peu mieux rêçu.

HORTENSE.

Nérine, quel amour mon cœur avoit conçu!

A Pafquin.

Prends ma bourfe. Dis-moi, pour qui je fuis trahie,
A quel heureux objet Damis me facrifie.

PASQUIN.

A cinq ou fix Beautés dont il fe dit l'amant,
Qu'il fert toutes bien mal, qu'il trompe également:
Mais furtout à la jeune, à la belle Julie.

DA-

DAMIS *s'étant avancé vers Pasquin.*

Prends ma bague, & dis-moi, mais fans friponnerie,
A quel impertinent, à quel fat de la Cour,
Ta Maîtreffe aujourd'hui prodigue fon amour.

PASQUIN.

Vous méritez, ma foi, d'avoir la préférence;
Mais un certain Abbé lorgne de près Hortenfe:
Et chez elle, de nuit, par le mur du Jardin,
Je fais entrer par fois Trafimon fon Coufin.

DAMIS.

Parbleu, j'en fuis ravi.   J'en apprens-là de belles,
Et je veux en chanfons mettre un peu ces nouvelles.

HORTENSE.

C'eft le comble, Nérine, au malheur de mes feux,
De voir que tout ceci va faire un bruit affreux.
Allons, loin de l'ingrat je vais cacher mes larmes.

DAMIS.

Allons, je vais au Bal montrer un peu mes charmes.

PASQUIN *à Hortenfe.*

Vous n'avez rien, Madame, à défirer de moi?

A Damis.

Vous n'avez nul befoin de mon petit emploi?
Le Ciel vous tienne en paix.

SCENE

S C E N E XIII.

HORTENSE, DAMIS, NÉRINE.

HORTENSE *revenant.*

D' où vient que je demeure ?

DAMIS.

Je devrois être au Bal, & danser à cette heure.

HORTENSE.

Il rêve.　Hélas ! d' Hortense il n' est point occupé.

DAMIS.

Elle me lorgne encor, ou je suis fort trompé.
Il faut que je m' approche.

HORTENSE.

Il faut que je le fuye.

DAMIS.

Fuir, & me regarder ! Ah ! quelle perfidie !
Arrêtez.　A ce point pouvez-vous me trahir ?

HORTENSE.

Laissez-moi m' efforcer, cruel, à vous haïr.

DAMIS.

Ah ! l'effort n'est pas grand, graces à vos caprices.

HORTENSE.

Je le veux, je le dois, grace à vos injustices.

　　　　　　DA-

DAMIS.

Ainſi, du rendez-vous prompts à nous en aller,
Nous n'étions donc venus que pour nous quereller?

HORTENSE.

Que ce diſcours, ô Ciel! eſt plein de perfidie!
Alors que l'on m'outrage, & qu'on aime Julie!

DAMIS.

Mais l'indigne Billet que de vous j'ai reçu?

HORTENSE.

Mais mon Portrait enfin que vous m'avez rendu!

DAMIS.

Moi, je vous ai rendu votre Portrait, cruelle?

HORTENSE.

Moi, j'aurois pu jamais vous écrire, infidelle,
Un Billet, un ſeul mot, qui ne fût point d'amour?

DAMIS.

Je conſens de quitter le Roi, toute la Cour,
La faveur où je ſuis, les poſtes que j'eſpere,
N'être jamais de rien, ceſſer partout de plaire,
S'il eſt vrai qu'aujourd'hui je vous ai renvoyé
Ce Portrait à mes mains par l'amour confié.

HORTENSE.

Je fais plus. Je conſens de n'être point aimée
De l'amant dont mon ame eſt malgré moi charmée,

S'il

S'il a reçu de moi ce Billet prétendu.

Mais voilà le Portrait, ingrat, qui m'est rendu;

Ce prix trop méprisé d'une amitié trop tendre.

Le voilà. Pouvez-vous? . . .

DAMIS.

Ah! j'apperçois Clitandre.

✳✳✳✳✳✳✳✳✳✳✳✳✳✳✳✳

SCENE XIV.

HORTENSE, DAMIS, CLITANDRE, NE'RINE, PASQUIN.

DAMIS.

Viens-çà, Marquis, viens-çà. Pourquoi fuis-tu d'ici?

Madame, il peut d'un mot débrouiller tout ceci.

HORTENSE.

Quoi! Clitandre sauroit? . . .

DAMIS.

Ne craignez rien, Madame,

C'est un ami prudent à qui j'ouvre mon ame :

Il est mon confident, qu'il soit le vôtre aussi.

Il faut . . .

HORTENSE.

Sortons, Nérine : ô Ciel! quel étourdi!

P 5 *SCENE*

* *

SCENE XV.

DAMIS, CLITANDRE, PASQUIN.

DAMIS.

Ah! Marquis, je reffens la douleur la plus vive.
Il faut que je te parle . . . il faut que je la fuive.
Attends-moi.

A Hortenfe.

Demeurez. Ah! je fuivrai vos pas.

* *

SCENE XVI.

CLITANDRE, PASQUIN.

CLITANDRE.

Je fuis, je l'avouerai, dans un grand embarras.
Je les croyois tous deux brouillés fur ta parole.

PASQUIN.

Je le croyois auffi. J'ai bien joué mon rôle;
Ils fe devroient haïr tous deux affurément;
Mais pour fe pardonner il ne faut qu'un moment.

CLI-

CLITANDRE.

Voyons un peu tous deux le chemin qu'ils vont prendre.

PASQUIN.

Vers son appartement Hortense va se rendre.

CLITANDRE.

Damis marche après elle; Hortense au moins le fuit.

PASQUIN.

Elle fuit faiblement, & son amant la suit.

CLITANDRE.

Damis en vain lui parle : on détourne la tête.

PASQUIN.

Il est vrai; mais Damis de tems en tems l'arrête.

CLITANDRE.

Il se met à génoux, il reçoit des mépris.

PASQUIN.

Ah! vous êtes perdu, l'on regarde Damis.

CLITANDRE.

Hortense entre chez elle enfin, & le renvoye.
Je sens des mouvemens de chagrin & de joye,
D'espérance & de crainte, & ne puis deviner,
Où cette intrigue-ci pourra se terminer.

SCENE

SCENE XVII.

CLITANDRE, DAMIS, PASQUIN.

DAMIS.

Ah! Marquis, cher Marquis, parle; d'où vient qu'Hortenſe
M'ordonne en grand ſecret d'éviter ſa préſence?
D'où vient que ſon Portrait, que je fie à ta foi,
Se trouve entre ſes mains? Parle, répons, dis-moi.

CLITANDRE.

Vous m'embarraſſez fort.

DAMIS *à Paſquin.*

Et vous, Monſieur le traître,
Vous le Valet d'Hortenſe, ou qui prétendez l'être,
Il faut que vous mouriez en ce lieu de ma main.

PASQUIN *à Clitandre.*

Monſieur, protegez-nous.

CLITANDRE *à Damis.*

Eh! Monſieur . . .

DAMIS.

C'eſt en vain. . .

CLI-

CLITANDRE.

Epargnez ce Valet, c'est moi qui vous en prie.

DAMIS.

Quel si grand intérêt peux-tu prendre à sa vie ?

CLITANDRE.

Je vous en prie encor, & férieusement.

DAMIS.

Par amitié pour toi, je différe un moment.
Çà, maraut, apprends-moi la noirceur effroyable.

PASQUIN.

Ah ! Monsieur, cette affaire est embrouillée en diable :
Mais je vous apprendrai de surprenans secrets,
Si vous me promettez de n'en parler jamais.

DAMIS,

Non, je ne promets rien, & je veux tout apprendre.

PASQUIN.

Monsieur, Hortense arrive & pourroit nous entendre.

A Clitandre.

Ah ! Monsieur, que dirai-je ? Hélas ! je suis à bout.
Allons tous trois au Bal, & je vous dirai tout.

SCENE

* *

SCENE XVIII.

HORTENSE *un masque à la main & en domino,* TRASIMON, NERINE.

TRASIMON.

Oui croyez, ma Cousine, & faites votre compte,
Que ce jeune éventé nous couvrira de honte.
Comment? montrer partout, & Lettres & Portrait?
En public? à moi-même? après un pareil trait
Je prétens de ma main lui brûler la cervelle.

HORTENSE *à Nérine.*

Est-il vrai que Julie à ses yeux soit si belle,
Qu'il en soit amoureux?

TRASIMON.

     Il importe fort peu.
Mais qu'il vous deshonore, il m'importe morbleu,
Et je sai l'intérêt qu'un parent doit y prendre.

HORTENSE *à Nérine.*

Crois tu, que pour Julie il ait eu le cœur tendre?
Qu'en penses-tu? dis-moi?

NERINE.

     Mais l'on peut aujourd'hui
Aisément, si l'on veut, savoir cela de lui.

         HOR-

HORTENSE.

Son indiscrétion, Nérine, fut extrême;

Je devrois le haïr, peut-être que je l'aime.

Tout-à-l'heure, en pleurant, il juroit devant toi,

Qu'il m'aimeroit toujours, & sans parler de moi;

Qu'il vouloit m'adorer, & qu'il sauroit se taire.

TRASIMON.

Il vous a promis-là bien plus qu'il ne peut faire.

HORTENSE.

Pour la derniere fois je le veux éprouver.

Nérine, il est au Bal; il faut l'aller trouver.

Déguise-toi. Dis-lui, qu'avec impatience

Julie ici l'attend dans l'ombre & le silence.

L'artifice est permis sous ce masque trompeur,

Qui du moins de mon front cachera la rougeur;

Je paraîtrai Julie aux yeux de l'infidelle,

Je saurai ce qu'il pense, & de moi-même, & d'elle:

C'est de cet entretien que dépendra mon choix.

A Trasimon.

Ne vous écartez point. Restez près de ce bois.

Tâchez auprès de vous de retenir Clitandre.

L'un & l'autre en ces lieux daignez un peu m'attendre;

Je vous appellerai quand il en sera tems.

SCENE

SCENE XIX.

HORTENSE *seule en domino, & son masque à la main.*

Il faut fixer enfin mes vœux trop inconstans,
Sachons, sous cet habit à ses yeux travestie,
Sous ce masque, & surtout sous le nom de Julie,
Si l'indiscrétion de ce jeune éventé
Fut un excès d'amour, ou bien de vanité;
Si je dois le haïr, ou lui donner sa grace:
Mais déja je le vois.

SCENE XX.

HORTENSE *en domino & masquée,*
DAMIS.

DAMIS *sans voir Hortense.*

C'est donc ici la place,
Où toutes les Beautés donnent leur rendez-vous?
Ma foi, je suis assez à la mode, entre nous.

Oui,

Oui, la mode fait tout, décide tout en France;
Elle régle les rangs, l'honneur, la bienféance,
Le mérite, l'efprit, les plaifirs.

HORTENSE *à part.*

L'étourdi!

DAMIS.

Ah! fi pour mon bonheur on peut favoir ceci,
Je veux qu'avant deux ans la Cour n'ait point de Belle,
A qui l'amour pour moi ne tourne la cervelle.
Il ne s'agit ici que de bien débuter.
Bien-tôt Æglé, Doris . . . Mais qui les peut compter!
Quels plaifirs! quelle file!

HORTENSE *à part.*

Ah! la tête legere!

DAMIS.

Ah! Julie, eft-ce vous? vous qui m'êtes fi chere!
Je vous connais malgré ce mafque trop jaloux,
Et mon cœur amoureux m'avertit que c'eft vous.
Otez, Julie, ôtez ce mafque impitoyable:
Non, ne me cachez point ce vifage adorable,
Ce front, ces doux regards, cet aimable fouris,
Qui de mon tendre amour font la caufe, & le prix.
Vous êtes en ces lieux la feule que j'adore.

HORTENSE.

Non, de vous mon humeur n'eft pas connuë encore.
Je ne voudrois jamais accepter votre foi,
Si vous aviez un cœur, qui n'eût aimé que moi.

VOLT. Tom. IV.   Q   Je

Je veux, que mon Amant soit bien plus à la mode,
Que de ses rendez-vous le nombre l'incommode,
Que par trente Grisons tous ses pas soient comptés,
Que mon amour vainqueur l'arrache à cent Beautés,
Qu'il me fasse surtout de brillans sacrifices.
Sans cela, je ne puis accepter ses services.
Un Amant moins couru ne me sauroit flatter.

DAMIS.

Oh! j'ai sur ce pied-là de quoi vous contenter.
J'ai fait en peu de tems d'assez belles conquêtes:
Je pourrois me vanter de fortunes honnêtes,
Et nous sommes courus de plus d'une Beauté,
Qui pourroient de tout autre enfler la vanité.
Nous en citerions bien qui font les difficiles,
Et qui sont avec nous passablement faciles.

HORTENSE.

Mais encor?

DAMIS.

　　　　　Eh! … ma foi, vous n'avez qu'à parler,
Et je suis prêt, Julie, à vous tout immoler.
Voulez-vous qu'à jamais mon cœur vous sacrifie
La petite Isabelle, & la vive Erminie,
Clarice, Æglé, Doris? . .

HORTENSE.

　　　　　Quelle offrande est-ce-là?
On m'offre tous les jours ces sacrifices-là.

　　　　　　　　　　　　　　　　Ces

Ces Dames entre nous font trop fouvent quittées.

Nommez-moi des Beautés, qui foient plus refpectées,

Et dont je puiffe au moins triompher fans rougir.

Ah! fi vous aviez pu forcer à vous chérir

Quelque femme à l'amour jufqu'alors infenfible,

Aux manéges de Cour toujours inacceffible,

De qui la bienféance accompagnât les pas,

Qui fage en fa conduite évitât les éclats;

Enfin qui pour vous feul eût eu quelque faibleffe!

DAMIS *s'affeyant auprès d'Hortenfe.*

Ecoutez. Entre nous, j'ai certaine Maîtreffe

A qui ce Portrait-là reffemble trait pour trait:

Mais vous m'accuferiez d'être trop indifcret.

HORTENSE.

Point, point.

DAMIS.

Si je n'avois quelque peu de prudence,

Si je voulois parler, je nommerois Hortenfe.

Pourquoi donc à ce nom vous éloigner de moi?

Je n'aime point Hortenfe alors que je vous voi;

Elle n'eft près de vous ni touchante, ni belle,

De plus certain Abbé fréquente trop chez elle,

Et de nuit, entre nous, Trafimon fon Coufin

Paffe un peu trop fouvent par le mur du Jardin.

Q 2   HOR-

HORTENSE.

A l'indifcretion joindre la calomnie !
Contraignons-nous encor. Ecoutez, je vous prie,
Comment avec Hortenfe êtes-vous, s'il vous plaît ?

DAMIS.

Du dernier bien : je dis la chofe comme elle eft.

HORTENSE *à part.*

Peut-on plus loin pouffer l'audace & l'impofture ?

DAMIS.

Non, je ne vous ments point, c'eft la vérité pure.

HORTENSE *à part.*

Le traître !

DAMIS.

Eh ! fur cela quel eft votre fouci ?
Pour parler d'elle enfin fommes-nous donc ici ?
Daignez, daignez plûtôt . . . . .

HORTENSE.

Non, je ne faurois croire,
Qu'elle vous ait cédé cette entiere victoire.

DAMIS.

Je vous dis, que j'en ai la preuve par écrit.

HOR-

HORTENSE.

Je n'en crois rien du tout.

DAMIS.

Vous m'outrez de dépit.

HORTENSE.

Je veux voir par mes yeux.

DAMIS.

C'est trop me faire injure.

Il lui donne la Lettre.

Tenez donc : vous pouvez connaître l'écriture.

HORTENSE *se démasquant.*

Oui, je la connais, traître, & je connais ton cœur.
J'ai reparé ma faute enfin , & mon bonheur
M'a rendu pour jamais le Portrait & la Lettre,
Qu'à ces indignes mains j'avois osé commettre.
Il est tems ; Trasimon , Clitandre , montrez-vous.

SCENE

SCENE XXI.

HORTENSE, DAMIS, TRASIMON, CLITANDRE.

HORTENSE *à Clitandre.*

Si je ne vous fuis point un objet de couroux,
Si vous m'aimez encor, à vos loix affervie,
Je vous offre ma main, ma fortune & ma vie.

CLITANDRE.

Ah! Madame, à vos pieds un malheureux amant
Devroit mourir de joye & de faififfement.

TRASIMON *à Damis.*

Je vous l'avois bien dit, que je la rendrois fage.
C'eft moi feul, Mons Damis, qui fais ce mariage.
Adieu, poffedez mieux l'art de diffimuler.

DAMIS.

Jufte Ciel! deformais à qui peut-on parler?

F   I   N.

BRVTVS
TRAGEDIE.

Bernigeroth fc. Lips. 1747.

BRUTUS.

TRAGEDIE,

Repréſentée pour la premiere fois le 11. Decembre

1730.

AVERTISSEMENT.

Cette Tragédie fut jouée pour la premiere fois en 1730. C'eſt de toutes les Piéces de notre Auteur celle qui eut en France le moins de ſuccès aux Repréſentations ; elle ne fut jouée que ſeize fois, & c'eſt celle qui a été traduite en plus de Langues, & que les Nations Etrangéres aiment le mieux. Elle eſt ici fort différente des premieres Editions de Paris.

DISCOURS

* * * * * * * * * * * * * * * * * *

DISCOURS

SUR LA

TRAGÉDIE,

A MYLORD

BOLINGBROOKE.

Si je dédie à un Anglais un Ouvrage repréfenté à Paris, ce n'eft pas, MYLORD, qu'il n'y ait aufîi dans ma Patrie des Juges très-éclairés, & d'excellens Efprits auxquels j'eufîe pu rendre cet hommage. Mais vous favez que la Tragédie de Brutus eft née en Angleterre: Vous vous fouvenez que lorfque j'étois retiré à Wandsworth, chez mon ami Mr. Falkéner, ce digne & vertueux Citoyen, je m'occupai chez lui à écrire en Profe Anglaife le premier Acte de cette Piéce, à-peu-près tel qu'il eft aujourd'hui en Vers Français. Je vous en parlois quelquefois, & nous nous étonnions qu'aucun Anglais n'eût traité ce fujet, qui de tous eft peut-être le plus convenable à votre Théatre *. Vous m'encouragiez à continuer un Ouvrage fufceptible de fi grands fentimens.

Souffrez donc que je vous préfente BRUTUS, quoiqu'écrit dans une autre Langue, *docte fermones utriusque linguæ*, à vous qui me donneriez des leçons de Français aufîi-bien que d'Anglais, à vous qui m'apprendriez du moins à rendre à ma Langue cette force & cette énergie qu'infpire la noble liberté de penfer; car les fentimens vigoureux de l'ame paffent toujours dans le langage, & qui penfe fortement, parle de même.

Q 5   Je

---

* Il y a un Brutus d'un auteur nommé Lée; mais c'eft un ouvrage ignoré qu'on ne repréfente jamais à Londres

Je vous avouë, MYLORD, qu'à mon retour d'Angleterre, où j'avois paſſé deux années dans une étude continuelle de votre Langue, je me trouvai embarraſſé, lorſque je voulus compoſer une Tragédie Françaiſe. Je m'étois preſque accoûtumé à penſer en Anglais : je ſentois que les termes de ma Langue ne venoient plus ſe préſenter à mon imagination avec la même abondance qu'auparavant; c'étoit comme un Ruiſſeau dont la ſource avoit été détournée; il me fallut du tems & de la peine pour le faire couler dans ſon premier lit. Je compris bien alors que pour réuſſir dans un Art, il le faut cultiver toute ſa vie.

De la rime & de la difficulté de la Verſification Françaiſe.

Ce, qui m'effraya le plus en rentrant dans cette carriere, ce fut la ſevérité de notre Poëſie, & l'eſclavage de la rime. Je regrettois cette heureuſe liberté que vous avez d'écrire vos Tragedies en vers non rimés, d'allonger, & ſurtout d'accourcir preſque tous vos mots, de faire enjamber les Vers les uns ſur les autres, & de créer dans le beſoin des termes nouveaux, qui ſont toûjours adoptés chez vous, lorſqu'ils ſont ſonores, intelligibles & néceſſaires. Un Poëte Anglais, diſois-je, eſt un homme libre qui aſſervit ſa Langue à ſon génie; le Français eſt un eſclave de la rime, obligé de faire quelquefois quatre Vers, pour exprimer une penſée qu'un Anglais peut rendre en une ſeule ligne. L'Anglais dit tout ce qu'il veut, le Français ne dit que ce qu'il peut. L'un court dans une carriere vaſte, & l'autre marche avec des entraves, dans un chemin gliſſant & étroit.

Malgré toutes ces réfléxions & toutes ces plaintes, nous ne pourrons jamais ſecouer le joug de la rime, elle eſt eſſentielle à la Poëſie Françaiſe. Notre Langue ne comporte point d'inverſions, nos Vers ne ſouffrent point d'enjambement: nos ſyllabes ne peuvent produire une harmonie ſenſible par leurs meſures longues ou bréves: nos céſures & un certain nombre

de

de pieds ne fuffiroient pas pour diftinguer la Profe
d'avec la Verfification ; la rime eft donc néceffaire
aux Vers Français.

De plus, tant de Grands Maîtres qui ont fait des
Vers rimés, tels que les Corneilles, les Racines, les
Defpreaux, ont tellement accoûtumé nos oreilles à
cette harmonie, que nous n'en pourrions pas fuppor-
ter d'autres; & je le répete encore, quiconque voudroit fe délivrer d'un fardeau qu'a porté le Grand
Corneille, feroit regardé avec raifon, non pas comme
un génie hardi qui s'ouvre une route nouvelle ; mais
comme un homme très-faible qui ne peut pas fe foûtenir dans l'ancienne carriere.

On a tenté de nous donner des Tragédies en *Tragédies en Profe.*
Profe; mais je ne crois pas que cette entreprife puiffe
deformais réuffir; qui a le plus ne fauroit fe contenter du moins. On fera toûjours mal venu à dire au
Public, je viens diminuer votre plaifir. Si au milieu
des Tableaux de Rubens ou de Paul Veronefe, quelqu'un venoit placer fes deffeins au crayon, n'auroit-il
pas tort de s'égaler à ces Peintres? On eft accoutumé
dans les Fêtes, à des Danfes & à des Chants; feroit-ce
affez de marcher & de parler, fous prétexte qu'on
marcheroit & qu'on parleroit bien, & que cela feroit
plus aifé & plus naturel?

Il y a grande apparence qu'il faudra toûjours des
Vers fur tous les Théatres Tragiques, & de plus
toujours des rimes fur le notre. C'eft même à cette
contrainte de la rime, & à cette féverité extrême de
notre Verfification, que nous devons ces excellens
Ouvrages, que nous avons dans notre Langue.

Nous voulons que la rime ne coûte jamais rien *Exemples de la diffi-*
aux penfées, qu'elle ne foit ni triviale ni trop recher- *culté des*
chée; nous exigeons rigoureufement dans un Vers la *Vers Fran-*
même pureté, la même exactitude que dans la Profe. *çais.*
Nous ne permettons pas la moindre licence; nous
deman-

demandons qu'un Auteur porte fans difcontinuer toutes ces chaînes, & cependant, qu'il paraiffe toûjours libre, & nous ne reconnaiffons pour Poëtes que ceux qui ont rempli toutes ces conditions.

Voilà pourquoi il eft plus aifé de faire cent Vers en toute autre Langue, que quatre Vers en Français. L'exemple de notre Abbé Regnier Defmarais de l'Académie Françaife & de celle *de la Crufca*, en eft une preuve bien évidente. Il traduifit Anacreon en Italien avec fuccès, & fes Vers Français font, à l'exception de deux ou trois Quatrains, au rang des plus médiocres. Notre *Ménage* étoit dans le même cas; combien de nos beaux Efprits ont fait de très-beaux Vers Latins, & n'ont pu être fupportables en leur Langue?

Je fai combien de difputes j'ai effuyées fur notre Verfification en Angleterre, & quels reproches me fait fouvent le favant Evêque de Rochefter fur cette contrainte puerile, qu'il prétend que nous nous impofons de gayeté de cœur. Mais foyez perfuadé, **La rime plait aux Français même dans les Comedies.** MYLORD, que plus un Etranger connaîtra notre Langue, & plus il fe reconciliera avec cette rime qui l'effraye d'abord. Non feulement elle eft néceffaire à notre Tragedie, mais elle embellit nos Comedies mêmes. Un bon mot en Vers en eft retenu plus aifément; les portraits de la Vie humaine feront toujours plus frappans en Vers qu'en Profe, & qui dit *Vers* en Français, dit néceffairement des Vers rimés; en un mot, nous avons des Comedies en Profe du célebre Moliere, que l'on a été obligé de mettre en Vers après fa mort, & qui ne font plus jouées que de cette maniere nouvelle.

Caractere du Théatre Anglais. Ne pouvant, MYLORD, hazarder fur le Théatre Français des Vers non rimés tels qu'ils font en ufage en Italie & en Angleterre, j'aurois du moins voulu tranfporter fur notre Scene certaines beautés de la votre. Il eft vrai, & je l'avouë, que le Théatre Anglais

Anglais eſt bien défectueux : J'ai entendu de votre bouche, que vous n'aviez pas une bonne Tragédie; mais en récompenſe dans ces Piéces ſi monſtrueuſes, vous avez des Scénes admirables. Il a manqué juſqu'à préſent à preſque tous les Auteurs Tragiques de votre Nation, cette pureté, cette conduite réguliere, ces bien-ſéances de l'action & du ſtile, cette élegance, & toutes ces fineſſes de l'Art, qui ont établi la réputation du Théatre Français depuis le Grand Corneille. Mais vos Piéces les plus irrégulieres ont un grand mérite, c'eſt celui de l'action.

Nous avons en France des Tragédies eſtimées, qui ſont plûtôt des converſations qu'elles ne ſont la repré-ſentation d'un évenement. Un Auteur Italien m'écrivoit dans une Lettre ſur les Théatres. „Un Critico del no-„ſtro Paſtor fido diſſe che quel componimento era un „riaſſunto di belliſſimi Madrigali, credo, ſe viveſſe che „direbbe delle Tragedie Franceſi che ſono un riaſſunto „di belle Elegie & ſontuoſi Epitalami.

J'ai bien peur que cet Italien n'ait trop raiſon. Notre délicateſſe exceſſive nous force quelquefois à mettre en récit ce que nous voudrions expoſer aux yeux. Nous craignons de hazarder ſur la Scene des Spectacles nou-veaux devant une Nation accoûtumée à tourner en ri-dicule tout ce qui n'eſt pas d'*uſage*.

L'endroit où l'on jouë la Comédie, & les abus qui s'y ſont gliſſés, ſont encore une cauſe de cette ſeche-reſſe qu'on peut reprocher à quelques-unes de nos Pié-ces. Les bancs qui ſont ſur le Théatre deſtinés aux Spectateurs, rétreciſſent la Scene, & rendent toute action preſque impraticable. Ce défaut eſt cauſe que les Décorations tant recommandées par les Anciens, ſont rarement convenables à la Piéce. Il empêche ſur-tout que les Acteurs ne paſſent d'un appartement dans un autre aux yeux des Spectateurs, comme les Grecs &

Défaut du Théatre Français.

les

les Romains le pratiquoient fagement, pour conferver à la fois l'unité de lieu & la vraifemblance.

Exemple du Caton, Anglais.

Comment oferions-nous fur nos Théatres faire paraître, par exemple, l'ombre de Pompée, ou le génie de Brutus, au milieu de tant de jeunes gens qui ne regardent jamais les chofes les plus ferieufes que comme l'occafion de dire un bon mot? Comment apporter au milieu d'eux fur la Scene, le corps de Marcus, devant Caton fon père, qui s'écrie: „Heureux jeune „homme, tu es mort pour ton païs! O mes amis, „laiffez-moi compter ces glorieufes bleffures! Qui ne „voudroit mourir ainfi pour la patrie? Pourquoi „n'a-t-on qu'une vie à lui facrifier? .... Mes amis ne „pleurez point ma perte, ne regrettez point mon fils, „pleurez Rome, la Maîtreffe du Monde n'eft plus, „ô liberté! ô ma patrie! .... ô vertu! &c.

Voilà ce que feu Mr. Addiffon ne craignit point de faire repréfenter à Londres; voilà ce qui fut joué, traduit en Italien, dans plus d'une Ville d'Italie. Mais fi nous hazardions à Paris un tel fpectacle, n'entendez-vous pas déja le Parterre qui fe recrie? Et ne voyez-vous pas nos femmes qui détournent la tête?

Comparaifon du Manlius de Mr. de la Foffe, avec la Venife de Mr. Otway.

Vous n'imagineriez pas à quel point va cette délicateffe. L'Auteur de notre Tragédie de Manlius prit fon fujet de la Piéce Anglaife de Mr. Otway, intitulée, *Venife fauvée.* Le fujet eft tiré de l'Hiftoire de la Conjuration du Marquis de Bedemar, écrite par l'Abbé de S. Real; & permettez moi de dire en paffant, que ce morceau d'Hiftoire, égal peut-être à Salufte, eft fort au-deffus & de la Piéce d'Otway & de notre Manlius.

Premierement, vous remarquez le préjugé qui a forcé l'Auteur Français à déguifer fous des noms Romains une avanture connuë, que l'Anglais a traitée naturellement fous les noms véritables. On n'a point trouvé ridicule au Théatre de Londres, qu'un Ambaffadeur Efpagnol s'appellât Bedemar, & que des Conjurés euffent euſſent le nom de Jaffier, de Jaques-Pierre, d'Eliot; cela ſeul en France eût pu faire tomber la Piéce.

Mais voyez qu'Otway ne craint point d'aſſembler tous les Conjurés. Renaud prend leurs ſermens, aſſigne à chacun ſon poſte, preſcrit l'heure du carnage, & jette de tems en tems des regards inquiets & ſoupçonneux ſur Jaffier dont il ſe défie. Il leur fait à tous ce diſcours pathétique, traduit mot pour mot de l'Abbé de S. Réal.

Jamais repos ſi profond ne précéda un trouble ſi grand. Notre bonne deſtinée a aveuglé les plus clair-voyans de tous les hommes, raſſuré les plus timides, endor-mi les plus ſoupçonneux, confondu les plus ſubtils: nous vivons encore, mes chers amis . . . nous vivons, & notre vie ſera bien-tôt funeſte aux Tyrans de ces lieux, &c.

Qu'a fait l'Auteur Français? Il a craint de hazar-der tant de perſonnages ſur la Scene; il ſe contente de faire réciter par *Renaud* ſous le nom de *Rutile*, une faible partie de ce même diſcours qu'il vient, dit-il, de tenir aux Conjurés. Ne ſentez-vous pas par ce ſeul expoſé combien cette Scene Angloiſe eſt au-deſſus de la Françaiſe, la Piéce d'Otway fût-elle d'ailleurs monſtrueuſe.

Avec quel plaiſir n'ai-je point vu à Londres votre Tragédie du Jules-Céſar, qui depuis cent cinquante années fait les délices de votre Nation? Je ne prétends pas aſſûrement approuver les irrégularités barbares dont elle eſt remplie. Il eſt ſeulement étonnant qu'il ne s'en trouve pas davantage dans un Ouvrage compo-ſé dans un Siécle d'ignorance, par un homme qui mê-me ne ſavoit pas le Latin, & qui n'eut de Maître que ſon génie; mais au milieu de tant de fautes groſſiéres, avec quel raviſſement je voyois Brutus tenant encore un poignard teint du ſang de Cefar, aſſembler le Peu-ple Romain, & lui parler ainſi du haut de la Tribune aux Harangues!

Romains,

Examen du Jules Céfar de Shake-ſpear.

Romains, Compatriotes, Amis, s'il est quelqu'un de vous qui ait été attaché à César, qu'il sache que Brutus ne l'étoit pas moins: Oui, je l'aimois, Romains, & si vous me demandez pourquoi j'ai versé son sang, c'est que j'aimois Rome davantage. Voudriez-vous voir César vivant, & mourir ses esclaves, plûtôt que d'acheter votre liberté par sa mort! César étoit mon ami, je le pleure; il étoit heureux, j'applaudis à ses triomphes; il étoit vaillant, je l'honore; mais il étoit ambitieux, je l'ai tué.

Y a-t-il quelqu'un parmi vous assez lâche pour regretter la servitude? S'il en est un seul, qu'il parle, qu'il se montre; c'est lui que j'ai offensé: Y a-t-il quelqu'un assez infâme pour oublier qu'il est Romain? Qu'il parle, c'est lui seul qui est mon ennemi.

CHOEUR DES ROMAINS.

Personne, non, Brutus, personne.

BRUTUS.

Ainsi donc je n'ai offensé personne. Voici le corps du Dictateur qu'on vous apporte; les derniers devoirs lui seront rendus par Antoine, par cet Antoine, qui n'ayant point eu de part au châtiment de César, en retirera le même avantage que moi & que chacun de vous, le bonheur inestimable d'être libre. Je n'ai plus qu'un mot à vous dire: J'ai tué de cette main mon meilleur ami pour le salut de Rome; je garde ce même poignard pour moi, quand Rome demandera ma vie.

LE CHOEUR.

Vivez, Brutus, vivez à jamais.

Après cette Scene, Antoine vient émouvoir de pitié ces mêmes Romains, à qui Brutus avoit inspiré sa rigueur & sa barbarie. Antoine par un discours artificieux ramene insensiblement ces esprits superbes, & quand il les voit radoucis, alors il leur montre le corps
de

de César, & se servant des figures les plus pathétiques, il les excite au tumulte & à la vengeance.

Peut-être les Français ne souffriroient pas que l'on fît paraître sur leurs Théatres un Chœur composé d'Artisans & de Plébéiens Romains: que le corps sanglant de César y fût exposé aux yeux du Peuple, & qu'on excitât ce Peuple à la vengeance du haut de la Tribune aux Harangues; c'est à la Coutume, qui est la Reine de ce Monde, à changer le goût des Nations, & à tourner en plaisir les objets de notre aversion.

Les Grecs ont hazardé des Spectacles non moins révoltans pour nous. Hippolite brisé par sa chûte, vient compter ses blessures & pousser des cris douloureux. Philoctéte tombe dans ses accès de souffrance, un sang noir coule de sa playe. Oedipe couvert du sang qui dégoute encore des restes de ses yeux qu'il vient d'arracher, se plaint des Dieux & des Hommes. On entend les cris de Clitemnestre que son propre fils égorge; & Electre crie sur le Théatre: *Frappez, ne l'épargnez pas, elle n'a pas épargné notre pere.* Promethée est attaché sur un rocher avec des cloux qu'on lui enfonce dans l'estomac & dans les bras. Les Furies répondent à l'ombre sanglante de Clitemnestre par des hurlemens sans aucune articulation. Beaucoup de Tragédies Grecques, en un mot, sont remplies de cette terreur portée à l'excès. *(marginnote:* Spectacles horribles chez les Grecs.*)*

Je sai bien, que les Tragiques Grecs, d'ailleurs supérieurs aux Anglais, ont erré en prenant souvent l'horreur pour la terreur, & le dégoûtant & l'incroyable pour le tragique & le merveilleux. L'Art étoit dans son enfance à Athenes du tems d'Æschyle, comme à Londres du tems de Shakespear; mais parmi les grandes fautes des Poëtes Grecs, & même des vôtres, on trouve un vrai pathétique & de singulieres beautés; & si quelques Français qui ne connaissent les Tragédies & les mœurs étrangeres que par des Traductions, & sur des ouï-dire, les condamnent sans aucune restriction;

ils font, ce me femble, comme des aveugles, qui affureroient, qu'une Rofe ne peut avoir de couleurs vives, parcequ'ils en compteroient les épines à tâtons.

Mais fi les Grecs & vous, vous paffez les bornes de la bienféance, & fi furtout les Anglais ont donné des fpectacles effroyables, voulant en donner de terribles; nous autres Français, auffi fcrupuleux que vous avez été téméraires, nous nous arrêtons trop de peur de nous emporter, & quelquefois nous n'arrivons pas au tragique, dans la crainte d'en paffer les bornes.

Je fuis bien loin de propofer, que la Scene devienne un lieu de carnage, comme elle l'eft dans Shakefpear, & dans fes fucceffeurs, qui n'ayant pas fon génie, n'ont imité que fes défauts; mais j'ofe croire, qu'il y a des fituations qui ne paraiffent encore que dégoûtantes & horribles aux Français, & qui bien ménagées, repréfentées avec art, & furtout adoucies par le charme des beaux Vers, pourroient nous faire une forte de plaifir dont nous ne nous doutons pas.

> Il n'eft point de Serpent ni de Monftre odieux,
> Qui par l'Art imité ne puiffe plaire aux yeux.

Du moins que l'on me dife, pourquoi il eft permis à nos Héros & à nos Héroïnes de Théatre de fe tuer, & qu'il leur eft défendu de tuer perfonne? La Scene eft-elle moins enfanglantée par la mort d'Atalie qui fe poignarde pour fon Amant, qu'elle ne le feroit par le meurtre de Cefar? Et fi le fpectacle du fils de Caton qui paraît mort aux yeux de fon pere, eft l'occafion d'un difcours admirable de ce vieux Romain; fi ce morceau a été applaudi en Angleterre & en Italie par ceux qui font les plus grands partifans de la bienféance Françaife; fi les femmes les plus délicates n'en ont point été choquées, pourquoi les Français ne s'y accoutumeroient-ils pas? La Nature n'eft-elle pas la même dans tous les hommes?

Toutes

Toutes ces loix de ne point enfanglanter la Scene, de ne point faire parler plus de trois Interlocuteurs, &c. font des loix qui, ce me femble, pourroient avoir quelques exceptions parmi nous, comme elles en ont eu chez les Grecs; il n'en eft pas des régles de la bienféance, toujours un peu arbitraire, comme des régles fondamentales du Théatre qui font les trois unités. Il y auroit de la faibleffe & de la ftérilité à étendre une action au-delà de l'efpace du tems & du lieu convenables. Demandez à quiconque aura inféré dans une Piéce trop d'événemens, la raifon de cette faute: s'il eft de bonne foi, il vous dira, qu'il n'a pas eu affez de génie pour remplir fa Piéce d'un feul fait; & s'il prend deux jours & deux Villes pour fon action, croyez que c'eft parcequ'il n'auroit pas eu l'adreffe de la refferrer dans l'efpace de trois heures, & dans l'enceinte d'un Palais, comme l'exige la vraifemblance.

Bienféances & unités.

Il en eft tout autrement de celui qui hazarderoit un fpectacle horrible fur le Théatre; il ne choqueroit point la vraifemblance, & cette hardieffe loin de fuppofer de la faibleffe dans l'Auteur, demanderoit au contraire un grand génie, pour mettre par fes vers de la véritable grandeur dans une action qui, fans un ftile fublime, ne feroit qu'atroce & dégoûtante.

Voilà ce qu'a ofé tenter une fois notre Grand Corneille dans fa Rodogune. Il fait paraître une mere qui en préfence de fa Cour & d'un Ambaffadeur, veut empoifonner fon fils & fa belle-fille, après avoir tué fon autre fils de fa propre main; elle leur préfente la coupe empoifonnée, & fur leur refus & leurs foupçons, elle la boit elle-même, & meurt du poifon qu'elle leur deftinoit.

Cinquième Acte de Rodogune.

Des coups auffi terribles ne doivent pas être prodigués, & il n'appartient pas à tout le monde d'ofer les frapper. Ces nouveautés demandent une grande

circon-

circonfpection, & une exécution de Maître. Les Anglais eux-mêmes avouent que Shakefpear, par exemple, a été le feul parmi eux qui ait pu faire évoquer & parler des ombres avec fuccès.

Within that circle none durft move but he.

Pompe & dignité du fpectacle dans la Tragédie.

Plus une action théatrale eft majeftueufe ou effrayante, plus elle deviendroit infipide, fi elle étoit fouvent repétée; à-peu-près comme les détails de batailles, qui étant par eux-mêmes ce qu'il y a de plus terrible, deviennent froids & ennuyeux, à force de reparaître fouvent dans les Hiftoires.

La feule Piéce où Mr. Racine ait mis du fpectacle, c'eft fon Chef-d'œuvre d'Athalie. On y voit un enfant fur un Trône, fa Nourrice & des Prêtres qui l'environnent; une Reine qui commande à fes Soldats de le maffacrer, des Lévites armés qui accourent pour le défendre. Toute cette action eft pathétique; mais fi le ftile ne l'étoit pas auffi, elle n'étoit que puérile.

Plus on veut frapper les yeux par un appareil éclatant, plus on s'impofe la néceffité de dire de grandes chofes; autrement on ne feroit qu'un Décorateur, & non un Poëte Tragique. Il y a près de trente années qu'on repréfenta la Tragédie de Montefume à Paris, la Scene ouvroit par un fpectacle nouveau; c'étoit un Palais d'un goût magnifique & barbare; Montefume paraiffoit avec un habit fingulier; des efclaves armés de fléches étoient dans le fond; autour de lui étoient huit Grands de fa Cour, profternés le vifage contre terre; Montefume commençoit la Piéce en leur difant:

Levez-vous, votre Roi vous permet aujourd'hui

Et de l'envifager, & de parler à lui.

Ce fpectacle charma; mais voilà tout ce qu'il y eut de beau dans cette Tragedie.

Pour

Pour moi j'avoue, que ce n'a pas été fans quelque crainte que j'ai introduit fur la Scene Française le Sénat de Rome en robes rouges, allant aux Opinions. Je me fouvenois que lorfque j'introduifis autrefois dans Oedipe un Chœur de Thébains qui difoit;

O Mort, nous implorons ton funefte fecours;

O Mort, viens nous fauver, viens terminer nos jours.

Le Parterre au lieu d'être frappé du pathétique qui pouvoit être en cet endroit, ne fentit d'abord que le prétendu ridicule d'avoir mis ces Vers dans la bouche d'Acteurs peu accoutumés, & il fit un éclat de rire. C'eft ce qui m'a empêché dans Brutus de faire parler les Sénateurs, quand Titus eft accufé devant eux, & d'augmenter la terreur de la fituation, en exprimant l'étonnement & la douleur de ces Peres de Rome, qui fans doute devroient marquer leur furprife autrement que par un jeu muet qui même n'a pas été executé.

Au refte, MYLORD, s'il y a quelques endroits paffables dans cet Ouvrage, il faut que j'avoue, que j'en ai l'obligation à des Amis qui penfent comme vous. Ils m'encourageoient à tempérer l'auftérité de Brutus par l'amour paternel, enfin qu'on admirât & qu'on plaignît l'effort qu'il fe fait en condamnant fon fils. Ils m'exhortoient à donner à la jeune Tullie un caractere de tendreffe & d'innocence, parceque fi j'en avois fait une Héroïne altiére, qui n'eût parlé à Titus que comme à un Sujet qui devoit fervir fon Prince, alors Titus auroit été avili, & l'Ambaffadeur eût été inutile. Ils vouloient que Titus fût un jeune homme furieux dans fes paffions, aimant Rome & fon Pere, adorant Tullie, fe faifant un devoir d'être fidéle au Sénat même dont il fe plaignoit, & emporté loin de fon devoir par une paffion dont il avoit cru être le maître.

Confeils d'un excellent Critique.

En

En effet, fi Titus avoit été de l'avis de fa Maîtreffe, & s'étoit dit à lui-même de bonnes raifons en
faveur des Rois, Brutus alors n'eût été regardé que
comme un Chef de Rebelles. Titus n'auroit plus eu
de remords; fon Pere n'eût plus excité la pitié.

Gardez, me difoient ils, que les deux enfans de
Brutus paraiffent fur la Scene; vous favez, que l'intérêt eft perdu, quand il fe partage; mais furtout que
votre Piéce foit fimple; imitez cette beauté des Grecs,
croyez que la multiplicité des événemens & des intérêts compliqués, n'eft que la reffource des génies fté-
riles, qui ne favent pas tirer d'une feule paffion de-
quoi faire cinq Actes. Tâchez de travailler chaque
Scene comme fi c'étoit la feule que vous euffiez à
écrire. Ce font les beautés de détail qui foutiennent
les Ouvrages en Vers, & qui les font paffer à la poftérité. C'eft fouvent la maniere finguliere de dire des
chofes communes; c'eft cet Art d'embellir par la
diction ce que penfent & ce que fentent tous les hommes, qui fait les Grands Poëtes. Il n'y a ni fentimens recherchés, ni avanture Romanefque dans le
quatriéme Livre de Virgile; il eft tout naturel, &
c'eft l'effort de l'efprit humain. Mr. Racine n'eft
fi au-deffus des autres qui ont tous dit les mêmes
chofes que lui, que parce qu'il les a mieux dites.
Corneille n'eft véritablement Grand, que quand il
s'exprime auffi-bien qu'il penfe. Souvenez vous de
ce précepte de Mr. Defpreaux:

> Et que tout ce qu'il dit facile à retenir,
>
> De fon Ouvrage en vous laiffe un long fouvenir.

Voilà ce que n'ont point tant d'Ouvrages Dra-
matiques, que l'Art d'un Acteur, & la figure & la
voix d'une Actrice ont fait valoir fur nos Théatres.
Combien de Piéces mal écrites ont eu plus de Repréfentations que Cinna & Britannicus; mais on n'a jamais

mais retenu deux Vers de ces faibles Poëmes, au lieu
qu'on sait Britannicus & Cinna par cœur. En vain
le Regulus de Pradon a fait verser des larmes par quelques situations touchantes, l'Ouvrage & tous ceux qui
lui ressemblent sont méprisés, tandis que leurs Auteurs s'applaudissent dans leurs Préfaces.

Il me semble, MYLORD, que vous m'allez De l'A-
mour.
demander, comment des Critiques si judicieux ont pu
me permettre de parler d'amour dans une Tragédie
dont le titre est JUNIUS BRUTUS, & de mêler
cette passion avec l'austere vertu du Sénat Romain, &
la politique d'un Ambassadeur?

On reproche à notre Nation d'avoir amolli le
Théatre, par trop de tendresse, & les Anglais méritent
bien le même reproche depuis près d'un siécle; car
vous avez toujours un peu pris nos modes & nos vices.
Mais me permettez-vous de vous dire mon sentiment
sur cette matiere?

Vouloir de l'amour dans toutes les Tragédies me
paraît un goût effeminé; l'en proscrire toujours est
une mauvaise humeur bien déraisonnable.

Le Théatre soit Tragique, soit Comique, est la
peinture vivante des passions humaines; l'ambition
d'un Prince est représentée dans la Tragédie; la Comédie tourne en ridicule la vanité d'un Bourgeois.
Ici vous riez de la coquetterie & des intrigues d'une
Citoyenne; là vous pleurez la malheureuse passion de
Phédre; de même l'amour vous amuse dans un Ro-
man, & il vous transporte dans la Didon de Virgile.

L'amour dans une Tragédie n'est pas plus un
défaut essentiel, que dans l'Eneïde; il n'est à reprendre
que quand il est amené mal-à-propos, ou traité sans art.

Les Grecs ont rarement hazardé cette passion sur
le Théatre d'Athénes. Premierement, parce que
leurs Tragédies n'ayant roulé d'abord que sur des
sujets terribles, l'esprit des Spectateurs étoit plié à ce

R 4 genre

genre de spectacles; secondement, parce que les femmes menoient une vie beaucoup plus retirée que les notres, & qu'ainsi le langage de l'amour n'étant pas comme aujourd'hui le sujet de toutes les conversations, les Poëtes en étoient moins invités à traiter cette passion, qui de toutes est la plus difficile à représenter, par les ménagemens infinis qu'elle demande.

Une troisième raison qui me paraît assez forte, c'est que l'on n'avoit point de Comédiennes; les rolles de femmes étoient joués par des hommes masqués. Il semble que l'amour eût été ridicule dans leur bouche.

C'est tout le contraire à Londres & à Paris, & il faut avouer que les Auteurs n'auroient guéres entendu leurs intérêts, ni connu leur Auditoire, s'ils n'avoient jamais fait parler les Oldfields, ou les Duclos & les Lecouvreurs, que d'ambition & de politique.

Le mal est que l'amour n'est souvent chez nos Héros de Théatre que de la galanterie, & que chez les vôtres il dégénere quelquefois en débauche.

Dans notre Alcibiade, Piéce très-suivie, mais faiblement écrite, & ainsi peu estimée, on a admiré long-tems ces mauvais Vers que récitoit d'un ton séduisant l'Esopus du dernier siécle.

Ah! lorsque pénetré d'un amour véritable,

Et gémissant aux pieds d'un objet adorable,

J'ai connu dans ses yeux timides ou distraits

Que mes soins de son cœur ont pu troubler la paix,

Que par l'aveu secret d'une ardeur mutuelle,

La mienne a pris encore une force nouvelle;

Dans ces moméns si doux j'ai cent fois éprouvé

Qu'un mortel peut goûter un bonheur achevé.

Dans

Dans votre Venife fauvée, le vieux Renaud veut violer la femme de Jaffier, & elle s'en plaint en termes affez indécens, jufqu'à dire qu'il eft venu à elle *un button d.*, déboutonné.

Pour que l'amour foit digne du Théatre Tragique, il faut qu'il foit le nœud néceffaire de la Piéce, & non qu'il foit amené par force pour remplir le vuide de vos Tragédies & des notres qui font toutes trop longues; il faut que ce foit une paffion véritablement Tragique, regardée comme une faibleffe, & combattuë par des remords: Il faut ou que l'amour conduife aux malheurs & aux crimes, pour faire voir combien il eft dangereux, ou que la vertu en triomphe pour montrer qu'elle n'eft pas invincible; fans cela ce n'eft plus qu'un amour d'Eglogue ou de Comédie.

C'eft à vous, MYLORD, à décider fi j'ai rempli quelques-unes de ces conditions; mais que vos Amis daignent fur-tout ne point juger du génie & du goût de notre Nation par ce Difcours, & par cette Tragédie que je vous envoye. Je fuis peut-être un de ceux qui cultivent les Lettres en France avec moins de fuccès; & fi les fentimens, que je foumets ici à votre cenfure, font defapprouvés, c'eft à moi feul qu'en appartient le blâme.

ACTEURS.

ACTEURS.

JUNIUS BRUTUS,
VALERIUS PUBLICOLA, } Confuls.

TITUS, fils de Brutus.

TULLIE, fille de Tarquin.

ALGINE, Confidente de Tullie.

ARONS, Ambaſſadeur de Porſenna.

MESSALA, Ami de Titus.

PROCULUS, Tribun Militaire.

ALBIN, Confident d'Arons.

SÉNATEURS.

LICTEURS.

La Scéne eſt à Rome.

BRUTUS,
TRAGEDIE.

* * * * * * * * * * * * * * * * *

ACTE PREMIER.

SCENE I.

BRUTUS, Les SENATEURS.

*(Le Théatre repréſente une partie de la maiſon des Conſuls
ſur le mont Tarpeïen; le temple du Capitole ſe voit dans
le fond. Les Sénateurs ſont aſſemblés entre le temple
& la maiſon, devant l'autel de Mars. Brutus & Valerius Publicola, Conſuls, préſident à cette aſſemblée; les
Sénateurs ſont rangés en demi-cercle. Des Licteurs avec
leurs faiſceaux ſont debout derriere les Sénateurs.)*

BRUTUS.

Deſtructeurs des Tyrans, vous qui n'avez pour Rois
Que les Dieux de Numa, vos vertus & nos Loix;
Enfin notre ennemi commence à nous connaître.
Ce ſuperbe Toſcan qui ne parloit qu'en Maître,
Porſenna, de Tarquin ce formidable appui,

Ce

Ce Tyran, Protecteur d'un Tyran comme lui,
Qui couvre de son camp les rivages du Tibre;
Respecte le Sénat, & craint un Peuple libre.
Aujourd'hui devant vous abaissant sa hauteur,
Il demande à traiter par un Ambassadeur.
Arons, qu'il nous députe, en ce moment s'avance;
Aux Sénateurs de Rome il demande audience;
Il attend dans ce Temple, & c'est à vous de voir
S'il le faut refuser, s'il le faut recevoir.

VALERIUS PUBLICOLA.

Quoiqu'il vienne annoncer, quoiqu'on puisse en attendre;
Il le faut à son Roi renvoyer sans l'entendre;
Tel est mon sentiment.   Rome ne traite plus
Avec ses ennemis que quand ils sont vaincus.
Votre Fils, il est vrai, vengeur de sa patrie,
A deux fois repoussé le Tyran d'Etrurie;
Je sai tout ce qu'on doit à ses vaillantes mains;
Je sai, qu'à votre exemple il sauva les Romains:
Mais ce n'est point assez.   Rome, assiégée encore,
Voit dans les Champs voisins ces Tyrans qu'elle abhorre.
Que Tarquin satisfasse aux ordres du Sénat,
Exilé par nos loix, qu'il sorte de l'Etat,
De son coupable aspect qu'il purge nos Frontieres,
Et nous pourrons ensuite écouter ses prieres.
Ce nom d'Ambassadeur a paru vous frapper;
Tarquin n'a pu nous vaincre, il cherche à nous tromper.
L'Ambassadeur d'un Roi m'est toujours redoutable,
Ce n'est qu'un ennemi sous un titre honorable,

Qui

Qui vient, rempli d'orgueil ou de dexterité,
Infulter ou trahir avec impunité.
Rome ! n'écoute point leur féduifant langage ;
Tout art t'eft étranger, combattre eft ton partage ;
Confonds tes ennemis de ta gloire irrités ;
Tombe, ou punis les Rois, ce font-là tes Traités.

BRUTUS.

Rome fait à quel point fa liberté m'eft chere,
Mais, plein du même efprit, mon fentiment differe.
Je vois cette Ambaffade, au nom des Souverains,
Comme un premier hommage aux Citoyens Romains ;
Accoûtumons des Rois la fierté defpotique,
A traiter en égale avec la République,
Attendant que du Ciel rempliffant les Décrets,
Quelque jour avec elle ils traitent en Sujets.
Arons vient voir ici Rome encor chancelante,
Découvrir les refforts de fa grandeur naiffante,
Epier fon génie, obferver fon pouvoir ;
Romains, c'eft pour cela qu'il le faut recevoir.
L'ennemi du Sénat connaîtra qui nous fommes,
Et l'Efclave d'un Roi va voir enfin des hommes.
Que dans Rome à loifir il porte fes regards,
Il la verra dans vous, vous êtes fes remparts.
Qu'il révere en ces lieux le Dieu qui nous raffemble,
Qu'il paraiffe au Sénat, qu'il l'écoute & qu'il tremble.

Les Sénateurs fe lévent, & s'approchent un moment, pour donner
leurs voix.

VALE-

VALERIUS PUBLICOLA.

Je vois tout le Sénat paffer à votre avis.

Rome & vous, l'ordonnez. A regret j'y foufcris;

Licteurs, qu'on l'introduife, & puiffe fa préfence

N'apporter en ces lieux rien dont Rome s'offenfe.

A Brutus.

C'eft fur vous feul ici que nos yeux font ouverts:

C'eft vous qui le premier avez rompu nos fers :

De notre liberté foûtenez la querelle;

Brutus en eft le pere, & doit parler pour elle.

* * * * * * * * * * * * * * * * * *

SCENE II.

Le SENAT, ARONS, ALBIN, Suite.

(Arons entre par le côté du Théatre, précedé de deux Li-
Ecteurs, & d'Albin fon Confident ; il paffe devant les
Confuls & le Sénat, qu'il faluë, & il va s'affeoir fur
un fiége préparé pour lui fur le devant du Théatre.)

ARONS.

Confuls, & vous Sénat, qu'il m'eft doux d'être admis

Dans ce Confeil facré des fages ennemis :

De voir tous ces Héros, dont l'équité févere

N'eut jufques aujourd'hui qu'un reproche à fe faire;

Témoin de leurs exploits, d'admirer leurs vertus,

D'écouter Rome enfin par la voix de Brutus;

Loin des cris de ce Peuple indocile & barbare,

Que la fureur conduit, réünit & fépare,

Aveugle dans fa haine, aveugle en fon amour,

Qui

Qui menace & qui craint, régne & fert en un jour ;
Dont l'audace . . . . . .

BRUTUS.

Arrêtez, fachez qu'il faut qu'on nomme
Avec plus de refpect les Citoyens de Rome ;
La gloire du Sénat eft de repréfenter
Ce Peuple vertueux, que l'on ofe infulter.
Quittez l'art avec nous, quittez la flatterie ;
Ce poifon qu'on prépare à la Cour d'Etrurie,
N'eft point encor connu dans le Sénat Romain.
Pourfuivez.

ARONS.

Moins piqué d'un difcours fi hautain,
Que touché des malheurs où cet Etat s'expofe,
Comme un de fes enfans j'embraffe ici fa caufe.
Vous voyez, quel orage éclate autour de vous,
C'eft en vain que Titus en détourna les coups ;
Je vois avec regret, fa valeur & fon zéle
N'affurer aux Romains qu'une chûte plus belle ;
Sa victoire affaiblit vos remparts défolés.
Du fang qui les inonde ils femblent ébranlés.
Ah! ne refufez plus une paix néceffaire.
Si du Peuple Romain le Sénat eft le pere,
Porfenna l'eft des Rois que vous perfecutez.
Mais vous, du nom Romain vengeurs fi redoutés,
Vous des droits des mortels éclairés interprêtes,
Vous,

Vous, qui jugez les Rois, regardez où vous êtes.
Voici ce Capitole, & ces mêmes Autels,
Où jadis atteſtant tous les Dieux immortels,
J'ai vu chacun de vous, brulant d'un autre zéle,
A Tarquin votre Roi, jurer d'être fidéle.
Quels Dieux ont donc changé les droits des Souverains
Quel pouvoir a rompu des nœuds jadis ſi ſaints,
Qui du front de Tarquin ravit le Diadême ?
Qui peut de vos ſermens vous degager ?

BRUTUS.

Lui-même.

N'alléguez point ces nœuds que le crime a rompus,
Ces Dieux qu'il outragea, ces droits qu'il a perdus;
Nous avons fait, Arons, en lui rendant hommage,
Serment d'obéïſſance, & non point d'eſclavage;
Et puiſqu'il vous ſouvient d'avoir vu dans ces lieux
Le Sénat à ſes pieds, faiſant pour lui des vœux;
Songez qu'en ce lieu même, à cet Autel auguſte,
Devant ces mêmes Dieux il jura d'être juſte.
De ſon Peuple & de lui tel étoit le lien;
Il nous rend nos ſermens lorſqu'il trahit le ſien,
Et dès qu'aux Loix de Rome il oſe être infidelle.
Rome n'eſt plus ſujette, & lui ſeul eſt rebelle.

ARONS.

ARONS.

Ah! quand il feroit vrai, que l'abfolu pouvoir
Eût entraîné Tarquin par-delà fon devoir,
Qu'il en eût trop fuivi l'amorce enchantereffe:
Quel homme eft fans erreur? & quel Roi fans faibleffe?
Eft-ce à vous de prétendre au droit de le punir?
Vous nés tous fes Sujets, vous, faits pour obéir!
Un fils ne s'arme point contre un coupable pere;
Il détourne les yeux, le plaint & le revere.
Les droits des Souverains font-ils moins précieux?
Nous fommes leurs enfans; leurs Juges font les Dieux.
Si le Ciel quelquefois les donne en fa colere,
N'allez pas mériter un préfent plus févere,
Trahir toutes les Loix en voulant les venger,
Et renverfer l'Etat au lieu de le changer.
Inftruit par le malheur (ce grand Maître de l'homme)
Tarquin fera plus jufte, & plus digne de Rome.
Vous pouvez raffermir par un accord heureux,
Des Peuples & des Rois les légitimes nœuds,
Et faire encor fleurir la liberté publique,
Sous l'ombrage facré du pouvoir monarchique.

BRUTUS.

Arons, il n'eft plus tems, chaque Etat a fes Loix,
Qu'il tient de fa nature, ou qu'il change à fon choix;
Efclaves de leurs Rois, & même de leurs Prêtres,
Les Tofcans femblent nés pour fervir fous des Maîtres,

Et de leur chaîne antique adorateurs heureux,
Voudroient que l'Univers fût esclave comme eux.
La Gréce entiere est libre, & la molle Ionie
Sous un joug odieux languit assujettie.
Rome eut ses Souverains, mais jamais absolus.
Son premier Citoyen fut le grand Romulus ;
Nous partagions le poids de sa grandeur suprême.
Numa, qui fit nos Loix, y fut soumis lui-même.
Rome enfin, je l'avouë, a fait un mauvais choix :
Chez les Toscans, chez vous elle a choisi ses Rois ;
Ils nous ont apporté du fond de l'Etrurie
Les vices de leur Cour, avec la tyrannie.

Il se leve :

Pardonnez-nous, grands Dieux ! si le peuple Romain
A tardé si long-tems à condamner Tarquin.
Le sang qui regorgea sous ses mains meurtrieres,
De notre obéïssance a rompu les barrieres.
Sous un Sceptre de fer tout ce Peuple abattu,
A force de malheurs a repris sa vertu.
Tarquin nous a remis dans nos droits légitimes ;
Le bien public est né de l'excès de ses crimes ;
Et nous donnons l'exemple à ces mêmes Toscans,
S'ils pouvoient, à leur tour, être las des Tyrans.

Les Consuls descendent vers l'Autel, & le Sénat se léve.

O Mars ! Dieu des Héros, de Rome & des batailles,
Qui combats avec nous, qui défends ces murailles !
Sur ton Autel sacré, Mars, reçois nos sermens,

Pour

Pour ce Sénat, pour moi, pour tes dignes enfans !
Si dans le sein de Rome il se trouvoit un traître,
Qui regretât les Rois, & qui voulût un Maître,
Que le perfide meure au milieu des tourments :
Que sa cendre coupable, abandonnée aux vents,
Ne laisse ici qu'un nom, plus odieux encore
Que le nom des Tyrans, que Rome entiere abhorre.

   A R O N S *avançant vers l'Autel.*
Et moi, sur cet Autel qu'ainsi vous profanez,
Je jure au nom du Roi que vous abandonnez,
Au nom de Porsenna, vengeur de sa querelle,
A vous, à vos enfans, une guerre immortelle.
   Les Sénateurs font un pas vers le Capitole.
Sénateurs, arrêtez, ne vous séparez pas ;
Je ne me suis pas plaint de tous vos attentats ;
La Fille de Tarquin, dans vos mains demeurée,
Est-elle une victime à Rome consacrée ?
Et donnez-vous des fers à ses royales mains,
Pour mieux braver son pere & tous les Souverains ?
Que dis-je ! tous ces biens, ces trésors, ces richesses,
Que des Tarquins dans Rome épuisoient les largesses,
Sont-ils votre conquête, ou vous sont-ils donnez ?
Est-ce pour les ravir que vous le détrônez ?
Sénat, si vous l'osez, que Brutus les dénie.

   B R U T U S *se tournant vers* A R O N S.
Vous connaissez bien mal, & Rome & son génie.
Ces Peres des Romains, vengeurs de l'équité,
Ont blanchi dans la pourpre & dans la pauvreté.

    S 2   Au-

Au-deffus des tréfors, que fans peine ils vous cedent;
Leur gloire eft de dompter les Rois qui les poffedent.
Prenez cet Or, Arons, il eft vil à nos yeux.
Quant au malheureux Sang d'un Tyran odieux,
Malgré la jufte horreur que j'ai pour fa Famille,
Le Sénat à mes foins a confié fa fille.
Elle n'a point ici de ces refpects flatteurs,
Qui des enfans des Rois empoifonnent les cœurs;
Elle n'a point trouvé la pompe & la molleffe,
Dont la Cour des Tarquins enyvra fa jeuneffe.
Mais je fai ce qu'on doit de bontés & d'honneur,
A fon fexe, à fon âge, & furtout au malheur.
Dès ce jour en fon camp que Tarquin la revoye;
Mon cœur même en conçoit une fecrette joye.
Qu'aux Tyrans deformais rien ne refte en ces lieux,
Que la haine de Rome & le couroux des Dieux.
Pour emporter au camp l'Or qu'il faut y conduire,
Rome vous donne un jour, ce tems doit vous fuffire;
Ma maifon cependant eft votre fureté,
Jouïffez-y des droits de l'hofpitalité.
Voilà ce que par moi le Sénat vous annonce.
Ce foir à Porfenna reportez ma réponfe.
Reportez-lui la guerre, & dites à Tarquin
Ce que vous avez vu dans le Sénat Romain.

Aks

Aux Sénateurs.

Et nous du Capitole allons orner le faîte
Des lauriers dont mon fils vient de ceindre sa tête;
Suspendons ces Drapeaux, & ces dards tout sanglans
Que ses heureuses mains ont ravis aux Toscans.
Ainsi puisse toujours, plein du même courage,
Mon sang digne de vous, vous servir d'âge en âge.
Dieux, protegez ainsi contre nos Ennemis
Le Consulat du Pere, & les armes du Fils!

* * * * * * * * * * * * * * * * * *

SCENE III.

ARONS, ALBIN.

Qui sont supposés être entrés de la Sale d'Audience dans un autre appartement de la maison de Brutus.

ARONS.

As-tu bien remarqué cet orgueil infléxible,
Cet esprit d'un Sénat qui se croit invincible?
Il le feroit, Albin, si Rome avoit le tems
D'affermir cette audace au cœur de ses enfans.
Crois-moi, la liberté que tout mortel adore,
Que je veux leur ôter, mais que j'admire encore,
Donne à l'homme un courage, inspire une grandeur,
Qu'il n'eût jamais trouvé dans le fond de son cœur.
Sous le joug des Tarquins, la Cour & l'esclavage
Amollissoit leurs mœurs, énervoit leur courage;
Leurs Rois trop occupés à dompter leurs Sujets,
De nos heureux Toscans ne troubloient point la paix.

S 3   Mais

Mais fi ce fier Sénat réveille leur génie ;
Si Rome eft libre, Albin, c'eft fait de l'Italie.
Ces Lions, que leur Maître avoit rendus plus doux,
Vont reprendre leur rage & s'élancer fur nous.
Etouffons dans leur fang la femence féconde
Des maux de l'Italie & des troubles du Monde :
Affranchiffons la Terre, & donnons aux Romains
Ces fers qu'ils deftinoient au refte des humains.
Meffala viendra-t-il ?   Pourrai-je ici l'entendre ?
Ofera-t-il ?   .   .   .

ALBIN.

        Seigneur, il doit ici fe rendre.
A toute heure il y vient.   Titus eft fon appui.

ARONS.

As-tu pu lui parler ?   Puis-je compter fur lui ?

ALBIN.

Seigneur, ou je me trompe, ou Meffala confpire
Pour changer fes deftins plus que ceux de l'Empire ;
Il eft ferme, intrépide, autant que fi l'honneur
Ou l'amour du païs excitoit fa valeur ;
Maître de fon fecret, & maître de lui-même ;
Impénétrable, & calme en fa fureur extrême.

ARONS.

Tel autrefois dans Rome il parut à mes yeux,
Lorfque Tarquin régnant me reçut dans ces lieux,
Et fes Lettres depuis, ... mais je le vois paraître.

                                     SCENE

❀❀❀❀❀❀❀❀❀❀❀❀❀❀❀❀❀❀❀❀❀❀❀❀

SCENE IV.

ARONS, MESSALA, ALBIN.

ARONS.

Généreux Meffala, l'appui de votre Maître,
Eh bien, l'Or de Tarquin, les préfens de mon Roi
Des Sénateurs Romains n'ont pu tenter la foi!
Les plaifirs d'une Cour, l'efpérance, la crainte,
A ces cœurs endurcis n'ont pu porter d'atteinte!
Ces fiers Patriciens font-ils autant de Dieux
Jugeant tous les mortels, & ne craignant rien d'eux?
Sont-ils fans paffion, fans intérêt, fans vice?

MESSALA.

Ils ofent s'en vanter; mais leur feinte juftice,
Leur âpre auftérité, que rien ne peut gagner,
N'eft dans ces cœurs hautains que la foif de régner:
Leur orgueil foule aux pieds l'orgueil du Diademe,
Ils ont brifé le joug pour l'impofer eux-mêmes,
De notre liberté ces illuftres vengeurs,
Armés pour la défendre en font les oppreffeurs:
Sous les noms féduifans de Patrons & de Peres,
Ils affectent des Rois les démarches altieres;
Rome a changé de fers, & fous le joug des Grands,
Pour un Roi qu'elle avoit a trouvé cent Tyrans.

S 4 ARONS.

ARONS.

Parmi vos Citoyens en eſt-il d'aſſez ſage,
Pour déteſter tout bas cet indigne eſclavage ?

MESSALA.

Peu ſentent leur état, leurs eſprits égarés
De ce grand changement ſont encor enyvrés ;
Le plus vil Citoyen, dans ſa baſſeſſe extrême,
Ayant chaſſé les Rois, penſe être Roi lui-même :
Mais je vous l'ai mandé, Seigneur, j'ai des amis,
Qui ſous ce joug nouveau ſont à regret ſoumis,
Qui dédaignant l'erreur des Peuples imbéciles,
Dans ce torrent fougueux reſtent ſeuls immobiles,
Des mortels éprouvés, dont la tête & le bras
Sont faits pour ébranler ou changer les Etats.

ARONS.

De ces braves Romains que faut-il que j'eſpere ?
Serviront-ils leur Prince ?

MESSALA.

              Ils ſont prêts à tout faire :
Tout leur ſang eſt à vous.   Mais ne prétendez pas,
Qu'en aveugles Sujets ils ſervent des ingrats.
Ils ne ſe piquent point du devoir fanatique,
De ſervir de victime au pouvoir deſpotique,
Ni du zele inſenſé de courir au trépas,
Pour venger un Tyran, qui ne les connaît pas.
Tarquin promet beaucoup, mais devenu leur Maître
Il les oubliera tous, ou les craindra peut-être.

                    Je

Je connais trop les Grands : dans le malheur amis,

Ingrats dans la fortune, & bien-tôt ennemis.

Nous fommes de leur gloire un inftrument fervile,

Rejetté par dédain dès qu'il eft inutile,

Et brifé fans pitié s'il devient dangereux.

A des conditions on peut compter fur eux;

Ils demandent un Chef digne de leur courage,

Dont le nom feul impofe à ce Peuple volage;

Un Chef affez puiffant pour obliger le Roi,

Même après le fuccès, à nous tenir fa foi;

Ou fi de nos deffeins la trame eft découverte,

Un Chef affez hardi pour venger notre perte.

ARONS.

Mais vous m'aviez écrit que l'orgueilleux Titus . . .

MESSALA.

Il eft l'appui de Rome, il eft fils de Brutus;

Cependant . . . . . .

ARONS.

De quel œil voit-il les injuftices

Dont ce Sénat fuperbe a payé fes fervices?

Lui feul a fauvé Rome, & toute la valeur

En vain du Confulat lui mérita l'honneur.

Je fai, qu'on le refufe.

S 5   MES-

MESSALA.

Et je fai, qu'il murmure;
Son cœur altier & prompt eſt plein de cette injure;
Pour toute récompenſe il n'obtient qu'un vain bruit,
Qu'un triomphe frivole, un éclat qui s'enfuit.
J'obſerve d'aſſez près ſon ame impérieuſe,
Et de ſon fier couroux la fougue impétueuſe;
Dans le Champ de la Gloire il ne fait que d'entrer;
Il y marche en aveugle, on l'y peut égarer;
La bouillante jeuneſſe eſt facile à ſéduire;
Mais que de Préjugés nous aurions à détruire !
Rome, un Conſul, un pere, & la haine des Rois,
Et l'horreur de la honte, & ſurtout ſes exploits.
Connaiſſez donc Titus, voyez toute ſon ame,
Le couroux qui l'aigrit, le poiſon qui l'enflâme;
Il brûle pour Tullie.

ARONS.

Il l'aimeroit?

MESSALA.

Seigneur,
A peine ai-je arraché ce ſecret de ſon cœur:
Il en rougit lui-même, & cette ame infléxible
N'oſe avouër qu'elle aime, & craint d'être ſenſible;
Parmi les paſſions dont il eſt agité,
Sa plus grande fureur eſt pour la liberté.

ARONS.

ARONS.

C'eſt donc des ſentimens & du cœur d'un ſeul homme
Qu'aujourd'hui, malgré moi, dépend le ſort de Rome !

A Albin.

Ne nous rebutons pas. Préparez-vous, Albin,
A vous rendre ſur l'heure aux tentes de Tarquin.

A Meſſala.

Entrons chez la Princeſſe, un peu d'expérience
M'a pu du cœur humain donner quelque ſcience :
Je lirai dans ſon ame, & peut-être ſes mains
Vont former l'heureux piége, où j'attends les Romains.

Fin du premier Acte.

ACTE

✳✳✳✳✳✳✳✳✳✳✳✳✳✳✳✳✳✳✳✳

ACTE II.

SCENE I.

Le Théatre repréfente, ou eft fuppofé repréfenter un Appartemens
du Palais des Confuls.

TITUS, MESSALA.

MESSALA.

Non, c'eft trop offenfer ma fenfible amitié;
　Qui peut de fon fecret me cacher la moitié,
En dit trop & trop peu, m'offenfe & me foupçonne.

TITUS.

Va, mon cœur à ta foi tout entier s'abandonne;
Ne me reproche rien.

MESSALA.

　　　　　Quoi! vous dont la douleur,
Du Sénat avec moi détefta la rigueur,
Qui verfiez dans mon fein ce grand Secret de Rome,
Ces plaintes d'un Héros, ces larmes d'un grand homme!
Comment avez-vous pu devorer fi long-tems
Une douleur plus tendre, & des maux plus touchans?
De vos feux devant moi vous étouffiez la flâme.
Quoi donc! l'ambition, qui domine en votre ame,
　　　　　　　　　　　Eteignoit-

Eteignoit-elle en vous de fi chers fentimens?
Le Sénat a-t-il fait vos plus cruels tourmens?
Le haïffez-vous plus que vous n'aimez Tullie?

TITUS.

Ah! j'aime avec tranfport: je hais avec furie,
Je fuis extrême en tout, je l'avouë, & mon cœur
Voudroit en tout fe vaincre, & connaît fon erreur.

MESSALA.

Et pourquoi de vos mains déchirant vos bleffures,
Déguifer votre amour & non pas vos injures?

TITUS.

Que veux-tu, Meffala? J'ai, malgré mon couroux,
Prodigué tout mon fang pour ce Sénat jaloux.
Tu le fais, ton courage eut part à ma victoire:
Je fentois du plaifir à parler de ma gloire,
Mon cœur, enorgueilli des fuccès de mon bras,
Trouvoit de la grandeur à venger des ingrats.
On confie aifément des malheurs qu'on furmonte;
Mais qu'il eft accablant de parler de fa honte!

MESSALA.

Quelle eft donc cette honte & ce grand repentir?
Et de quels fentimens auriez-vous à rougir?

TITUS.

Je rougis de moi-même & d'un feu téméraire,
Inutile, imprudent, à mon devoir contraire.

MES-

MESSALA.

Eh bien! l'ambition, l'amour & fes fureurs,
Sont-ce des paffions indignes des grands cœurs?

TITUS.

L'ambition, l'amour, le dépit, tout m'accable;
De ce Confeil de Rois l'orgueil infupportable
Méprife ma jeuneffe, & me difpute un rang,
Brigué par ma valeur & payé par mon fang :
Au milieu du dépit dont mon ame eft faifie,
Je perds tout ce que j'aime, on m'enleve Tullie.
On te l'enleve, hélas! trop aveugle couroux,
Tu n'ofois y prétendre, & ton cœur eft jaloux.
Je l'avouerai, ce feu, que j'avois fu contraindre,
S'irrite en s'échappant, & ne peut plus s'éteindre.
Ami, c'en étoit fait: elle partoit, mon cœur
De fa funefte flâme alloit être vainqueur,
Je rentrois dans mes droits, je fortois d'efclavage.
Le Ciel a-t-il marqué ce terme à mon courage?
moi le fils de Brutus, moi l'ennemy des Rois
~~Quoi! le fils de Brutus, un Soldat, un Romain,~~
l'art du fang de Targuin que j'attendrois des loix
~~Aime, idolatre roi la fille du Tarquin!~~
elle refufe encor de m'en donner l'ingrate
~~Coupable envers Tullie, envers Rome & moi-même,~~
et partout dédaigné partout ma honte éclate
~~Ce Senat que je hais, ce her objet que j'aime,~~
Le dépit, la vengeance, & la honte & l'amour,
De mes fens foulevés difpofent tour à tour.

MESSALA.

Puis-je ici vous parler? mais avec confiance.

TITUS.

TITUS.

Toujours de tes conseils j'ai chéri la prudence.
Eh bien, fais-moi rougir de mes égaremens.

MESSALA.

J'approuve & votre amour & vos ressentimens.
Faudra-t-il donc toujours que Titus autorise
Ce Sénat de Tyrans dont l'orgueil nous maîtrise?
Non, s'il vous faut rougir, rougissez en ce jour
De votre patience, & non de votre amour.
Quoi! pour prix de vos feux, & de tant de vaillance,
Citoyen sans pouvoir, Amant sans espérance,
Je vous verrois languir, victime de l'Etat,
Oublié de Tullie, & bravé du Sénat?
Ah! peut-être, Seigneur, un cœur tel que le vôtre
Auroit pu gagner l'une, & se venger de l'autre.

TITUS.

De quoi viens-tu flatter mon esprit éperdu?
Moi, j'aurois pu fléchir sa haine ou sa vertu?
Hélas! ne vois-tu pas les fatales barrieres,
Qu'élevent entre nous nos devoirs & nos peres?
Sa haine desormais égale mon amour.
Elle va donc partir?

MESSALA.

Oui, Seigneur, dès ce jour.

TITUS.

TITUS.

Je n'en murmure point. Le Ciel lui rend juſtice,
Il la fit pour régner.

MESSALA.

Ah! ce Ciel plus propice
Lui deſtinoit peut-être un Empire plus doux,
Et ſans ce fier Sénat, ſans la guerre, ſans vous . . .
Pardonnez; vous ſavez, quel eſt ſon héritage ;
Son frere ne vit plus, Rome étoit ſon partage.
Je m'emporte, Seigneur: mais ſi pour vous ſervir,
Si pour vous rendre heureux il ne faut que périr;
Si mon ſang . . .

TITUS.

Non, ami, mon devoir eſt le maître.
Non, croi-moi, l'Homme eſt libre au moment qu'il
veut l'être.
Je l'avouë, il eſt vrai, ce dangereux poiſon
A pour quelques momens égaré ma Raiſon;
Mais le cœur d'un Soldat ſait dompter la molleſſe,
Et l'amour n'eſt puiſſant que par notre faibleſſe.

MESSALA.

Vous voyez des Toſcans venir l'Ambaſſadeur;
Cet honneur qu'il vous rend . . .

TITUS.

Ah! quel funeſte honneur!
Que me veut-il? C'eſt lui qui m'enleve Tullie;
C'eſt lui qui met le comble au malheur de ma vie.

SCENE

* *

SCENE II.

TITUS, ARONS.

ARONS.

Après avoir en vain, près de votre Sénat,
Tenté ce que j'ai pu pour fauver cet Etat,
Souffrez qu'à la vertu rendant un jufte hommage,
J'admire en liberté ce généreux courage,
Ce bras qui venge Rome, & foutient fon païs
Au bord du précipice où le Sénat l'a mis.
Ah! que vous étiez digne, & d'un prix plus augufte,
Et d'un autre Adverfaire, & d'un Parti plus jufte!
Et que ce grand courage, ailleurs mieux employé,
D'un plus digne falaire auroit été payé!
Il eft, il eft des Rois, j'ofe ici vous le dire,
Qui mettroient en vos mains le fort de leur Empire,
Sans craindre ces vertus qu'ils admirent en vous,
Dont j'ai vu Rome éprife, & le Sénat jaloux.
Je vous plains de fervir fous ce Maître farouche,
Que le mérite aigrit, qu'aucun bienfait ne touche,
Qui, né pour obéïr, fe fait un lâche honneur
D'appefantir fa main fur fon Libérateur;
Lui, qui s'il n'ufurpoit les droits de la Couronne,
Devroit prendre de vous les ordres qu'il vous donne.

TITUS.

Je rends grace à vos foins, Seigneur, & mes foupçons
De vos bontés pour moi refpectent les raifons.

Je n'examine point, fi votre Politique
Penfe armer mes chagrins contre ma République,
Et porter mon dépit, avec un art fi doux,
Aux indifcrétions qui fuivent le couroux.
Perdez moins d'artifice à tromper ma franchife;
Ce cœur eft tout ouvert, & n'a rien qu'il déguife.
Outragé du Sénat, j'ai droit de le haïr:
Je le hais; mais mon bras eft prêt à le fervir.
Quand la caufe commune au combat nous appelle,
Rome au cœur de fes fils éteint toute querelle:
Vainqueurs de nos débats nous marchons réünis,
Et nous ne connaiffons que vous pour ennemis.
Voilà ce que je fuis, & ce que je veux être.
Soit grandeur, foit vertu, foit préjugé peut-être,
Né parmi les Romains, je périrai pour eux.
J'aime encor mieux, Seigneur, ce Sénat rigoureux,
Tout injufte pour moi, tout jaloux qu'il peut être,
Que l'éclat d'une Cour, & le Sceptre d'un Maître.
Je fuis fils de Brutus, & je porte en mon cœur
La liberté gravée, & les Rois en horreur.

ARONS.

Ne vous flattez-vous point d'un charme imaginaire?
Seigneur, ainfi qu'à vous la liberté m'eft chere:
Quoique né fous un Roi j'en goûte les appas;
Vous vous perdez pour elle, & n'en jouïffez pas.
Eft-il donc, entre nous, rien de plus defpotique,
Que l'efprit d'un Etat qui paffe en République?

Vos

Vos Loix font vos Tyrans: leur barbare rigueur
Devient fourde au mérite, au fang, à la faveur:
Le Sénat vous opprime, & le Peuple vous brave;
Il faut s'en faire craindre, ou ramper leur Efclave.
Le Citoyen de Rome, infolent ou jaloux,
Ou hait votre grandeur, ou marche égal à vous.
Trop d'éclat l'éfarouche, il voit d'un œil févere
Dans le bien qu'on lui fait, le mal qu'on lui peut faire,
Et d'un banniffement le Décret odieux
Devient le prix du fang qu'on a verfé pour eux.
    Je fai bien, que la Cour, Seigneur, a fes naufrages;
Mais fes jours font plus beaux, fon Ciel a moins d'orages.
Souvent la liberté, dont on fe vante ailleurs,
Etale auprès d'un Roi fes dons les plus flateurs.
Il récompenfe, il aime, il prévient les fervices;
La gloire auprès de lui ne fuit point les délices.
Aimé du Souverain, de fes rayons couvert,
Vous ne fervez qu'un Maître, & le refte vous fert.
Eblouï d'un éclat, qu'il refpecte & qu'il aime,
Le Vulgaire applaudit jufqu'à nos fautes même;
Nous ne redoutons rien d'un Sénat trop jaloux,
Et les févéres Loix fe taifent devant nous.
Ah! que né pour la Cour, ainfi que pour les armes,
Des faveurs de Tarquin vous goûteriez les charmes!
Je vous l'ai deja dit, il vous aimoit, Seigneur,
Il auroit avec vous partagé fa grandeur;
Du Sénat à vos pieds la fierté proflernée
Auroit . . .

T 2   TITUS.

TITUS.

J'ai vu fa Cour, & je l'ai dédaignée.
Je pourrois, il eft vrai, mandier fon appui,
Et fon premier efclave être Tyran fous lui.
Grace au Ciel! je n'ai point cette indigne faibleffe,
Je veux de la grandeur, & la veux fans baffeffe.
Je fens, que mon deftin n'étoit point d'obéïr:
Je combattrai vos Rois, retournez les fervir.

ARONS.

Je ne puis qu'approuver cet excès de conftance;
Mais fongez, que lui-même éleva votre enfance.
Il s'en fouvient toujours. Hier encor, Seigneur,
En pleurant avec moi fon fils & fon malheur:
Titus, me difoit-il, foutiendroit ma Famille,
Et lui feul méritoit mon Empire & ma Fille.

TITUS *en fe détournant.*

Sa Fille! Dieux! Tullie? O vœux infortunés!

ARONS *en regardant Titus.*

Je la ramene au Roi que vous abandonnez:
Elle va loin de vous, & loin de fa Patrie,
Accepter pour Epoux le Roi de Ligurie.
Vous cependant ici fervez votre Sénat,
Perfécutez fon pere, opprimez fon Etat.
J'efpere que bien-tôt ces voûtes embrafées,
Ce Capitole en cendre, & ces Tours écrafées,
Du Sénat & du Peuple éclairant les tombeaux,
A cet hymen heureux vont fervir de flambeaux.

SCENE

* *

SCENE III.

TITUS, MESSALA.

TITUS.

Ah! mon cher Meſſala, dans quel trouble il me laiſſe!
Tarquin me l'eût donnée! ô douleur qui me preſſe!
Moi, j'aurois pu!... mais non, Miniſtre dangereux,
Tu venois épier le ſecret de mes feux.
Hélas! en me voyant ſe peut-il qu'on l'ignore?
Il a lu dans mes yeux l'ardeur qui me dévore.
Certain de ma faibleſſe, il retourne à ſa Cour
Inſulter aux projets d'un téméraire amour.
J'aurois pu l'épouſer! lui conſacrer ma vie!
Le Ciel à mes deſirs eût deſtiné Tullie!
Malheureux que je ſuis!

MESSALA.

Vous pourriez être heureux;
Arons pourroit ſervir vos légitimes feux.
Croyez-moi.

TITUS.

Banniſſons un eſpoir ſi frivole;
Rome entiere m'appelle aux murs du Capitole.

T 3   Le

Le Peuple raſſemblé ſous ces Arcs triomphaux,
Tout chargés de ma gloire, & pleins de mes travaux,
M'attend pour commencer les ſermens reḍoutables,
De notre liberté garants inviolables.

MESSALA.

Allez ſervir ces Rois.

TITUS.

          Oui, je les veux ſervir;
Oui, tel eſt mon devoir, & je le veux remplir.

MESSALA.

Vous gémiſſez pourtant?

TITUS.

          Ma victoire eſt cruelle.

MESSALA.

Vous l'achetez trop cher.

TITUS.

          Elle en ſera plus belle.
Ne m'abandonne point dans l'état où je ſuis.

MESSALA.

Allons, ſuivons ſes pas, aigriſſons ſes ennuis.
Enfonçons dans ſon cœur le trait qui le déchire.

SCENE

* *

SCENE IV.

BRUTUS, MESSALA.

BRUTUS.

Arrêtez, Meffala, j'ai deux mots à vous dire.

MESSALA.

A moi, Seigneur!

BRUTUS.

     A vous. Un funefte poifon
Se répand en fecret fur toute ma Maifon.
Tiberinus mon fils, aigri contre fon frere,
Laiffe éclater déja fa jaloufe colere;
Et Titus, animé d'un autre emportement,
Suit contre le Sénat fon fier reffentiment.
L'Ambaffadeur Tofcan, témoin de leur faibleffe,
En profite avec joye autant qu'avec adreffe.
Il leur parle, & je crains les difcours féduifans
D'un Miniftre vieilli dans l'art des Courtifans.
Il devoit dès demain retourner vers fon Maître;
Mais un jour quelquefois eft beaucoup pour un traître.
Meffala, je prétends ne rien craindre de lui:
Allez, lui commander de partir aujourd'hui;
Je le veux.

MESSALA.

     C'eft agir fans doute avec prudence,
Et vous ferez content de mon obéiffance.

      BRU-

BRUTUS.

Ce n'eſt pas tout: mon fils avec vous eſt lié;
Je ſai ſur ſon eſprit ce que peut l'amitié;
Comme ſans artifice il eſt ſans défiance,
Sa jeuneſſe eſt livrée à votre expérience.
Plus il ſe fie à vous, plus je dois eſpérer,
Qu'habile à le conduire, & non à l'égarer,
Vous ne voudrez jamais, abuſant de ſon âge,
Tirer de ſes erreurs un indigne avantage,
Le rendre ambitieux & corrompre ſon cœur.

MESSALA.

C'eſt de quoi dans l'inſtant je lui parlois, Seigneur.
Il fait vous imiter, ſervir Rome & lui plaire;
Il aime aveuglément ſa patrie & ſon pere.

BRUTUS.

Il le doit; mais ſurtout il doit aimer les Loix:
Il doit en être Eſclave, en porter tout le poids.
Qui veut les violer, n'aime point ſa patrie.

MESSALA.

Nous avons vu tous deux ſi ſon bras l'a ſervie.

BRUTUS.

Il a fait ſon devoir.

MESSALA.

    Et Rome eût fait le ſien,
En rendant plus d'honneurs à ce cher Citoyen.

BRU-

B R U T U S.

Non, non, le Confulat n'eft point fait pour fon âge;

J'ai moi-même à mon fils refufé mon fuffrage.

Croyez-moi le fuccès de fon ambition

Seroit le premier pas vers la corruption;

Le prix de la Vertu feroit héréditaire;

Bien-tôt l'indigne fils du plus vertueux pere,

Trop affuré d'un rang d'autant moins mérité,

L'attendroit dans le luxe & dans l'oifiveté.

Le dernier des Tarquins en eft la preuve infigne;

Qui naquit dans la pourpre en eft rarement digne.

Nous préfervent les Cieux d'un fi funefte abus,

Berceau de la Molleffe & tombeau des Vertus!

Si vous aimez mon fils, (je me plais à le croire)

Repréfentez-lui mieux fa véritable gloire;

Etouffez dans fon cœur un orgueil infenfé:

C'eft en fervant l'Etat qu'il eft récompenfé.

De toutes les Vertus mon fils doit un exemple;

C'eft l'appui des Romains que dans lui je contemple:

Plus il a fait pour eux, plus j'exige aujourd'hui.

Connaiffez à mes vœux l'amour que j'ai pour lui.

Tempérez cette ardeur de l'efprit d'un jeune homme:

Le flatter, c'eft le perdre, & c'eft outrager Rome.

MES-

MESSALA.

Je me bornois, Seigneur, à le fuivre aux combats;
J'imitois fa valeur, & ne l'inftruifois pas.
J'ai peu d'autorité; mais s'il daigne me croire,
Rome verra bien-tôt comme il chérit la gloire.

BRUTUS.

Allez donc, & jamais n'encenfez fes erreurs;
Si je hais les Tyrans, je hais plus les flateurs.

* *

SCENE V.

MESSALA *feul.*

Il n'eft point de Tyran, plus dur, plus haïffable,
Que la févérité de ton cœur intraitable.
Va, je verrai peut-être à mes pieds abattu,
Cet orgueil infultant de ta fauffe vertu.
Coloffe, qu'un vil Peuple éleva fur nos têtes,
Je pourrai t'écrafer, & les foudres font prêtes.

Fin du fecond Acte.

ACTE

✳ ✳ ✳ ✳ ✳ ✳ ✳ ✳ ✳ ✳ ✳ ✳ ✳ ✳ ✳ ✳ ✳ ✳

ACTE III.

SCENE I.

ARONS, ALBIN, MESSALA.

ARONS *une Lettre à la Main.*

Je commence à goûter une juſte eſpérance,
  Vous m'avez bien ſervi par tant de diligence;
Tout ſuccede à mes vœux. Oui, cette Lettre, Albin,
Contient le fort de Rome, & celui de Tarquin.
Avez-vous dans le Camp réglé l'heure fatale?
A-t-on bien obſervé la Porte Quirinale?
L'aſſaut ſera-t-il prêt, ſi par nos Conjurés
Les remparts cette nuit ne nous font point livrés?
Tarquin eſt-il content? Crois-tu, qu'on l'introduiſe
Ou dans Rome ſanglante, ou dans Rome ſoumiſe?

ALBIN.

Tout ſera prêt, Seigneur, au milieu de la nuit.
Tarquin de vos projets goûte déja le fruit;
Il penſe de vos mains tenir ſon Diademe;
Il vous doit, a-t-il dit, plus qu'à Porſenna même.

ARONS.

BRUTUS.

ARONS.

Ou les Dieux, Ennemis d'un Prince malheureux,
Confondront des deſſeins ſi grands, ſi dignes d'eux:
Ou demain ſous ſes Loix Rome ſera rangée :
Rome en cendre peut-être, & dans ſon ſang plongée.
Mais il vaut mieux qu'un Roi ſur le Trône remis,
Commande à des Sujets malheureux & ſoumis,
Que d'avoir à dompter au ſein de l'abondance,
D'un Peuple trop heureux l'indocile arrogance.

A Albin.

Allez, j'attends ici la Princeſſe en ſecret.

A Meſſala.

Meſſala, demeurez.

* *

SCENE II.

ARONS, MESSALA.

ARONS.

Eh bien? qu'avez-vous fait?
Avez-vous de Titus fléchi le fier courage?
Dans le parti des Rois penſez-vous qu'il s'engage?

MESSALA.

J'avois trop préſumé, l'inflexible Titus
Aime trop ſa Patrie, & tient trop de Brutus.
Il ſe plaint du Sénat, il brûle pour Tullie.
L'orgueil, l'ambition, l'amour, la jalouſie,

Le

Le feu de fon jeune âge & de fes paffions
Sembloient ouvrir fon ame à mes féductions;
Cependant qui l'eût cru? La liberté l'emporte.
Son amour eft au comble, & Rome eft la plus forte.
J'ai tenté par degrés d'effacer cette horreur,
Que pour le nom de Roi Rome imprime en fon cœur.
En vain j'ai combattu ce préjugé févere;
Le feul nom des Tarquins irritoit fa colere;
De fon entretien même il m'a foudain privé,
Et je hazardois trop, fi j'avois achevé.

ARONS.

Ainfi de le fléchir, Meffala defefpere.

MESSALA.

J'ai trouvé moins d'obftacle à vous donner fon frere,
Et j'ai du moins féduit un des fils de Brutus.

ARONS.

Quoi! vous auriez déja gagné Tiberinus?
Par quels refforts fecrets? par quelle heureufe intrigue?

MESSALA.

Son ambition feule a fait toute ma brigue.
Avec un œil jaloux il voit depuis long-tems
De fon frere & de lui les honneurs différens;
Ces Drapeaux fufpendus à ces voûtes fatales,
Ces Feftons de Lauriers, ces Pompes triomphales,
Tous les cœurs des Romains, & celui de Brutus,
Dans ces folemnités volant devant Titus,

Sont

Sont pour lui des affronts, qui dans fon ame aigrie
Echauffent le poifon de fa fecrete envie.
Cependant que Titus fans haine & fans couroux,
Trop au-deffus de lui pour en être jaloux,
Lui tend encor la main de fon Char de Victoire,
Et femble en l'embraffant l'accabler de fa gloire.
J'ai faifi ces momens, j'ai fû peindre à fes yeux
Dans une Cour brillante un rang plus glorieux.
J'ai preffé, j'ai promis, au nom de Tarquin même,
Tous les honneurs de Rome, après le rang fuprême;
Je l'ai vu s'éblouïr, je l'ai vu s'ébranler;
Il eft à vous, Seigneur, & cherche à vous parler.

ARONS.

Pourra-t-il nous livrer la Porte Quirinale ?

MESSALA.

Titus feul y commande, & fa vertu fatale
N'a que trop arrêté le cours de vos deftins ;
C'eft un Dieu qui préfide au falut des Romains.
Gardez de hazarder cette attaque foudaine,
Sûre avec fon appui, fans lui trop incertaine.

ARONS.

Mais fi du Confulat il a brigué l'honneur,
Pourroit-il dédaigner la fuprême grandeur
Du Trône avec Tullie un affuré partage ?

MESSALA.

Le Trône eft un affront à fa vertu fauvage.

ARONS.

ARONS.

Mais il aime Tullie.

MESSALA.

Il l'adore, Seigneur.

Il l'aime d'autant plus qu'il combat son ardeur.

Il brûle pour la Fille en détestant le Pere ;

Il craint de lui parler, il gémit de se taire ;

Il la cherche, il la fuit, il dévore ses pleurs,

Et de l'amour encor il n'a que les fureurs.

Dans l'agitation d'un si cruel orage

Un moment quelquefois renverse un grand courage.

Je sai quel est Titus : ardent, impétueux,

S'il se rend, il ira plus loin que je ne veux.

La fiere ambition qu'il renferme dans l'ame,

Au flambeau de l'amour peut rallumer sa flâme.

Avec plaisir sans doute il verroit à ses pieds

Des Sénateurs tremblans les fronts humiliés ;

Mais je vous tromperois, si j'osois vous promettre,

Qu'à cet amour fatal il veuille se soumettre.

Je peux parler encor, & je vais aujourd'hui

ARONS.

Puisqu'il est amoureux, je compte encor sur lui.

Un regard de Tullie, un seul mot de sa bouche

Peut plus pour amollir cette vertu farouche,

Que

Que les fubtils détours & tout l'art féducteur
D'un Chef des Conjurés, & d'un Ambaffadeur.
N'efperons des humains rien que par leur faibleffe.
L'ambition de l'un, de l'autre la tendreffe,
Voilà les Conjurés qui ferviront mon Roi ;
C'eft d'eux que j'attends tout ; ils font plus forts que moi.

Tullie entre. Meffala fe retire.

SCENE III.

TULLIE, ARONS, ALGINE.

ARONS.

Madame, en ce moment je reçois cette Lettre,
Qu'en vos auguftes mains mon ordre eft de remettre,
Et que jufqu'en la mienne a fait paffer Tarquin.

TULLIE.

Dieux ! protegez mon Pere, & changez fon deftin.

Elle lit :

„Le Trône des Romains peut fortir de fa cendre ;
„Le Vainqueur de fon Roi peut en être l'appui.
„Titus eft un Héros ; c'eft à lui de défendre
„Un Sceptre que je veux partager avec lui.
„Vous, fongez que Tarquin vous a donné la vie,
„Songez que mon deftin va dépendre de vous.
„Vous pourriez refufer le Roi de Ligurie ;
„Si Titus vous eft cher, il fera votre Epoux.

Ai-je

Ai-je bien lu .. Titus? ... Seigneur ... eſt-il poſſible?
Tarquin dans ſes malheurs juſqu'alors infléxible,
Pourroit? mais d'où ſait-il? ... & comment? Ah! Seigneur,
Ne veut-on qu'arracher les ſecrets de mon cœur?
Epargnez les chagrins d'une triſte Princeſſe;
Ne tendez point de piége à ma faible jeuneſſe.

ARONS.

Non, Madame, à Tarquin je ne ſai qu'obéïr,
Ecouter mon devoir, me taire, & vous ſervir.
Il ne m'appartient point de chercher à comprendre
Des ſecrets qu'en mon ſein vous craignez de répandre.
Je ne veux point lever un œil préſomptueux
Vers le voile ſacré que vous jettez ſur eux.
Mon devoir ſeulement m'ordonne de vous dire,
Que le Ciel veut par vous relever cet Empire;
Que ce Trône eſt un prix, qu'il met à vos vertus.

TULLIE.

Je ſervirois mon Pere, & ferois à Titus!
Seigneur, il ſe pourroit . . . .

ARONS.

         N'en doutez point, Princeſſe,
Pour le ſang de ſes Rois ce Héros s'intéreſſe.
De ces Républicains la triſte auſtérité,
De ſon cœur généreux révolte la fierté;
Les refus du Sénat ont aigri ſon courage,
Il panche vers ſon Prince; achevez cet ouvrage.

Je n'ai point dans son cœur prétendu pénétrer;
Mais puisqu'il vous connaît, il vous doit adorer.
Quel œil, sans s'éblouïr, peut voir un Diadême,
Présenté par vos mains, embelli par vous-même?
Parlez-lui seulement, vous pourrez tout sur lui;
De l'Ennemi des Rois triomphez aujourd'hui.
Arrachez au Sénat, rendez à votre Pere
Ce grand appui de Rome, & son Dieu tutelaire,
Et méritez l'honneur d'avoir entre vos mains
Et la cause d'un Pere, & le sort des Romains.

* *

SCENE IV.

TULLIE, ALGINE.

TULLIE.

Ciel! que je dois d'encens à ta bonté propice!
Mes pleurs t'ont desarmé, tout change; & ta justice
Aux feux dont j'ai rougi rendant leur pureté,
En les récompensant, les met en liberté.

A Algine.

Va le chercher, va, cours; Dieux! il m'évite encore:
Faut-il qu'il soit heureux, hélas! & qu'il l'ignore?
Mais . . . n'écoutai-je point un espoir trop flatteur?
Titus pour le Sénat a-t-il donc tant d'horreur?
Que dis-je! hélas! devrois-je au dépit qui le presse
Ce que j'aurois voulu devoir à sa tendresse?

AL-

ALGINE.

Je fai, que le Sénat alluma fon couroux,
Qu'il eft ambitieux, & qu'il brûle pour vous.

TULLIE.

Il fera tout pour moi, n'en doute point, il m'aime,
Va, dis-je . . .

Algine fort.

Cependant ce changement extreme . . .
Ce Billet ! . . . De quels foins mon cœur eft combattu?
Eclatez, mon amour, ainfi que ma vertu ;
La gloire, la raifon, le devoir, tout l'ordonne.
Quoi ! mon Pere à mes feux va devoir fa Couronne!
De Titus & de lui je ferois le lien !
Le bonheur de l'Etat va donc naître du mien ?
Toi que je peux aimer, quand pourrai-je t'apprendre
Ce changement du fort où nous n'ofions prétendre ?
Quand pourrai-je, Titus, dans mes juftes tranfports,
T'entendre fans regrets, te parler fans remords?
Tous mes maux font finis; Rome, je te pardonne;
Rome, tu vas fervir, fi Titus t'abandonne;
Sénat, tu vas tomber, fi Titus eft à moi,
Ton Héros m'aime; tremble, & reconnais ton Roi.

V 2 *SCENE*

* * * * * * * * * * * * * * * * *

S C E N E V.

TITUS, TULLIE.

TITUS.

Madame, eft-il bien vrai? Daignez-vous voir encore
Cet odieux Romain que votre cœur abhorre,
Si juftement haï, fi coupable envers vous?
Cet Ennemi?

TULLIE.

Seigneur, tout eft changé pour nous.
Le deftin me permet . . . Titus . . . il faut me dire,
Si j'avois fur votre ame un véritable empire.

TITUS.

Eh! pouvez-vous douter de ce fatal pouvoir,
De mes feux, de mon crime, & de mon defefpoir?
Vous ne l'avez que trop cet empire funefte:
L'amour vous a foumis mes jours que je détefte.
Commandez, épuifez votre jufte couroux,
Mon fort eft en vos mains.

TULLIE.

Le mien dépend de vous.

TITUS.

De moi! mon cœur tremblant ne vous en croit qu'à peine.
Moi! je ne ferois plus l'objet de votre haine!
Ah! Princeffe, achevez; quel efpoir enchanteur
M'éleve en un moment au faîte du bonheur?

TUL-

TULLIE, *en donnant la Lettre.*

Lifez, rendez heureux, vous, Tullie, & mon Pere.

Tandis qu'il lit:

Je puis donc me flatter . . . mais quel regard févére?
D'où vient ce morne accueil, & ce front confterné?
Dieux . . .

TITUS.

Je fuis des Mortels le plus infortuné;
Le fort, dont la rigueur à m'accabler s'attache,
M'a montré mon bonheur, & foudain me l'arrache,
Et pour combler les maux que mon cœur a foufferts,
Je puis vous poffeder, je vous aime & vous perds.

TULLIE.

Vous, Titus?

TITUS.

Ce moment a condamné ma vie
Au comble des horreurs ou de l'ignominie,
A trahir Rome ou vous; & je n'ai déformais
Que le choix des malheurs ou celui des forfaits.

TULLIE.

Que dis-tu? quand ma main te donne un Diadême,
Quand tu peux m'obtenir, quand tu vois que je t'aime;
Je ne m'en cache plus, un trop jufte pouvoir,
Autorifant mes vœux, m'en a fait un devoir.
Hélas! j'ai cru ce jour le plus beau de ma vie;
Et le premier moment où mon ame ravie

V 3   Peut

Peut de fes fentimens s'expliquer fans rougir,

Ingrat, eft le moment qu'il m'en faut repentir.

Que m'ofes-tu parler de malheur & de crime?

Ah! fervir des ingrats contre un Roi légitime,

M'opprimer, me chérir, détefter mes bienfaits;

Ce font-là tes malheurs, & voilà tes forfaits.

Ouvre les yeux, Titus, & mets dans la balance

Les refus du Sénat, & la toute-puiffance;

Choifis de recevoir, ou de donner la Loi,

D'un vil Peuple ou d'un Trône, & de Rome, ou de moi;

Infpirez-lui, grands Dieux! le parti qu'il doit prendre.

TITUS, *en lui rendant la Lettre.*

Mon choix eft fait.

TULLIE.

Eh bien? crains-tu de me l'apprendre?

Parle, ofe mériter ta grace ou mon couroux.

Quel fera ton deftin? . . . .

TITUS.

D'être digne de vous,

Digne encor de moi-même, à Rome encor fidélle,

Brûlant d'amour pour vous, de combattre pour elle;

D'adorer vos vertus, mais de les imiter;

De vous perdre, Madame, & de vous mériter.

TUL-

TULLIE.

Ainſi donc pour jamais . . . .

TITUS.

    Ah! pardonnez, Princeſſe,
Oubliez ma fureur, épargnez ma faibleſſe,
Ayez pitié d'un cœur de ſoi-même ennemi,
Moins malheureux cent fois quand vous l'avez haï.
Pardonnez, je ne puis vous quitter ni vous ſuivre,
Ni pour vous, ni ſans vous Titus ne ſauroit vivre,
Et je mourrai plûtôt qu'un autre ait votre foi.

TULLIE.

Je te pardonne tout, elle eſt encor à toi.

TITUS.

Eh bien! ſi vous m'aimez, ayez l'ame Romaine,
Aimez ma République, & ſoyez plus que Reine;
Apportez-moi pour dot, au lieu du rang des Rois,
L'amour de mon Païs, & l'amour de mes Loix.
Acceptez aujourd'hui Rome pour votre Mere,
Son Vengeur pour Epoux, Brutus pour votre Pere:
Que les Romains vaincus en généroſité,
A la fille des Rois doivent leur liberté . . .

TUL-

TULLIE.

Qui, moi j'irois trahir ? . . .

TITUS.

     Mon défefpoir m'égare;
Non, toute trahifon eft indigne & barbare.
Je fai ce qu'eft un Pere & fes droits abfolus,
Je fai . . . que je vous aime . . . & ne me connais plus.

TULLIE.

Ecoute au moins ce fang qui m'a donné la vie.

TITUS.

Eh ! dois-je écouter moins mon fang & ma Patrie ?

TULLIE.

Ta Patrie! ah barbare! en eft-il donc fans moi?

TITUS.

Nous fommes ennemis . . la Nature, la Loi,
Nous impofe à tous deux un devoir fi farouche.

TULLIE.

Nous ennemis! ce nom peut fortir de ta bouche!

TITUS.

Tout mon cœur la dément.

TULLIE.

     Ofe donc me fervir;
Tu m'aime, venge-moi.

         SCENE

※※※※※※※※※※※※※※※※※※※※※※※※※※

SCENE VI.

BRUTUS, ARONS, TITUS, TULLIE, MESSALA, ALBIN, PROCULUS, Licteurs.

BRUTUS *à Tullie.*

Madame, il faut partir ;
Dans les premiers éclats des tempêtes publiques,
Rome n'a pu vous rendre à vos Dieux domestiques ;
Tarquin même en ce tems, prompt à vous oublier,
Et du foin de nous perdre occupé tout entier,
Dans nos calamités confondant fa Famille,
N'a pas même aux Romains redemandé fa Fille ;
Souffrez que je rappelle un trifte fouvenir :
Je vous privai d'un Pere, & dus vous en fervir ;
Allez, & que du Trône où le Ciel vous appelle,
L'inflexible équité foit la garde éternelle.
Pour qu'on vous obéïffe, obéïffez aux Loix,
Tremblez en contemplant tout le devoir des Rois ;
Et fi de vos flatteurs la funefte malice
Jamais dans votre cœur ébranloit la juftice,
Prête alors d'abufer du pouvoir fouverain,
Souvenez-vous de Rome, & fongez à Tarquin ;
Et que ce grand exemple où mon efpoir fe fonde,
Soit la Leçon des Rois, & le bonheur du Monde,

V 5

A Arons.

BRUTUS.

A Arons.

Le Sénat vous la rend, Seigneur, & c'eſt à vous

De la remettre aux mains d'un Pere & d'un Epoux.

Proculus va vous ſuivre à la Porte ſacrée.

TITUS *éloigné.*

O de ma paſſion fureur déſeſperée!

Il va vers Arons.

Je ne ſouffrirai point, non . . . permettez, Seigneur,

*Brutus & Tullie ſortent avec leur Suite. Arons &
Meſſala reſtent.*

Dieux! ne mourrai-je point de honte & de douleur?

A Arons.

. . . . . Pourrois-je vous parler?

ARONS.

Seigneur, le tems me preſſe;

Il me faut ſuivre ici Brutus & la Princeſſe;

Je puis d'une heure encor retarder ſon départ;

Craignez, Seigneur, craignez de me parler trop tard.

Dans ſon appartement nous pouvons l'un & l'autre

Parler de ſes deſtins, & peut-être du votre.

Il ſort.

SCENE

* * * * * * * * * * * * * * * * * *)

SCENE VII.

TITUS, MESSALA.

TITUS.

Sort, qui nous as rejoints, & qui nous désunis;
Sort, ne nous as-tu faits que pour être ennemis?
Ah! cache, fi tu peux, ta fureur & tes larmes.

MESSALA.

Je plains tant de vertus, tant d'amour & de charmes;
Un cœur tel que le fien méritoit d'être à vous.

TITUS.

Non, c'en eft fait, Titus n'en fera point l'Epoux.

MESSALA.

Pourquoi? Quel vain fcrupule à vos défirs s'oppofe?

TITUS.

Abominables Loix! que la cruelle impofe;
Tyrans, que j'ai vaincus, je pourrois vous fervir!
Peuples, que j'ai fauvés, je pourrois vous trahir!
L'amour, dont j'ai fix mois vaincu la violence,
L'amour auroit fur moi cette affreufe puiffance!
J'expoferois mon Pere à fes Tyrans cruels?
Et quel Pere? Un Héros, l'Exemple des Mortels,
L'appui de fon Païs, qui m'inftruifit à l'être,

Que

Que j'imitai, qu'un jour j'euſſe égalé peut-être.
Après tant de vertus, quel horrible deſtin?

MESSALA.

Vous eûtes les vertus d'un Citoyen Romain;
Il ne tiendra qu'à vous d'avoir celles d'un Maître.
Seigneur, vous ſerez Roi dès que vous voudrez l'être,
Le Ciel met dans vos mains en ce moment heureux
La vengeance, l'empire, & l'objet de vos feux.
Que dis-je? ce Conſul, ce Héros, que l'on nomme
Le Pere, le Soutien, le Fondateur de Rome,
Qui s'enyvre à vos yeux de l'Encens des Humains
Sur les débris d'un Trône écraſé par vos mains,
S'il eût mal ſoutenu cette grande querelle,
S'il n'eût vaincu par vous, il n'étoit qu'un Rebelle.

    Seigneur, embelliſſez ce grand nom de Vainqueur
Du nom plus glorieux, de Pacificateur;
Daignez nous ramener ces jours, où nos Ancêtres
Heureux, mais gouvernés, libres, mais ſous des Maîtres,
Peſoient dans la Balance, avec un même poids,
Les intérêts du Peuple & la grandeur des Rois.
Rome n'a point pour eux une haine immortelle;
Rome va les aimer, ſi vous regnez ſur elle.
Ce pouvoir ſouverain, que j'ai vu tour à tour
Attirer de ce Peuple & la haine & l'amour,
Qu'on craint en des Etats, & qu'ailleurs on déſire,
Eſt des Gouvernemens le meilleur ou le pire,
Affreux ſous un Tyran, divin ſous un bon Roi.

TITUS.

TITUS.

Meſſala, ſongez-vous que vous parlez à moi?
Que déſormais en vous je ne vois plus qu'un traître?
Et qu'en vous épargnant je commence de l'être?

MESSALA.

Eh bien, apprenez donc, que l'on vous va ravir
L'ineſtimable honneur dont vous n'oſez jouïr;
Qu'un autre accomplira ce que vous pouviez faire.

TITUS.

Un autre! arrête; Dieux! parle . . . . qui ?

MESSALA.

Votre Frere.

TITUS.

Mon Frere?

MESSALA.

A Tarquin même il a donné ſa foi.

TITUS.

Mon Frere trahit Rome?

MESSALA.

Il ſert Rome & ſon Roi.
Et Tarquin, malgré vous, n'acceptera pour Gendre
Que celui des Romains qui l'aura pu défendre.

TITUS.

Ciel! perfide!... écoutez: mon cœur long-tems ſéduit
A méconnu l'abyme où vous m'avez conduit.

Vous

Vous penfez me réduire au malheur néceffaire
D'être ou le Délateur, ou Complice d'un Frere:
Mais, plûtôt votre fang . . . .

MESSALA.

Vous pouvez m'en punir;
Frappez, je le mérite en voulant vous fervir.
Du fang de votre ami que cette main fumante
Y joigne encor le fang d'un Frere & d'une Amante;
Et, leur tête à la main, demandez au Sénat
Pour prix de vos vertus l'honneur du Confulat,
Ou moi-même à l'inftant déclarant les Complices,
Je m'en vais commencer ces affreux facrifices.

TITUS.

Demeure, malheureux, ou crains mon défefpoir.

SCENE VIII.

TITUS, MESSALA, ALBIN.

ALBIN.

L'Ambaffadeur Tofcan peut maintenant vous voir,
Il eft chez la Princeffe.

TITUS.

. . . . Oui, je vais chez Tullie . . . .
J'y cours. O Dieux de Rome! O Dieux de ma Patrie!
Frappez,

Frappez, percez ce cœur de fa honte allarmé,

Qui feroit vertueux, s'il n'avoit point aimé.

C'eft donc à vous, Sénat, que tant d'amour s'immole?

A vous, Ingrats! . . . allons . . .

A Meffala.

Tu vois ce Capitole

Tout plein des Monumens de ma fidélité.

MESSALA.

Songez, qu'il eft rempli d'un Sénat détefté.

TITUS.

Je le fai. Mais . . . . du Ciel qui tonne fur ma tête

J'entends la voix qui crie: arrête, Ingrat, arrête,

Tu trahis ton Païs . . . non, Rome! non, Brutus!

Dieux qui me fecourez, je fuis encor Titus.

La gloire a de mes jours accompagné la courfe,

Je n'ai point de mon fang deshonoré la fource,

Votre victime eft pure, & s'il faut qu'aujourd'hui

Titus foit aux forfaits entraîné malgré lui;

S'il faut que je fuccombe au Deftin qui m'opprime,

Dieux! fauvez les Romains, frappez avant le crime.

Fin du troifiéme Acte.

❀ ✳ ❀

ACTE

✳ ✳ ✳ ✳ ✳ ✳ ✳ ✳ ✳ ✳ ✳ ✳ ✳ ✳ ✳ ✳ ✳ ✳ ✳ ✳

ACTE IV.

SCENE I.

TITUS, ARONS, MESSALA.

TITUS.

Oui, j'y fuis réfolu, partez, c'eſt trop attendre.
Honteux, defefpéré, je ne veux rien entendre;
Laiſſez-moi ma vertu, laiſſez-moi mes malheurs.
Fort contre vos raiſons, faible contre ſes pleurs,
Je ne la verrai plus. Ma fermeté trahie
Craint moins tous vos Tyrans, qu'un regard de Tullie.
Je ne la verrai plus! oui qu'elle parte . . . ah Dieux!

ARONS.

Pour vos intérêts ſeuls arrêté dans ces lieux,
J'ai bien-tôt paſſé l'heure avec peine accordée,
Que vous-même, Seigneur, vous m'aviez demandée.

TITUS.

Moi, que j'ai demandée?

ARONS.

Hélas ! que pour vous deux
J'attendois en ſecret un deſtin plus heureux !

J'efperois

J'efperois couronner des ardeurs fi parfaites.

Il n'y faut plus penfer.

TITUS.

Ah! cruel que vous êtes!

Vous avez vu ma honte, & mon abaiffement,

Vous avez vu Titus balancer un moment.

Allez, adroit témoin de mes lâches tendreffes,

Allez à vos deux Rois annoncer mes faibleffes.

Contez à ces Tyrans terraffés par mes coups,

Que le fils de Brutus a pleuré devant vous.

Mais ajoutez aumoins, que parmi tant de larmes,

Malgré vous & Tullie, & fes pleurs & fes charmes,

Vainqueur encor de moi, libre, & toujours Romain,

Je ne fuis point foumis par le fang de Tarquin;

Que rien ne me furmonte, & que je jure encore

Une guerre éternelle à ce fang que j'adore.

ARONS.

J'excufe la douleur, où vos fens font plongés,

Je refpecte en partant vos triftes préjugés.

Loin de vous accabler, avec vous je foupire.

Elle en mourra, c'eft tout ce que je peux vous dire.

Adieu, Seigneur.

MESSALA.

O Ciel!

* * * * * * * * * * * * * * * * * * *

SCENE II.

TITUS, MESSALA.

TITUS.

Non, je ne puis fouffrir
Que des ramparts de Rome on la laiffe fortir.
Je veux la retenir au péril de ma vie.

MESSALA.

Vous voulez . . .

TITUS.

Je fuis loin de trahir ma patrie.
Rome l'emportera, je le fai; mais enfin
Je ne puis féparer Tullie & mon deftin.
Je refpire, je vis, je périrai pour elle.
Prens pitié de mes maux, courons, & que ton zéle
Souleve nos amis, raffemble nos Soldats.
En dépit du Sénat je retiendrai fes pas.
Je prétends, que dans Rome elle refte en ôtage.
Je le veux.

MESSALA.

Dans quels foins votre amour vous engage?
Et que prétendez-vous par ce coup dangereux,
Que d'avouer fans fruit un amour malheureux?

TITUS.

Eh bien, c'eft au Sénat qu'il faut que je m'adreffe;
Va de ces Rois de Rome adoucir la rudeffe,

Dis-leur

Dis-leur que l'intérêt de l'Etat, de Brutus . . .
Hélas, que je m'emporte en desseins superflus!

MESSALA.

Dans la juste douleur où votre ame est en proye
Il faut pour vous servir . . .

TITUS.

Il faut que je la voye,
Il faut que je lui parle. Elle passe en ces lieux;
Elle entendra du moins mes éternels adieux.

MESSALA.

Parlez-lui, croyez-moi.

TITUS.

Je suis perdu, c'est elle.

SCENE III.

TITUS, MESSALA, TULLIE, ALGINE.

ALGINE.

On vous attend, Madame.

TULLIE.

Ah Sentence cruelle!
L'ingrat me touche encor, & Brutus à mes yeux
Paraît un Dieu terrible armé contre nous deux.
J'aime, je crains, je pleure, & tout mon cœur s'égare,
Allons . . . .

X 2 TITUS.

TITUS.

Non, demeurez.   Daignez du moins.

TULLIE.

Barbare!

Veux-tu par tes difcours . . .

TITUS.

Ah! dans ce jour affreux,

Je fai ce que je dois, & non ce que je veux;

Je n'ai plus de raifon, vous me l'avez ravie.

Eh bien, guidez mes pas, gouvernez ma furie;

Régnez donc en Tyran fur mes fens éperdus;

Dictez, fi vous l'ofez, les crimes de Titus.

Non, plûtôt que je livre aux flâmes, au carnage,

Ces murs, ces Citoyens, qu'a fauvés mon courage,

Qu'un Pere, abandonné par un fils furieux,

Sous le Fer de Tarquin . . .

TULLIE.

M'en préfervent les Dieux;

La Nature te parle, & fa voix m'eft trop chere;

Tu m'as trop bien appris à trembler pour un Pere;

Raffure-toi, Brutus eft deformais le mien;

Tout mon fang eft à toi, qui te répond du fien:

Notre amour, mon Hymen, mes jours en font le gage;

Je ferai dans tes mains, fa fille, fon ôtage;

Peux-tu délibérer? Penfes-tu qu'en fecret

Brutus te vît au Trône avec tant de regret?

Il n'a point fur fon front placé le Diadême;

Mais

Mais fous un autre nom n'eft-il pas Roi lui-même?
Son régne eft d'une année, & bien-tôt ... mais hélas!
Que de faibles raifons! fi tu ne m'aimes pas.
Je ne dis plus qu'un mot. Je pars ... & je t'adore.
Tu pleures, tu frémis, il en eft tems encore;
Acheve, parle, Ingrat, que te faut-il de plus?

TITUS.

Votre haine; elle manque au malheur de Titus.

TULLIE.

Ah! c'eft trop effuyer tes indignes murmures,
Tes vains engagemens, tes plaintes, tes injures;
Je te rends ton amour dont le mien eft confus;
Et tes trompeurs fermens, pires que tes refus.
Je n'irai point chercher au fond de l'Italie
Ces fatales grandeurs que je te facrifie,
Et pleurer loin de Rome entre les bras d'un Roi,
Cet amour malheureux, que j'ai fenti pour toi.
J'ai réglé mon deftin; Romain, dont la rudeffe
N'affecte de vertu que contre ta Maîtreffe,
Héros pour m'accabler, timide à me fervir,
Incertain dans tes vœux, apprens à les remplir.
Tu verras qu'une femme à tes yeux méprifable,
Dans fes projets au moins étoit inébranlable,
Et par la fermeté dont ce cœur eft armé,
Titus, tu connaîtras comme il t'auroit aimé.
Au pied de ces murs même où régnoient mes Ancêtres,
De ces murs que ta main défend contre leurs Maîtres,

Où

Où tu m'ofes trahir, & m'outrager comme eux,
Où ma foi fut féduite, où tu trompas mes feux;
Je jure à tous les Dieux, qui vengent les parjures,
Que mon bras dans mon fang effaçant mes injures,
Plus jufte que le tien, mais moins irréfolu,
Ingrat, va me punir de t'avoir mal connu;
Et je vais . . . .

TITUS *l'arrêtant.*

Non, Madame, il faut vous fatisfaire;
Je le veux, j'en frémis, & j'y cours pour vous plaire.
D'autant plus malheureux, que dans ma paffion
Mon cœur n'a pour excufe aucune illufion,
Que je ne goûte point dans mon defordre extrême,
Le trifte & vain plaifir de me tromper moi-même,
Que l'amour aux forfaits me force de voler,
Que vous m'avez vaincu fans pouvoir m'aveugler,
Et qu'encor indigné de l'ardeur qui m'anime,
Je chéris la vertu, mais j'embraffe le crime.
Haïffez-moi, fuyez, quittez un malheureux,
Qui meurt d'amour pour vous, & détefte fes feux,
Qui va s'unir à vous fous ces affreux augures,
Parmi les attentats, le meurtre & les parjures,

TULLIE.

Vous infultez, Titus, à ma funefte ardeur;
Vous fentez à quel point vous régnez dans mon cœur:
Oui, je vis pour toi feul, oui, je te le confeffe;
Mais malgré ton amour, mais malgré ma faibleffe,
                                        Apprends

Apprends que le trépas m'inspire moins d'effroi
Que la main d'un Epoux qui craindroit d'être à moi,
Qui se repentiroit d'avoir servi son Maître,
Que je fais Souverain, & qui rougit de l'être.

    Voici l'instant affreux qui va nous éloigner;
Souviens-toi que je t'aime, & que tu peux régner;
L'Ambassadeur m'attend; consulte, délibere,
Dans une heure avec moi tu reverras mon Pere;
Je pars, & je reviens sous ces murs odieux,
Pour y rentrer en Reine, ou périr à tes yeux.

TITUS.

Vous ne périrez point.   Je vais.

TULLIE.

               Titus, arrête,
En me suivant plus loin, tu hazardes ta tête;
On peut te soupçonner: demeure, adieu, résous
D'être mon meurtrier ou d'être mon époux.

* *

SCENE III.

TITUS *seul.*

Tu l'emportes, cruelle, & Rome est asservie;
Reviens régner sur elle ainsi que sur ma vie;
Reviens, je vais me perdre, ou vais te couronner,
Le plus grand des forfaits est de t'abandonner.
Qu'on cherche Messala; ma fougueuse imprudence
A de son amitié lassé la patience;
Maîtresse, Amis, Romains, je perds tout en un jour.

          X 4   *SCENE*

SCENE IV.

TITUS, MESSALA.

TITUS.

Sers ma fureur enfin, fers mon fatal amour;
Viens, fuis-moi.

MESSALA.

Commandez, tout eft prêt; mes Cohortes
Sont au Mont Quirinal, & livreront les Portes;
Tous nos braves amis vont jurer avec moi,
De reconnaître en vous l'héritier de leur Roi:
Ne perdez point de tems; déja la nuit plus fombre
Voile nos grands deffeins du fecret de fon ombre.

TITUS.

L'heure approche. Tullie en compte les momens...
Et Tarquin après tout eut mes premiers fermens.
Le fort en eft jetté.

Le fond du Théâtre s'ouvre.

Que vois-je! c'eft mon Pere.

❦ ✳ ❦

SCENE

* * * * * * * * * * * * * * * * * * *

SCENE V.

BRUTUS, TITUS, MESSALA, LICTEURS.

BRUTUS.

Viens, Rome eſt en danger; c'eſt en toi que j'eſpere.
Par un avis ſecret le Sénat eſt inſtruit
Qu'on doit attaquer Rome au milieu de la nuit.
J'ai brigué pour mon ſang, pour le Héros que j'aime,
L'honneur de commander dans ce péril extrême;
Le Sénat te l'accorde, arme-toi, mon cher fils,
Une ſeconde fois va ſauver ton Païs;
Pour notre liberté va prodiguer ta vie;
Va, mort ou triomphant, tu feras mon envie.

TITUS.

Ciel! . . .

BRUTUS.

Mon fils . . .

TITUS.

Remettez, Seigneur, en d'autres mains
Les faveurs du Sénat, & le ſort des Romains.

MESSALA.

Ah! quel deſordre affreux de ſon ame s'empare!

BRUTUS.

Vous pourriez refuſer l'honneur qu'on vous prépare?

X 5 TITUS.

BRUTUS.

TITUS.

Qui? moi, Seigneur?

BRUTUS.

             Eh quoi! votre cœur égaré
Des refus du Sénat eſt encore ulcéré?
De vos prétentions je vois les injuſtices.
Ah! mon fils, eſt-il tems d'écouter vos caprices?
Vous avez ſauvé Rome, & n'êtes pas heureux?
Cet immortel honneur n'a pas comblé vos vœux?
Mon fils au Conſulat a-t-il oſé prétendre,
Avant l'âge où les Loix permettent de l'attendre?
Va, ceſſe de briguer une injuſte faveur;
La Place où je t'envoye eſt ton poſte d'honneur.
Va, ce n'eſt qu'aux Tyrans que tu dois ta colere;
De l'Etat & de toi je ſens que je ſuis Pere.
Donne ton ſang à Rome, & n'en exige rien;
Sois toujours un Héros, ſois plus, ſois Citoyen.
Je touche, mon cher Fils, au bout de ma carriere,
Tes triomphantes mains vont fermer ma paupiere;
Mais ſoutenu du tien, mon nom ne mourra plus,
Je renaîtrai pour Rome, & vivrai dans Titus.
Que dis-je? je te ſuis. Dans mon âge débile
Les Dieux ne m'ont donné qu'un courage inutile;
Mais je te verrai vaincre, ou mourrai comme toi.
Vengeur du nom Romain, libre encor, & ſans Roi.

TITUS.

Ah! Meſſala.

                           SCENE

〇*〇*〇*〇*〇*〇*〇*〇*〇*〇*〇*〇*〇*〇

S C E N E   V I.

BRUTUS, VALERIUS, TITUS, MESSALA.

VALERIUS.

Seigneur, faites qu'on fe retire.

BRUTUS *à fon Fils.*

Cours, vole . . .

(*Titus & Meffala fortent.*)

VALERIUS.

On trahit Rome.

BRUTUS.

Ah qu'entends-je

VALERIUS.

On confpire.

Je n'en faurois douter, on nous trahit, Seigneur.
De cet affreux complot j'ignore encor l'Auteur;
Mais le nom de Tarquin vient de fe faire entendre,
Et d'indignes Romains ont parlé de fe rendre.

BRU-

BRUTUS.

Des Citoyens Romains ont demandé des fers!

VALERIUS.

Les perfides m'ont fui par des chemins divers;
On les fuit.   Je foupçonne & Ménas, & Lélie,
Ces Partifans des Rois & de la Tyrannie:
Ces fecrets Ennemis du bonheur de l'Etat,
Ardens à défunir le Peuple & le Sénat.
Meffala les protege; & dans ce trouble extrême
J'oferois foupçonner jufqu'à Meffala même,
Sans l'étroite amitié dont l'honore Titus.

BRUTUS.

Obfervons tous leurs pas, je ne puis rien de plus;
La Liberté, la Loi, dont nous fommes les Peres,
Nous défend des rigueurs peut-être néceffaires.
Arrêter un Romain fur de fimples foupçons,
C'eft agir en Tyrans, nous qui les puniffons.
Allons parler au Peuple, enhardir les timides,
Encourager les bons, étonner les perfides;
Que les Peres de Rome & de la Liberté,
Viennent rendre aux Romains leur intrépidité;
Quels cœurs en nous voyant ne reprendront courage?
Dieux! donnez-nous la mort plûtôt que l'efclavage.
Que le Sénat nous fuive.

SCENE

SCENE VII.

BRUTUS, VALERIUS, PROCULUS.

PROCULUS.

Un Efclave, Seigneur,
D'un entretien fecret implore la faveur.

BRUTUS.

Dans la nuit ? à cette heure ?

PROCULUS.

Oui , d'un avis fidelle
Il apporte, dit-il, la preffante nouvelle.

BRUTUS.

Peut-être des Romains le falut en dépend.
Allons, c'eft les trahir que tarder un moment.

A Proculus.

Vous, allez vers mon Fils ; qu'à cette heure fatale
Il défende furtout la Porte Quirinale ;
Et que la Terre avouë, au bruit de fes exploits,
Que le fort de mon fang eft de vaincre les Rois.

Fin du quatriéme Acte.

ACTE

****

ACTE V.

SCENE I.

BRUTUS, les SE'NATEURS, PROCU-LUS, LICTEURS, l'Efclave, VINDEX.

BRUTUS.

Oui, Rome n'étoit plus; oui, fous la Tyrannie
L'augufte liberté tomboit anéantie.
Vos tombeaux fe rouvroient; c'en étoit fait; Tarquin
Rentroit dès cette nuit la vengeance à la main.
C'eft cet Ambaffadeur, c'eft lui dont l'artifice
Sous les pas des Romains creufoit ce précipice.
Enfin, le croirez-vous? Rome avoit des Enfans
Qui confpiroient contr'elle, & fervoient les Tyrans;
Meffala conduifoit leur aveugle furie;
A ce perfide Arons il vendoit fa Patrie.
Mais le Ciel a veillé fur Rome & fur vos jours.
Cet Efclave a d'Arons écouté les difcours:

(En montrant l'Efclave.)

Il a prévu le crime, & fon avis fidéle
A réveillé ma crainte, a ranimé mon zéle.

Meffala,

Meſſala, par mon ordre arrêté cette nuit,

Devant vous à l'inſtant alloit être conduit.

J'attendois que du moins l'appareil des ſupplices,

De ſa bouche infidéle arrachât ſes complices.

Mes Licteurs l'entouroient, quand Meſſala ſoudain,

Saiſiſſant un poignard qu'il cachoit dans ſon ſein,

Et qu'à vous, Sénateurs, il deſtinoit peut-être :

Mes ſecrets, a-t-il dit, que l'on cherche à connaître,

C'eſt dans ce cœur ſanglant qu'il faut les découvrir,

Et qui ſait conſpirer, ſait ſe taire, & mourir.

On s'écrie, on s'avance, il ſe frappe, & le traître

Meurt encore en Romain , quoiqu' indigne de l'être.

Déja des murs de Rome Arons étoit parti,

Aſſez loin vers le Camp nos Gardes l'ont ſuivi;

On arrête à l'inſtant Arons avec Tullie.

Bien-tôt, n'en doutez point, de ce complot impie

Le Ciel va découvrir toutes les profondeurs;

Publicola partout en cherche les Auteurs.

Mais quand nous connaîtrons le nom des Parricides,

Prenez garde, Romains, point de grace aux Perfides :

Fuſſent-ils nos Amis, nos Freres, nos Enfans,

Ne voyez que leur crime, & gardez vos Sermens.

Rome, la Liberté, demandent leur ſupplice;

Et qui pardonne au crime en devient le complice.

A l'Eſclave.

Et toi, dont la naiſſance & l'aveugle deſtin

N'avoit fait qu'un Eſclave, & dût faire un Romain,

Par

Par qui le Sénat vit, par qui Rome eſt ſauvée,
Reçois la Liberté que tu m' as conſervée,
Et prenant déſormais des ſentimens plus grands,
Sois l'égal de mes Fils, & l'effroi des Tyrans.
Mais qu'eſt-ce que j'entends? Quelle rumeur ſoudaine?

PROCULUS.

Arons eſt arrêté, Seigneur, & je l'amene.

BRUTUS.

De quel front pourra-t-il? . . . .

* * * * * * * * * * * * * * * * * *

SCENE II.

BRUTUS, les SENATEURS, ARONS, LICTEURS.

ARONS.

Juſques à quand, Romains,
Voulez-vous profaner tous les Droits des Humains?
D'un Peuple révolté conſeils vraiment finiſtres,
Penſez-vous abaiſſer les Rois dans leurs Miniſtres?
Vos Licteurs inſolens viennent de m'arrêter;
Eſt-ce mon Maître ou moi que l'on veut inſulter?
Et chez les Nations ce rang inviolable . . .

BRUTUS.

Plus ton Rang eſt ſacré, plus il te rend coupable;
Ceſſe ici d'atteſter des titres ſuperflus.

ARONS.

ARONS.

L'Ambaſſadeur d'un Roi . . . .

BRUTUS.

Traître, tu ne l'es plus:
Tu n'es qu'un Conjuré, paré d'un nom ſublime,
Que l'impunité ſeule enhardiſſoit au crime.
Les vrais Ambaſſadeurs, Interprêtes des Loix,
Sans les deshonorer ſavent ſervir leurs Rois;
De la Foi des Humains diſcrets Dépoſitaires,
La Paix ſeule eſt le fruit de leurs ſaints Miniſteres;
Des Souverains du Monde ils font les Nœuds ſacrés,
Et partout bienfaiſans, ſont partout révérés.
A ces traits, ſi tu peux, oſe te reconnaître;
Mais ſi tu veux au moins rendre compte à ton Maître,
Des Reſſorts, des Vertus, des Loix de cet Etat,
Comprens l'eſprit de Rome, & connais le Sénat.
Ce Peuple auguſte & ſaint fait reſpecter encore
Les Loix des Nations que ta main deshonore;
Plus tu les méconnais, plus nous les protégeons,
Et le ſeul châtiment qu'ici nous t'impoſons,
C'eſt de voir expirer les Citoyens perfides,
Que lioient avec toi leurs Complots parricides.
Tout couvert de leur ſang répandu devant toi,
Va d'un crime inutile entretenir ton Roi,
Et montre en ta perſonne aux Peuples d'Italie
La ſainteté de Rome, & ton ignominie.
Qu'on l'emmene, Licteurs.

VOLT. Tom. IV.   Y   *SCENE*

✳ ✳ ✳ ✳ ✳ ✳ ✳ ✳ ✳ ✳ ✳ ✳ ✳ ✳ ✳ ✳

SCENE III.

Les SENATEURS, BRUTUS, VALERIUS, PROCULUS.

BRUTUS.

Eh bien, Valerius,
Ils font faifis fans doute, ils font au moins connus?
Quel fombre & noir chagrin, couvrant votre vifage,
De maux encor plus grands femble être le préfage?
Vous frémiffez.

VALERIUS.

Songez, que vous êtes Brutus.

BRUTUS.

Expliquez-vous . . . . .

VALERIUS.

Je tremble à vous en dire plus.
(Il lui donne des Tablettes.)
Voyez, Seigneur, lifez ; connaiffez les coupables.

BRUTUS *prenant les Tablettes.*

Me trompez-vous, mes yeux? O jours abominables!
O Pere infortuné! Tiberinus? mon fils!
Sénateurs, pardonnez . . . . le perfide eft-il pris?

VA-

VALERIUS.

Avec deux Conjurés il s'est osé défendre ;
Ils ont choisi la mort plûtôt que de se rendre ;
Percé de coups, Seigneur, il est tombé près d'eux :
Mais il reste à vous dire un malheur plus affreux,
Pour vous, pour Rome entiere, & pour moi plus sensible.

BRUTUS.

Qu'entens-je ?

VALERIUS.

Reprenez cette Liste terrible,
Que chez Messala même a saisi Proculus.

BRUTUS.

Lisons donc . . . je frémis, je tremble, Ciel ! Titus !
(Il se laisse tomber entre les bras de Proculus.)

VALERIUS.

Assez près de ces lieux je l'ai trouvé sans armes,
Errant, desespéré, plein d'horreur & d'allarmes,
Peut-être il détestoit cet horrible attentat.

BRUTUS.

Allez, Peres Conscrits, retournez au Sénat ;
Il ne m'appartient plus d'oser y prendre place ;
Allez, exterminez ma criminelle race ;
Punissez-en le Pere, & jusques dans mon flanc,
Recherchez sans pitié la source de leur sang.
Je ne vous suivrai point, de peur que ma présence
Ne suspendit de Rome, ou fléchît la vengeance.

Y 2   *SCENE*

✢✢✢✢✢✢✢✢✢✢✢✢✢✢✢✢✢✢✢✢✢✢✢✢✢✢✢

SCENE IV.

BRUTUS.

Grands Dieux, à vos Décrets tous mes vœux font foumis,
Dieux Vengeurs de nos Loix, Vengeurs de mon Païs;
C'eft vous qui par mes mains fondiez fur la juftice,
De notre Liberté l'éternel édifice :
Voulez-vous renverfer fes facrés fondemens ?
Et contre votre ouvrage armez-vous mes Enfans ?
Ah ! que Tiberinus en fa lâche furie
Ait fervi nos Tyrans, ait trahi fa Patrie ;
Le coup en eft affreux : le traître étoit mon Fils.
Mais, Titus ! un Héros, l'Amour de fon Païs,
Qui dans ce même jour, heureux & plein de gloire,
A vu par un Triomphe honorer fa Victoire :
Titus, qu'au Capitole ont couronné mes mains :
L'efpoir de ma vieilleffe, & celui des Romains?
Titus ! Dieux !

* *

SCENE V.

BRUTUS, VALERIUS, Suite, LICTEURS.

VALERIUS.

Du Sénat la volonté fuprême
Eft, que fur votre Fils vous prononciez vous-même.

BRU-

BRUTUS.

Moi?

VALERIUS.

Vous feul.

BRUTUS.

Et du refte en a-t-il ordonné?

VALERIUS.

Des Conjurés, Seigneur, le refte eft condamné;
Au moment où je parle ils ont vécu peut-être.

BRUTUS.

Et du fort de mon Fils le Sénat me rend maître?

VALERIUS.

Il croit à vos vertus devoir ce rare honneur.

BRUTUS.

O Patrie!

VALERIUS.

Au Sénat que dirai-je, Seigneur?

BRUTUS.

Que Brutus voit le prix de cette grace infigne,
Qu'il ne la cherchoit pas ... mais qu'il s'en rendra digne..
Mais mon Fils s'eft rendu fans daigner réfifter;
Il pourroit ... pardonnez fi je cherche à douter;
C'étoit l'appui de Rome, & je fens que je l'aime.

VALERIUS.

Seigneur, Tullie ...

BRUTUS.

Eh bien ...

Y 3 VA-

VALERIUS.

Tullie au moment même
N'a que trop confirmé ces soupçons odieux.

BRUTUS.

Comment, Seigneur ?

VALERIUS.

A peine elle a revu ces lieux,
A peine elle apperçoit l'appareil des supplices,
Que sa main consommant ces tristes sacrifices,
Elle tombe, elle expire, elle immole à nos Loix
Ce reste infortuné de nos indignes Rois.
Si l'on nous trahissoit, Seigneur, c'étoit pour elle.
Je respecte en Brutus la douleur paternelle ;
Mais tournant vers ces lieux ses yeux appesantis,
Tullie en expirant a nommé votre Fils.

BRUTUS.

Justes Dieux !

VALERIUS.

C'est à vous à juger de son crime,
Condamnez, épargnez, ou frappez la victime.
Rome doit approuver ce qu'aura fait Brutus.

BRUTUS.

Licteurs, que devant moi l'on amene Titus.

VALERIUS.

Plein de votre vertu, Seigneur, je me retire;
Mon esprit étonné vous plaint, & vous admire;
Et je vais au Sénat apprendre avec terreur,
La grandeur de votre ame & de votre douleur.

SCENE

****

S C E N E V I.

BRUTUS, PROCULUS.

BRUTUS.

Non, plus j'y penfe encor, & moins je m'imagine,
Que mon Fils des Romains ait tramé la ruïne.
Pour fon Pere & pour Rome il avoit trop d'amour ;
On ne peut à ce point s'oublier en un jour.
Je ne le puis penfer, mon Fils n'eft point coupable.

PROCULUS.

Meffala, qui forma ce complot déteftable,
Sous ce grand nom peut-être a voulu fe couvrir ;
Peut-être on hait fa gloire, on cherche à la flétrir.

BRUTUS.

Plût au Ciel !

PROCULUS.

       De vos Fils c'eft le feul qui vous refte ;
Qu'il foit coupable, ou non, de ce complot funefte,
Le Sénat indulgent vous remet fes deftins ;
Ses jours font affurés, puifqu'ils font dans vos mains.
Vous faurez à l'Etat conferver ce grand homme ;
Vous êtes Pere enfin.

BRUTUS.

      Je fuis Conful de Rome.

* *

SCENE VII.

BRUTUS, PROCULUS, TITUS,

dans le fond du Théatre; avec des Licteurs.

PROCULUS.

Le voici.

TITUS.

C'eft Brutus! O douloureux momens!
O Terre entr'ouvre-toi fous mes pas chancelans!
Seigneur, fouffrez qu'un fils . . .

BRUTUS.

Arrête, téméraire.
De deux Fils que j'aimai les Dieux m'avoient fait Pere,
J'ai perdu l'un. Que dis-je? Ah! malheureux Titus,
Parle: ai-je encore un Fils?

TITUS.

Non, vous n'en avez plus.

BRUTUS.

Réponds donc à ton Juge, opprobre de ma vie,

(Il s'affied.)

Avois-tu réfolu d'opprimer ta Patrie,
D'abandonner ton Pere au pouvoir abfolu,
De trahir tes fermens?

TITUS.

Je n'ai rien réfolu;
Plein d'un mortel poifon dont l'horreur me dévore,
Je m'ignorois moi-même, & je me cherche encore;

Mon

Mon cœur encor surpris de son égarement,
Emporté loin de soi, fut coupable un moment;
Ce moment m'a couvert d'une honte éternelle,
A mon Païs que j'aime il m'a fait infidelle :
Mais, ce moment passé, mes remords infinis
Ont égalé mon crime, & vengé mon Païs.
Prononcez mon Arrêt.   Rome, qui vous contemple,
A besoin de ma perte, & veut un grand exemple.
Par mon juste supplice il faut épouvanter
Les Romains, s'il en est, qui puissent m'imiter.
Ma mort servira Rome autant qu'eût fait ma vie,
Et ce sang en tout tems utile à sa Patrie,
Dont je n'ai qu'aujourd'hui souillé la pureté,
N'aura coulé jamais que pour la Liberté.

BRUTUS.

Quoi ! tant de perfidie avec tant de courage ?
De crimes, de vertus, quel horrible assemblage !
Quoi! sur ces Lauriers même, & parmi ces Drapeaux,
Que son sang à mes yeux rendoit encor plus beaux !
Quel Démon t'inspira cette horrible inconstance?

TITUS.

Toutes les passions, la soif de la vengeance,
L'ambition, la haine, un instant de fureur . . .

BRUTUS.

Acheve, malheureux.

TITUS.

     Une plus grande erreur,
Un feu qui de mes sens est même encor le maître,

Qui

Qui fit tout mon forfait, qui l'augmente peut-être.

C'est trop vous offenser par cet aveu honteux,

Inutile pour Rome, indigne de nous deux.

Mon malheur est au comble ainsi que ma furie ;

Terminez mes forfaits, mon desespoir, ma vie,

Votre opprobre, & le mien. Mais si dans les combats

J'avois suivi la trace où m'ont conduit vos pas,

Si je vous imitai, si j'aimai ma Patrie,

D'un remords assez grand si ma rage est suivie;

Il se jette à genoux.

A cet infortuné daignez ouvrir les bras;

Dites du moins, mon Fils, Brutus ne te hait pas.

Ce mot seul me rendant mes vertus & ma gloire,

De la honte où je suis défendra ma mémoire.

On dira que Titus, descendant chez les Morts,

Eut un regard de vous pour prix de ses remords :

Que vous l'aimiez encore, & que malgré son crime

Votre Fils dans la tombe emporta votre estime.

BRUTUS.

Son remords me l'arrache. O Rome ! O mon Païs!

Proculus . . . à la mort que l'on mene mon Fils.

Leve-toi, triste objet d'horreur & de tendresse:

Leve-toi, cher appui qu'espéroit ma vieillesse:

Viens embrasser ton Pere : il t'a dû condamner;

Mais, s'il n'étoit Brutus, il t'alloit pardonner.

Mes pleurs, en te parlant, inondent ton visage:

Va, porte à ton supplice un plus mâle courage;

Va,

Va, ne t'attendris point, sois plus Romain que moi,
Et que Rome t'admire en se vengeant de toi.

TITUS.

Adieu, je vais périr, digne encor de mon Pere.

On l'emmene.

* *

SCENE VIII.

BRUTUS, PROCULUS.

PROCULUS.

Seigneur, tout le Sénat dans sa douleur sincere,
En frémissant du coup qui doit vous accabler . . . .

BRUTUS.

Vous connaissez Brutus, & l'osez consoler ?
Songez, qu'on nous prépare une attaque nouvelle;
Rome seule a mes soins, mon cœur ne connaît qu'elle.
Allons, que les Romains dans ces momens affreux
Me tiennent lieu du Fils que j'ai perdu pour eux,
Que je finisse aumoins ma déplorable vie,
Comme il eût dû mourir en vengeant la Patrie.

SCENE

SCENE DERNIERE.

BRUTUS, PROCULUS, un SENATEUR.

LE SENATEUR.

Seigneur . . . .

BRUTUS.

Mon Fils n'eſt plus?

LE SENATEUR.

C'en eſt fait . . . & mes yeux . . .

BRUTUS.

Rome eſt libre. Il ſuffit . . . Rendons graces aux Dieux.

Fin du cinquiéme & dernier Acte.

LE

MAHOMET LE PROPHETE
TRAGEDIE

Bernigeroth sc. Lips. 1748.

LE
FANATISME,

OU

MAHOMET
LE PROPHETE.

TRAGEDIE.

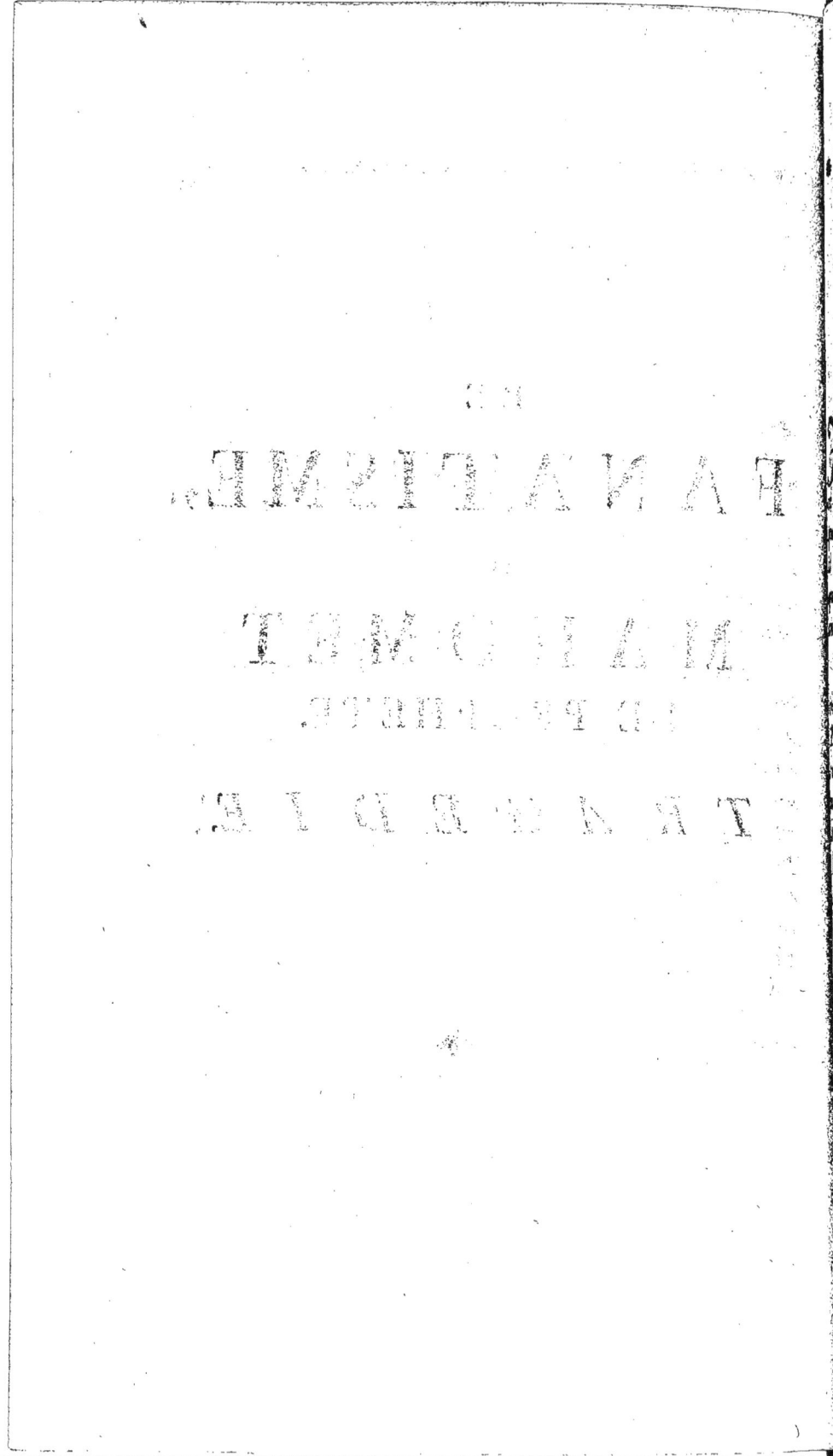

✳ ✳ ✳ ✳ ✳ ✳ ✳ ✳ ✳ ✳ ✳ ✳ ✳ ✳ ✳ ✳ ✳ ✳

AVIS

DE L'EDITEUR.

en 1743.

J'ai cru rendre service aux Amateurs des Belles-Lettres de publier une Tragédie du Fanatilme, si défigurée en France par deux Editions subreptices. Je sai très-certainement qu'elle fut composée par l'Auteur en 1736, & que dès-lors il en envoya une Copie au Prince Royal, depuis Roi de Prusse, qui cultivoit les Lettres avec des succès surprenans, & qui en fait encore son délassement principal.

J'étois à Lille en 1741, quand Monsieur de Voltaire y vint passer quelques jours ; il y avoit la meilleure Troupe d'Acteurs qui ait jamais été en Province. Elle représenta cet Ouvrage d'une maniere qui satisfit beaucoup une très-nombreuse Assemblée ; le Gouverneur de la Province & l'Intendant y assisterent plusieurs fois. On trouva que cette Piéce étoit d'un goût si nouveau, & ce Sujet si délicat parut traité avec tant de sagesse, que plusieurs Prélats voulurent en voir une Représentation par les mêmes Acteurs dans une Maison particuliere. Ils en jugerent comme le Public.

L'Auteur fut encore assez heureux pour faire parvenir son Manuscrit entre les mains d'un des premiers Hommes de l'Europe & de l'Eglise, qui soutient le poids des Affaires avec fermeté, & qui juge des Ouvrages d'Esprit avec un goût très-sûr dans un âge où les hommes parviennent rarement, & où l'on conserve encore plus rarement son esprit & sa délicatesse. Il dit, que la Piéce étoit écrite avec toute la circonspection convenable, & qu'on ne pouvoit éviter plus sagement les écueils du Sujet ; mais que pour

ce

ce qui regardoit la Poëſie, il y avoit encore des choſes à corriger. Je ſais en effet, que l'Auteur les a retouchés avec beaucoup de ſoin. Ce fut auſſi le ſentiment d'un Homme qui tient le même rang, & qui n'a pas moins de lumieres.

Enfin, l'Ouvrage approuvé d'ailleurs ſelon toutes les formes ordinaires, fut repréſenté à Paris le 9 d'Août 1742. Il y avoit une Loge entiere remplie des premiers Magiſtrats de cette Ville ; des Miniſtres même y furent préſens. Ils penſerent tous comme les hommes éclairés que j'ai déja cités.

Il ſe trouva à cette premiere Repréſentation quelques perſonnes qui ne furent pas de ce ſentiment unanime. Soit que dans la rapidité de la Repréſentation ils n'euſſent pas ſuivi aſſez le fil de l'Ouvrage, ſoit qu'ils fuſſent peu accoutumés au Théatre, ils furent bleſſés que Mahomet ordonnât un meurtre, & ſe ſervît de ſa Religion pour encourager à l'aſſaſſinat un jeune-homme qu'il fait l'inſtrument de ſon crime. Ces perſonnes, frappées de cette atrocité, ne firent pas aſſez réfléxion, qu'elle eſt donnée dans la Piéce comme le plus horrible de tous les crimes, & que même il eſt moralement impoſſible, qu'elle puiſſe être donnée autrement. En un mot, ils ne virent qu'un côté ; ce qui eſt la maniere la plus ordinaire de ſe tromper. Ils avoient raiſon aſſûrement d'être ſcandaliſés en ne conſidérant que ce côté qui les révoltoit. Un peu plus d'attention les auroit aiſément ramenés. Mais dans la premiere chaleur de leur zéle ils dirent, que la Piéce étoit un Ouvrage très-dangereux, fait pour former des Ravaillacs & des Jacques Cléments.

On eſt bien ſurpris d'un tel jugement, & ces Meſſieurs l'ont deſavoué ſans doute. Ce ſeroit dire, qu'Hermione enſeigne à aſſaſſiner un Roi, qu'Electre apprend à tuer ſa mere, que Cléopatre & Médée montrent à tuer leurs enfans. Ce ſeroit dire qu'Harpagon forme des avares,

le

le Joueur *des joueurs,* Tartufe *des hypocrites.* L'injustice
même contre Mahomet *seroit bien plus grande que contre
toutes ces Piéces; car le crime du faux Prophéte y est mis
dans un jour beaucoup plus odieux que ne l'est aucun des
vices & des déréglemens que toutes ces Piéces représentent.*
C'est précisément contre les Ravaillacs & les Jacques Cléments que la Piéce est composée; ce qui a fait dire à un
homme de beaucoup d'esprit, que si Mahomet avoit été
écrit du tems de Henri III, & de Henri IV, cet Ouvrage
leur auroit sauvé la vie. Est-il possible, qu'on ait pu
faire un tel reproche à l'Auteur de la HENRIADE? Lui
qui a élevé sa voix si souvent dans ce Poëme & ailleurs, je
ne dis pas seulement contre de tels attentats; mais contre
toutes les maximes qui peuvent y conduire.

J'avoue, que plus j'ai lu les Ouvrages de cet Ecrivain,
plus je les ai trouvés caractérisés par l'amour du bien
public; il inspire partout l'horreur contre les emportemens
de la Rebellion, de la Persécution & du Fanatisme. Y a-t-il
un bon Citoyen qui n'adopte toutes les maximes de la
Henriade? Ce Poëme ne fait-il pas aimer la véritable vertu?

Mahomet me paraît écrit entiérement dans le même
esprit, & je suis persuadé, que ses plus grands ennemis en
conviendront.

Il vit bien-tôt, qu'il se formoit contre lui une Cabale
dangereuse; les plus ardens avoient parlé à des Hommes
en place, qui ne pouvant voir la Représentation de la Piéce,
devoient les en croire. L'illustre Moliere, la gloire de la
France, s'étoit trouvé autrefois à peu près dans le même
cas, lorsqu'on joua le Tartufe; il eut recours directement
à Louïs le Grand, dont il étoit connu & aimé. L'autorité de ce Monarque dissipa bien-tôt les interprétations si-
nistres qu'on donnoit au Tartufe. Mais les tems sont différens; la protection qu'on accorde à des Arts tous nouveaux ne peut pas être toujours la même, après que ces
Arts ont été long-tems cultivés. D'ailleurs, tel Artiste

n'est pas à portée d'obtenir ce qu'un autre a eu aisément. Il eût fallu des mouvemens, des difcussions, un nouvel examen. L'Auteur jugea plus à propos de retirer fa Piéce lui-même, après la troifiéme Repréfentation, attendant que le tems adoucît quelques Efprits prévenus; ce qui ne peut manquer d'arriver dans une Nation aussi fpirituelle & aussi éclairée que la Françaife. *On mit dans les Nouvelles publiques que la* Tragédie de Mahomet *avoit été défenduë par le Gouvernement. Je puis affûrer, qu'il n'y a rien de plus faux. Non-feulement il n'y a pas eu le moindre ordre donné à ce fujet; mais il s'en faut beaucoup que les premieres Têtes de l'Etat, qui virent la Repréfentation, ayent varié un moment fur la fageffe qui régne dans cet Ouvrage.*

Quelques perfonnes ayant tranfcrit à la hâte plufieurs Scénes aux Répréfentations, & ayant eu un ou deux Rôles des Acteurs, en ont fabriqué les Editions qu'on a faites clandeftinement. Il eft aifé de voir à quel point elles différent du véritable Ouvrage que je tiens de la main d'un homme irréprochable, ainfi que les autres Piéces que je donne dans l'Edition préfente. La plus curieufe, à mon gré, eft la Lettre que l'Auteur écrivit à Sa Majefté le Roi de Pruffe, *lorfqu'il repaffa par la Hollande, après être allé rendre fes refpects à ce Monarque. C'eft dans de telles Lettres, qui ne font pas d'abord deftinées à être publiques, qu'on voit les véritables fentimens des hommes. Celle que j'ai eue encore d'un Ami de feu* Mr. de s'Gravefande *eft de ce genre. J'efpere, qu'elle fera aux véritables Philofophes le même plaifir qu'elle m'a fait.*

A Amfterdam *le 18. Novembre 1742.*

P. D. L. M.

A SA

✳✳✳✳✳✳✳✳✳✳✳✳✳✳✳✳✳✳✳✳✳✳✳✳✳✳✳✳✳

A
SA MAJESTÉ
LE
ROI DE PRUSSE,

à Raterdam 20 Janvier
1742.

SIRE,

Je ressemble à présent aux Pélerins de la *Meque*, qui tournent leurs yeux vers cette Ville après l'avoir quittée: je tourne les miens vers votre Cour. Mon cœur, pénétré des bontés de VOTRE MAJESTE', ne connait que la douleur de ne pouvoir vivre auprès d'Elle. Je prends la liberté de lui envoyer une nouvelle Copie de cette *Tragédie de Mahomet*, dont Elle a bien voulu, il y a déja long-tems, voir les premieres esquisses. C'est un tribut que je paye à l'Amateur des Arts, au Juge éclairé, surtout au Philosophe beaucoup plus qu'au Souverain.

VOTRE MAJESTE' sait quel esprit m'animoit en composant cet Ouvrage. L'amour du Genre-Humain & l'horreur du *Fanatisme*, deux Vertus qui sont faites pour être toujours auprès de votre Trône, ont conduit ma plume. J'ai toujours pensé que la *Tragédie* ne doit pas être un simple Spectacle, qui touche le cœur sans le corriger. Qu'importent au Genre-Humain les passions & les malheurs d'un Héros de l'Antiquité, s'ils ne servent pas à nous instruire? On avoue que la *Comédie du Tartufe*, ce Chef-d'œuvre qu'aucune Nation n'a égalé, a fait beaucoup de bien aux hommes, en montrant l'hypocrisie dans toute sa laideur. Ne peut-on pas essayer

Z 2   d'attad'attaquer dans une *Tragédie*, cette espece d'imposture qui met en œuvre à la fois l'hypocrisie des uns & la fureur des autres? Ne peut-on pas remonter jusqu'à ces anciens Scélérats, Fondateurs illustres de la *Superstition* & du *Fanatisme*, qui les premiers ont pris le couteau sur l'Autel pour faire des Victimes de ceux qui refusoient d'être leurs Disciples?

Ceux qui diront, que les tems de ces crimes sont passés, qu'on ne verra plus de *Barcochebas*, de *Mahomets*, de *Jeans de Leyde*, &c. que les flames des Guerres de Religion sont éteintes, sont, ce me semble, trop d'honneur à la Nature-Humaine. Le même Poison subsiste encore, quoique moins développé : cette Peste, qui semble étouffée, reproduit de tems en tems des germes capables d'infecter la Terre. N'a-t-on pas vu de nos jours les Prophêtes des *Cevennes* tuer au nom de Dieu ceux de leur Secte qui n'étoient pas assez soumis?

L'action, que j'ai peinte, est atroce; & je ne sai, si l'horreur a été plus loin sur aucun Théatre. C'est un jeune homme né avec de la vertu, qui, séduit par son Fanatisme, assassine un Vieillard qui l'aime, & qui dans l'idée de servir Dieu, se rend coupable, sans le savoir, d'un parricide ; c'est un Imposteur qui ordonne ce meurtre, & qui promet à l'Assassin un inceste pour récompense.

J'avoue, que c'est mettre l'horreur sur le Théatre, & VOTRE MAJESTE' est bien persuadée, qu'il ne faut pas que la *Tragédie* consiste uniquement dans une déclaration d'amour, une jalousie & un mariage.

Nos Historiens même nous apprennent des actions plus atroces que celle que j'ai inventée. Seïde ne sait pas dumoins que celui qu'il assassine est son pere ; &

quand

quand il a porté le coup, il éprouve un repentir aussi grand que son crime. Mais *Mezeray* rapporte, qu'à *Melun* un pere tua son fils de sa main pour sa Religion, & n'en eut aucun repentir.

On connaît l'avanture des deux freres *Diaz*, dont l'un étoit à *Rome*, & l'autre en *Allemagne* dans les commencemens des troubles excités par *Luther*. *Barthelemi Diaz* apprenant à *Rome*, que son frere donnoit dans les opinions de *Luther* à *Francfort*, part de *Rome* dans le dessein de l'assassiner, arrive & l'assassine. J'ai lu dans Herrera, Auteur Espagnol, que ce *Barthelemi Diaz risquoit beaucoup par cette action; mais que rien n'ébranle un homme d'honneur quand la probité le conduit.*

Herrera, dans une Religion toute sainte & toute ennemie de la cruauté, dans une Religion qui enseigne à souffrir & non à se venger, étoit donc persuadé que la *probité* peut conduire à l'assassinat & au parricide ! Et on ne s'élevera pas de tous côtés contre ces maximes infernales ?

Ce sont ces maximes qui mirent le poignard à la main du Monstre qui priva la *France* de Henri *le Grand* : Voilà ce qui plaça le Portrait de *Jacques Clément* sur l'Autel, & son nom parmi les Bienheureux ; c'est ce qui coûta la vie à *Guillaume Prince d'Orange*, Fondateur de la Liberté & de la Grandeur des *Hollandais*. D'abord *Salcede* le blessa au front d'un coup de pistolet : & Strada raconte que *Salcede* (ce sont ses propres mots) n'osa entreprendre cette action qu'après avoir purifié son ame par la Confession aux pieds d'un *Dominicain*, & l'avoir fortifiée par le Pain Céleste. Herrera dit quelque chose de plus insensé & de plus atroce.

Eſtendo firme con el exemplo de nueſtro Salvador
Jeſu Chriſto y de ſu Sanctos.

Balthazar Girard, qui ôta enfin la vie à ce Grand-
Homme, en uſa de même que Salcede.

Je remarque, que tous ceux qui ont commis de
bonne foi de pareils crimes, étoient de jeunes gens
comme *Seïde.* Balthaſar Girard avoit environ vingt ans
nées. Quatre Eſpagnols, qui avoient fait avec lui ſerment de tuer le Prince, étoient de même âge. Le Monſtre qui tua *Henri III*, n'avoit que vingt-quatre ans.
Poltrot, qui aſſaſſina le *Grand Duc de Guiſe*, en avoit
vingt-cinq; c'eſt le tems de la ſéduction & de la fureur.

J'ai été preſque témoin en *Angleterre* de ce que peut
ſur une imagination jeune & faible la force du *Fana-*
tiſme. Un enfant de ſeize ans, nommé *Shepherd*, ſe
chargea d'aſſaſſiner le Roi *George I*, votre ayeul mater-
nel. Quelle étoit la cauſe qui le portoit à cette frénéſie?
C'étoit uniquement que *Shepherd* n'étoit pas de la même
Religion que le Roi. On eut pitié de ſa jeuneſſe, on lui
offrit ſa grace, on le ſollicita long-tems au repentir;
il perſiſta toujours à dire, qu'il valoit mieux obéir à Dieu
qu'aux hommes, & que s'il étoit libre, le premier uſage
qu'il feroit de ſa liberté feroit de tuer ſon Prince.
Ainſi on fut obligé de l'envoyer au ſupplice comme un
Monſtre qu'on déſeſperoit d'apprivoiſer.

J'oſe dire, que quiconque a un peu vécu avec les
hommes, a pû voir quelquefois combien aiſément on eſt
prêt à ſacrifier la nature à la ſuperſtition. Que de Peres
ont déteſté & deshérité leurs enfans! que de freres ont
pourſuivi leurs freres par ce funeſte principe! J'en ai vû
des exemples dans plus d'une Famille.

Si la *Superſtition* ne ſe ſignale pas toujours par ces
excès qui ſont comptés dans l'Hiſtoire des crimes, elle
fait

fait dans la Societé tous les petits maux innombrables
& journaliers qu'elle peut faire. Elle défunit les Amis,
elle divise les parens ; elle persécute le Sage, qui n'est
qu'homme de bien, par la main du Fou qui est Entousiaste. Elle ne donne pas toujours de la ciguë à *Socrate* ;
mais elle bannit *Descartes* d'une Ville qui devoit être
l'azyle de la Liberté ; elle donne à *Jurieu*, qui faisoit
le Prophéte, assez de crédit pour réduire à la pauvreté
les Savans & le Philosophe *Bayle*. Elle bannit, elle
arrache à une florissante jeunesse qui court à ses Leçons
le Successeur du grand *Leibnitz* ; & il faut pour le ré-
tablir que le Ciel fasse naître un *Roi Philosophe* ; vrai
Miracle qu'il fait bien rarement. Envain la raison
humaine se perfectionne par la Philosophie qui fait tant
de progrès en *Europe* Envain, Vous surtout, *Grand
Prince*, vous efforcez-vous de pratiquer & d'inspirer
cette Philosophie si humaine ; on voit dans ce même
Siécle, où la raison éleve son Trône d'un côté, le plus
absurde *Fanatisme* dresser encore ses Autels de l'autre.

On pourra me reprocher, que donnant trop à mon
zéle je fais commettre dans cette Piéce un crime à *Mahomet*, dont en effet il ne fut point coupable.

Mr. le Comte de *Boulainvilliers* écrivit, il y a
quelques années, la Vie de ce Prophéte. Il essaya de
le faire passer pour un Grand-Homme, que la Provi-
dence avoit choisi pour punir les Chrétiens, & pour
changer la face d'une partie du Monde.

Mr. *Sale*, qui nous a donné une excellente Version
de l'*Alcoran* en *Anglais*, veut faire regarder *Mahomet*
comme un *Numa* & comme un *Thesée*. J'avoûë, qu'il
faudroit le respecter, si né Prince légitime, ou appellé
au Gouvernement par le suffrage des siens, il avoit
donné des Loix paisibles comme *Numa*, ou défendu

ses

fes Compatriotes, comme on le dit de *Thefée.* Mais qu'un Marchand de Chameaux excite une fédition dans fa Bourgade; qu'affocié à quelques malheureux *Cora-cites,* il leur perfuade, qu'il s'entretient avec l'*Ange Gabriel*; qu'il fe vante d'avoir été ravi au Ciel, & d'y avoir reçu une partie de ce Livre inintelligible, qui fait frémir le Sens-commun à chaque page; que pour faire refpecter ce Livre il porte dans fa Patrie le fer & la flâme; qu'il égorge les peres; qu'il raviffe les filles; qu'il donne aux vaincus le choix de fa Religion ou de la mort; c'eft affurément ce que nul homme ne peut ex-cufer, à moins qu'il ne foit né *Turc,* & que la fuperfti-tion n'étouffe en lui toute lumiere naturelle.

Je fai, que *Mahomet* n'a pas tramé précifément l'efpece de trahifon qui fait le fujet de cette *Tragédie.* L'Hiftoire dit feulement qu'il enleva la femme de *Seïde,* l'un de fes Difciples, & qu'il perfécuta *Abufofian,* que je nomme *Zopire*; mais quiconque fait la guerre à fon Païs, & ofe la faire au nom de Dieu, n'eft-il pas ca-pable de tout? Je n'ai pas prétendu mettre feulement une action vraye fur la Scéne; mais des mœurs vrayes; faire penfer les hommes comme ils penfent dans les circonftances où ils fe trouvent, & repréfenter enfin ce que la fourberie peut inventer de plus atroce, & ce que le *Fanatifme* peut exécuter de plus horrible. *Mahomet* n'eft ici autre chofe que *Tartufe* les armes à la main.

Je me croirai bien recompenfé de mon travail, fi quelqu'une de ces Ames faibles, toujours prêtes à rece-voir les impreffions d'une fureur étrangere qui n'eft pas au fond de leur cœur, peut s'affermir contre ces funeftes féductions par la lecture de cet Ouvrage; fi après avoir eu en horreur la malheureufe obéiffance de *Seïde,* elle fe dit à elle-même, pourquoi obéi-

rois-je

rois-je en aveugle à des aveugles qui me crient:
Haïssez, perfécutez, perdez celui qui eft affez téméraire pour n'être pas de notre avis fur des chofes même
indifférentes que nous n'entendons pas?

Que ne puis-je fervir à déraciner de tels fentimens chez les hommes! L'efprit d'indulgence feroit des freres, celui d'intolérance peut former des
Monftres.

C'eft ainfi que penfe VOTRE MAJESTE. Ce
feroit pour moi la plus grande des confolations de
vivre auprès de ce *Roi Philofophe.* Mon attachement
eft égal à mes regrets ; & fi d'autres devoirs m'en-
traînent, ils n'effaceront jamais de mon cœur les fentimens que je dois à ce Prince, qui penfe & qui parle
en homme, qui fuit cette fauffe gravité fous laquelle
fe cachent toujours la petiteffe & l'ignorance, qui fe
communique avec liberté, parcequ'il ne craint point
d'être pénétré; qui veut toujours s'inftruire, & qui
peut inftruire les plus éclairés.

Je ferai toute ma vie avec le plus profond refpect
& la plus vive reconnaiffance, &c.

LETTRE

LETTRE

DE Mr. DE VOLTAIRE

AU

PAPE BENOIT XIV.

Bmo. PADRE

La Santita Voſtra perdonera l'ardire che prende uno de' più infimi fedeli, ma uno de' maggiori ammiratori della virtù, di ſottomettere al Capo della vera Religione queſta opera contro il fondatore d'una falſa e barbara ſetta.

A chi potrei più convenevolmente dedicare la Satira della crudelta e degli errori d'un falſo Profeta, che al Vicario ed imitatore d'un Dio di verita e di manſuetudine?

Voſtra Santita mi conceda dunque di poter mettere a i ſuoi piedi il libretto & l'autore e di domandare umilmente la ſua protezzione per l'uno e le ſue benedizioni per l'altro. In tanto profundiſſima mente m'inchino e le baccio i ſacri piedi.

Parigi, 17 Auguſto
1 7 4 5.

LETTRE

DU

SOUVERAIN PONTIFE BENOIT XIV

A

MR. DE VOLTAIRE.

Benedictus P. P. XIV. dilecto filio Salutem apostolicam & benedictionem.

Settimane fono ci fu prefentato da fue parte la fua beliffima Tragedia di Mahomet, la quale leggemmo con fommo piacere. Poi ci prefento il Cardinal Paffionei indi lei nome il fuo eccelente Poëma di *Fontenoy* . . Monfignor Leprotti ci diede pofcia il diftico fatto da lei fotto il noftro rittratto. Ieri matina il Cardinal Valenti ci prefento la di lei Lettera del 17 Agofto in quefta ferie d'azzioni fi contengono molti capi per ciafcheduno dequali ci riconofciamo in obligo di ringraziarla. Noi gli uniamo tutti affieme, e rendiamo a lei le dovute grazie per cofi fingolare bonta verfo di noi, afficurando la che abbiamo tutta la dovuta ftima del fuo tanto aplaudito merito.

Publicato in Roma il di lei diftico * fopra detto, ei fu riferito efferui ftato un fuo paefano letterato che in una publica converfazione aveva detto peccare in una fillaba havendo fatta la parola *hic* breue, quando fempre deve effer longa.

Rifpon-

---

* Voici le Diftique:
    Lambertinus hic eft Romæ decus & Pater orbis
    Qui mundum fcriptis docuit, virtutibus ornat.

Rifpondemmo che sbagliava potendo effere la parola e breve e longa, conforme vuole il poëta, avendo la Virgilio fatta breve in quel verfo;

Solus hic inflexit fenfus animumque labantem,

havendola fatta longa in un altro:

Hic finis Priami fatorum, hic exitus illum.

Ci fembra d'aver rifpofto ben epreffo ancor che fiano più di cinquanta anni che non habbiamo letto Virgilio. Benche la caufa fia propria della fua perfonna, habbiamo tanta buona idea della fua fincerita e probita che facciamo la fteffa giudice fopra il punto della ragione a chi affifta, fe a noi o al fuo oppofitore ed in tanto reftiamo col dare a lei l'apoftolica benedizione.

Datum Romæ apud Sanctam Mariam majorem die 19 Sept. 1745. Pontificatus noftri anno fexto.

LETTRE
DE REMERCIMENT
DE
MONSIEUR DE VOLTAIRE
AU PAPE.

Non vengono tanto meglio figurate le fatezze di Voftra Beatitudine fu i medaglioni che ho ricevuti d'alla fua fingolare benignita, di quello che fi vedono expreffi l'ingegno e l'Animo fuo nella Lettera della quale s'e degnata d'honorar mi; ne porgo a i fuoi piedi le più vive ed umiliffime grazie.

Veramente fono in obligo di riconofcere la fua infallibilita nelle decizioni di Letteratura, fi come nelle altre cofe più riverende: V. S. é più prattica del Latino che quel Francefe il di cui sbaglio s'e degnata di corregere: mi maraviglio come fi ricordi cofi appuntino del fuo Virgilio. Tra i più letterati Monarche furono fempre fegnalati i fummi Pontifici, ma tra loro, credo che non fe ne trovaffe mai uno che adornaffe tanta dottrina di tanti fregi di bella Letteratura;

Agnofco rerum dominos gentemque togatam

Se il Francefe che sbaglio nel reprehendere quefto, *hic* aveffe tenuto a mente Virgilio come fa Voftra Beatitudine, avrebbe potuto citare un bene addatto verfo dove *hic* e breve e longo infiéme. Quefto bel verfo mi pareva un prezagio de'i favori a me conferiti d'alla fua beneficenza. Eccolo.

Hic vir hic eft tibi quem promitti fæpius audis.

Cofi Roma doveva gridare quando Bened. XIV. fu efaltato. In tanto baccio con fomma rivenza e gratitudine i fuoi facri piedi; &c.

ACTEURS.

ACTEURS.

MAHOMET.

ZOPIRE, Scheich ou Schérif de la Meque.

OMAR, Lieutenant de Mahomet.

SEIDE,
PALMIRE, } Efclaves de Mahomet.

PHANOR, Sénateur de la Meque.

TROUPE de Méquois.

TROUPE de Mufulmans.

La Scéne eft à la Meque

LE FANATISME,

OU

MAHOMET

LE PROPHETE.

TRAGEDIE.

❋❋❋❋❋❋❋❋❋❋❋❋❋❋❋❋❋❋❋

ACTE PREMIER.

SCENE I.

ZOPIRE, PHANOR.

ZOPIRE.

Qui moi, baiſſer les yeux devant ſes faux prodiges?
Moi de ce Fanatique encenſer les preſtiges?
L'honorer dans la Meque après l'avoir banni?
Non. Que des juſtes Dieux Zopire ſoit puni,
Si tu vois cette main, juſqu'ici libre & pure,
Careſſer la révolte & flatter l'impoſture?

PHA-

PHANOR.

Nous chérissons en vous ce zéle paternel
Du Chef auguste & saint du Sénat d'Ismaël;
Mais ce zéle est funeste, & tant de résistance,
Sans lasser Mahomet, irrite sa vengeance.
Contre ses attentats vous pouviez autrefois
Lever impunément le fer sacré des Loix,
Et des embrasemens d'une guerre immortelle
Etouffer sous vos pieds la premiere étincelle;
Mahome. citoyen ne parut à vos yeux
Qu'un Novateur obscur, un vil Séditieux:
Aujourd'hui c'est un Prince; il triomphe, il domine;
Imposteur à la Meque, & Prophête à Médine,
Il fait faire adorer à trente Nations
Tous ces mêmes forfaits qu'ici nous détestons.
Que dis-je? en ces murs même une troupe égarée,
Des poisons de l'erreur avec zéle enyvrée,
De ses miracles faux soutient l'illusion,
Répand le Fanatisme & la sédition;
Appelle son armée, & croit, qu'un Dieu terrible
L'inspire, le conduit, & le rend invincible.
Tous nos vrais Citoyens avec vous sont unis;
Mais les meilleurs conseils sont-ils toujours suivis?
L'amour des nouveautés, le faux zéle, la crainte,
De la Meque allarmée ont désolé l'enceinte;
Et ce Peuple, en tout tems chargé de vos bienfaits,
Crie encor à son Pere, & demande la paix.

ZOPI-

ZOPIRE.

La paix avec ce Traître ! Ah, Peuple fans courage,
N'en attendez jamais qu'un horrible efclavage.
Allez, portez en pompe, & fervez à genoux
L'Idole dont le poids va vous écrafer tous.
Moi, je garde à ce Fourbe une haine éternelle;
De mon cœur ulceré la playe eft trop cruelle;
Lui-même a contre moi trop de reffentimens.
Le cruel fit périr ma femme & mes enfans;
Et moi jufqu'en fon Camp j'ai porté le carnage;
La mort de fon fils même honora mon courage;
Les flambeaux de la haine entre nous allumés
Jamais des mains du Tems ne feront confumés.

PHANOR.

Ne les éteignez point ; mais cachez-en la flâme;
Immolez au Public les douleurs de votre ame.
Quand vous verrez ces lieux par fes mains ravagés,
Vos malheureux enfans feront-ils mieux vangés?
Vous avez tout perdu, fils, frere, époufe, fille;
Ne perdez point l'Etat; c'eft-là votre famille.

ZOPIRE.

On ne perd les Etats que par timidité.

PHANOR.

On périt quelquefois par trop de fermeté.

ZOPIRE.

Periffons, s'il le faut.

PHANOR.

Ah! quel trifte courage
Vous fait fi près du Port expofer au naufrage?
Le Ciel, vous le voyez, a remis en vos mains
De quoi fléchir encor ce Tyran des humains.
Cette jeune Palmire en fes Camps élevée,
Dans vos derniers combats par vous-même enlevée,
Semble un Ange de paix defcendu parmi nous,
Qui peut de Mahomet appaifer le couroux.
Déja par fes Hérauts il l'a redemandée.

ZOPIRE.

Tu veux qu'à ce Barbare elle foit accordée?
Tu veux que d'un fi cher & fi noble tréfor
Ses criminelles mains s'enrichiffent encor?
Quoi! lorfqu'il nous apporte & la fraude & la guerre,
Lorfque fon bras enchaîne & ravage la Terre,
Les plus tendres appas brigueront fa faveur,
Et la beauté fera le prix de la fureur?
Ce n'eft pas qu'à mon âge, aux bornes de ma vie,
Je porte à Mahomet une honteufe envie;
Ce cœur trifte & flétri, que les ans ont glacé,
Ne peut fentir les feux d'un défir infenfé.
Mais foit qu'en tous les tems un objet né pour plaire,
Arrache de nos vœux l'hommage involontaire;
Soit que privé d'enfans je cherche à diffiper

Cette

Cette nuit de douleurs qui vient m'enveloper;
Je ne fai, quel penchant pour cette Infortunée
Remplit le vuide affreux de mon ame étonnée.
Soit faibleſſe ou raiſon, je ne puis ſans horreur
La voir aux mains d'un Monſtre artiſan de l'erreur.
Je voudrois qu'à mes vœux heureuſement docile,
Elle-même en ſecret pût chérir cet azyle;
Je voudrois que ſon cœur, ſenſible à mes bienfaits,
Déteſtât Mahomet autant que je le hais.
Elle veut me parler ſous ces ſacrés Portiques,
Non loin de cet Autel de nos Dieux domeſtiques;
Elle vient, & ſon front, ſiége de la candeur,
Annonce en rougiſſant les vertus de ſon cœur.

* *

SCENE II.

ZOPIRE, PALMIRE.

ZOPIRE.

Jeune & charmant objet, dont le ſort de la guerre
Propice à ma vieilleſſe honora cette Terre,
Vous n'êtes point tombée en de barbares mains;
Tout reſpecte avec moi vos malheureux deſtins,
Votre âge, vos beautés, votre aimable innocence.
Parlez, & s'il me reſte encor quelque puiſſance,
De vos juſtes déſirs ſi je remplis les vœux,
Ces derniers de mes jours feront des jours heureux.

PAL-

PALMIRE.

Seigneur, depuis deux mois fous vos loix prifonniere,
Je dus à mes deftins pardonner ma mifere :
Vos généreufes mains s'empreffent d'effacer
Les larmes que le Ciel me condamne à verfer.
Par vous, par vos bienfaits à parler enhardie,
C'eft de vous que j'attends le bonheur de ma vie.
Aux vœux de Mahomet j'ofe ajouter les miens.
Il vous a demandé de brifer mes liens ;
Puiffiez-vous l'écouter, & puiffai-je lui dire,
Qu'après le Ciel & lui je dois tout à Zopire !

ZOPIRE.

Ainfi de Mahomet vous regrettez les fers,
Ce tumulte des Camps, ces horreurs des Deferts,
Cette Patrie errante au trouble abandonnée.

PALMIRE.

La Patrie eft aux lieux, où l'ame eft enchaînée.
Mahomet a formé mes premiers fentimens,
Et fes femmes en paix guidoient mes faibles ans ;
Leur demeure eft un Temple, où ces femmes facrées
Levent au Ciel des mains de leur Maître adorées.
Le jour de mon malheur, hélas ! fut le feul jour,
Où le fort des Combats a troublé leur féjour.
Seigneur, ayez pitié d'une ame déchirée,
Toujours préfente aux lieux dont je fuis féparée.

ZOPIRE.

J'entends : vous efpérez partager quelque jour
De ce Maître orgueilleux & la main & l'amour.

PAL-

PALMIRE.

Seigneur, je le revere, & mon ame tremblante
Croit voir dans Mahomet un Dieu qui m'épouvante.
Non, d'un si grand hymen mon cœur n'est point flatté;
Tant d'éclat convient mal à tant d'obscurité.

ZOPIRE.

Ah! qui que vous soyez, il n'est point né peut-être
Pour être votre époux, encor moins votre maître;
Et vous semblez d'un sang fait pour donner des loix
A l'Arabe insolent qui marche égal aux Rois.

PALMIRE.

Nous ne connaissons point l'orgueil de la naissance.
Sans parens, sans patrie, esclaves dès l'enfance,
Dans notre égalité nous chérissons nos fers;
Tout nous est étranger, hors le Dieu que je sers.

ZOPIRE.

Tout vous est étranger! cet état peut-il plaire?
Quoi! vous servez un maître, & n'avez point de pere?
Dans mon triste Palais, seul & privé d'enfans,
J'aurois pu voir en vous l'appui de mes vieux ans.
Le soin de vous former des destins plus propices
Eût adouci des miens les longues injustices.
Mais non, vous abhorrez ma Patrie & ma Loi.

PALMIRE.

Comment puis-je être à vous? je ne suis point à moi.
Vous aurez mes regrets, votre bonté m'est chère;
Mais enfin Mahomet m'a tenu lieu de pere.

ZOPIRE.

Quel pere! juftes Dieux! lui? ce Monftre impofteur?

PALMIRE.

Ah! quels noms inouïs lui donnez-vous, Seigneur?
Lui, dans qui tant d'Etats adorent leur Prophête;
Lui, l'Envoyé du Ciel, & fon feul interprête.

ZOPIRE.

Etrange aveuglement des malheureux Mortels!
Tout m'abandonne ici pour dreffer des Autels
A ce coupable heureux qu'épargna ma juftice,
Et qui courut au Trône échappé du fupplice.

PALMIRE.

Vous me faites frémir, Seigneur, & de mes jours
Je n'avois entendu ces horribles difcours.
Mon penchant, je l'avoue, & ma reconnaiffance
Vous donnoient fur mon cœur une jufte puiffance;
Vos blafphêmes affreux contre mon Protecteur,
A ce penchant fi doux font fuccéder l'horreur.

ZOPIRE.

O Superftition! tes rigueurs infléxibles
Privent d'humanité les cœurs les plus fenfibles.
Que je vous plains, Palmire, & que fur vos erreurs
Ma pitié, malgré moi, me fait verfer de pleurs!

PALMIRE.

Et vous me refufez!

ZOPIRE.

Oui. Je ne puis vous rendre
Au Tyran qui trompa ce cœur fléxible & tendre.
Oui, je crois voir en vous un bien trop précieux,
Qui me rend Mahomet encor plus odieux. SCE-

* *

SCENE III.

ZOPIRE, PALMIRE, PHANOR.

ZOPIRE.

Que voulez-vous, Phanor?

PHANOR.

Aux portes de la Ville,
D'où l'on voit de Moad la Campagne fertile,
Omar est arrivé.

ZOPIRE.

Qui ? ce farouche Omar?
Que l'erreur aujourd'hui conduit après son Char,
Qui combattit long-tems le Tyran qu'il adore,
Qui vengea son Païs ?

PHANOR.

Peut-être il l'aime encore.
Moins terrible à nos yeux, cet insolent Guerrier,
Portant entre ses mains le glaive & l'olivier,
De la paix à nos Chefs a présenté le gage.
On lui parle, il demande, il reçoit un otage.
Seïde est avec lui.

PALMIRE.

Grand Dieu, destin plus doux!
Quoi ! Seïde?

PHANOR.

Omar vient, il s'avance vers vous.

Aa 4 ZOPI-

ZOPIRE.

Il le faut écouter.   Allez, jeune Palmire.

(Palmire sort.)

Omar devant mes yeux! qu'osera-t-il me dire?
O Dieux de mon païs, qui depuis trois mille ans
Protégiez d'Ismaël les genereux Enfans;
Soleil, sacrés Flambeaux, qui dans votre carriere,
Images de ces Dieux, nous prêtez leur lumiere,
Voyez & soutenez la juste fermeté
Que j'opposai toujours contre l'iniquité.

* * * * * * * * * * * * * * * * * * * *

SCENE IV.

ZOPIRE, OMAR, PHANOR, Suite.

ZOPIRE.

Eh bien, après six ans tu revois ta Patrie,
Que ton bras défendit, que ton cœur a trahie.
Ces murs sont encor pleins de tes premiers exploits;
Déserteur de nos Dieux, déserteur de nos loix,
Persécuteur nouveau de cette Cité sainte,
D'où vient que ton audace en profane l'enceinte?
Ministre d'un Brigand qu'on dut exterminer,
Parle; que me veux-tu?

OMAR.

Je veux te pardonner.

Le Prophête d'un Dieu, par pitié pour ton âge,
Pour tes malheurs passés, surtout pour ton courage,

Te

Te préfente une main qui pouvoit t'écrafer,

Et j'apporte la paix qu'il daigne propofer.

ZOPIRE.

Un vil Séditieux prétend avec audace

Nous accorder la paix, & non demander grace!

Souffrirez-vous, grands Dieux, qu'au gré de fes forfaits

Mahomet nous raviffe ou nous rende la paix?

Et vous, qui vous chargez des volontés d'un Traître,

Ne rougiffez-vous point de fervir un tel Maître?

Ne l'avez-vous pas vu, fans honneur & fans biens,

Ramper au dernier rang des derniers Citoyens?

Qu'alors il étoit loin de tant de renommée!

OMAR.

A tes viles grandeurs ton ame accoutumée

Juge ainfi du mérite, & pefe les humains

Au poids que la Fortune avoit mis dans tes mains.

Ne fais-tu pas encore, homme faible & fuperbe,

Que l'Infecte infenfible, enfeveli fous l'herbe,

Et l'Aigle impérieux, qui plane au haut du Ciel,

Rentrent dans le néant aux yeux de l'Eternel?

Les mortels font égaux; ce n'eft point la naiffance,

C'eft la feule vertu qui fait leur différence.

Il eft de ces Efprits favorifés des Cieux,

Qui font tout par eux-mêmes, & rien par leurs Ayeux.

Tel eft l'homme en un mot que j'ai choifi pour Maître;

Lui feul dans l'Univers a mérité de l'être.

Tout mortel à la Loi doit un jour obéir,

Et j'ai donné l'exemple aux Siecles à venir.

ZOPI-

ZOPIRE.

Je te connais, Omar ; en vain ta Politique
Vient m'étaler ici ce tableau fanatique.
En vain tu peux ailleurs éblouïr les Esprits,
Ce que ton peuple adore excite mes mépris.
Bannis toute imposture, & d'un coup d'œil plus sage
Regarde ce Prophête à qui tu rends hommage.
Voi l'homme en Mahomet, conçoi par quel degré
Tu fais monter aux Cieux ton Fantôme adoré.
Entousiaste ou fourbe, il faut cesser de l'être ;
Sers-toi de ta raison, juge avec moi ton Maître.
Tu verras de Chameaux un grossier conducteur,
Chez sa premiere épouse insolent imposteur,
Qui sous le vain appas d'un songe ridicule,
Des plus vils des humains tente la foi crédule,
Comme un séditieux à mes pieds amené,
Par quarante Vieillards à l'exil condamné ;
Trop léger châtiment qui l'enhardit au crime,
De Caverne en Caverne il fuit avec Fatime.
Ses Disciples errans de Cités en Déserts,
Proscrits, persécutés, bannis, chargés de fers,
Promenent leur fureur qu'ils appellent divine,
De leurs venins bien-tôt ils infectent Médine.
Toi-même alors, toi-même, écoutant la raison,
Tu voulus dans sa source arrêter le poison ;
Je te vis plus heureux, & plus juste & plus brave,
Attaquer le Tyran dont je te vois l'Esclave.

S'il

S'il eſt un vrai Prophête, oſas-tu le punir ?
S'il eſt un Impoſteur, oſes-tu le ſervir ?

OMAR.

Je voulus le punir, quand mon peu de lumiere
Méconnut ce Grand-Homme entré dans la carriere.
Mais enfin quand j'ai vu, que Mahomet eſt né
Pour changer l'Univers à ſes pieds conſterné ;
Quand mes yeux éclairés du feu de ſon génie
Le virent s'élever dans ſa courſe infinie,
Eloquent, intrépide, admirable en tout lieu,
Agir, parler, punir, ou pardonner en Dieu,
J'aſſociai ma vie à ſes travaux immenſes ;
Des Trônes, des Autels en ſont les récompenſes.
Je fus, je te l'avoue, aveugle comme toi,
Ouvre les yeux, Zopire, & change ainſi que moi.
Et ſans plus me vanter les fureurs de ton zéle,
Ta perſécution, ſi vaine & ſi cruelle,
Nos freres gémiſſans, notre Dieu blaſphemé,
Tombe aux pieds d'un Héros par toi-même opprimé.
Viens baiſer cette main qui porte le tonnerre.
Tu me vois après lui le premier de la Terre ;
Le poſte qui te reſte eſt encor aſſez beau,
Pour fléchir noblement ſous ce Maître nouveau.
Voi ce que nous étions, & voi ce que nous ſommes.
Le peuple aveugle & faible eſt né pour les Grands-Hommes,
Pour admirer, pour croire & pour nous obéir.
Viens régner avec nous, ſi tu crains de ſervir ;

Partage

Partage nos grandeurs au-lieu de t'y fouftraire,
Et las de l'imiter, fais trembler le Vulgaire.

ZOPIRE.

Ce n'eft qu'à Mahomet, à fes pareils, à toi,
Que je prétens, Omar, infpirer quelque effroi.
Tu veux que du Sénat le Schérif infidelle
Encenfe un Impofteur, & couronne un Rebelle!
Je ne te niérai point, que ce fier Séducteur
N'ait beaucoup de prudence & beaucoup de valeur.
Je connais comme toi les talens de ton Maître;
S'il étoit vertueux, c'eft un Héros peut-être.
Mais ce Héros, Omar, eft un traître, un cruel,
Et de tous les Tyrans c'eft le plus criminel.
Ceffe de m'annoncer fa trompeufe clémence;
Le grand art qu'il poffede eft l'art de la vengeance.
Dans le cours de la guerre un funefte deftin
Le priva de fon fils que fit périr ma main;
Mon bras perça le fils, ma voix bannit le pere;
Ma haine eft inflexible ainfi que fa colere;
Pour rentrer dans la Meque il doit m'exterminer,
Et le jufte aux méchans ne doit point pardonner.

OMAR.

Eh bien, pour te montrer, que Mahomet pardonne,
Pour te faire embraffer l'exemple qu'il te donne,
Partage avec lui-même, & donne à tes Tribus
Les dépouilles des Rois que nous avons vaincus.

Mets

Mets un prix à la paix, mets un prix à Palmire;
Nos tréfors font à toi.

ZOPIRE.

Tu penfes me féduire ?
Me vendre ici ma honte, & marchander la paix
Par fes tréfors honteux, le prix de fes forfaits ?
Tu veux que fous fes loix Palmire fe remette ?
Elle a trop de vertu pour être fa Sujette ;
Et je veux l'arracher aux Tyrans impofteurs,
Qui renverfent les loix, & corrompent les mœurs.

OMAR.

Tu me parles toujours comme un Juge implacable,
Qui fur fon Tribunal intimide un coupable.
Penfe & parle en Miniftre, agi, traite avec moi,
Comme avec l'Envoyé d'un Grand-Homme & d'un Roi.

ZOPIRE.

Qui l'a fait Roi ? Qui l'a couronné ?

OMAR.

La Victoire.
Ménage fa puiffance & refpecte fa gloire.
Aux noms de Conquérant & de Triomphateur
Il veut joindre le nom de Pacificateur.
Son Armée eft encor aux bords du Saïbare,
Des Murs où je fuis né le fiége fe prépare ;
Sauvons, fi tu m'en crois, le fang qui va couler,
Mahomet veut ici te voir & te parler.

ZOPI-

ZOPIRE.

Lui ! Mahomet ?

OMAR.

Lui-même, il t'en conjure.

ZOPIRE.

Traître !

Si de ces lieux facrés j'étois l'unique Maître,
C'eft en te puniffant que j'aurois répondu.

OMAR.

Zopire, j'ai pitié de ta fauffe vertu.
Mais puifqu'un vil Sénat infolemment partage
De ton gouvernement le fragile avantage ;
Puifqu'il régne avec toi, je cours m'y préfenter.

ZOPIRE.

Je t'y fuis : nous verrons, qui l'on doit écouter.
Je défendrai mes loix, mes Dieux & ma patrie ;
Viens-y contre ma voix prêter ta voix impie
Au Dieu perfécuteur, effroi du Genre-Humain,
Qu'un fourbe ofe annoncer les armes à la main.

A Phanor.

Toi, viens m'aider, Phanor, à repouffer un Traître.
Le fouffrir parmi nous & l'épargner, c'eft l'être.
Renverfons fes deffeins, confondons fon orgueil,
Préparons fon fupplice, ou creufons mon cercueil.
Je vais, fi le Senat m'écoute & me feconde
Délivrer d'un Tiran ma patrie & le monde.

Fin du premier Acte.

ACTE

****

ACTE II.

SCENE I.

SEIDE, PALMIRE.

PALMIRE.

Dans ma prison cruelle eft-ce un Dieu qui te guide?
Mes maux font-ils finis ? te revoi-je, Seïde !

SEIDE.

O charme de ma vie & de tous mes malheurs,
Palmire, unique objet qui m'as coûté des pleurs,
Depuis ce jour de fang, qu'un Ennemi barbare,
Près des Camps du Prophête, aux bords du Saïbare
Vint arracher fa proye à mes bras tout fanglans,
Qu'étendu loin de toi fur des corps expirans,
Mes cris mal-entendus fur cette infâme rive
Invoquerent la mort fourde à ma voix plaintive !
O ma chere Palmire, en quel gouffre d'horreur
Tes périls & ma perte ont abîmé mon cœur !
Que mes feux, que ma crainte & mon impatience,
Accufoient la lenteur des jours de la vengeance !
Que je hâtois l'affaut fi long-tems différé,
Cette heure de carnage, ou de fang enyvré

Je

Je devois de mes mains brûler la Ville impie,
Où Palmire a pleuré sa liberté ravie !
Enfin de Mahomet les sublimes desseins,
Que n'ose approfondir l'humble esprit des humains,
Ont fait entrer Omar en ce lieu d'esclavage;
Je l'apprens & j'y vole. On demande un ôtage,
J'entre, je me présente, on accepte ma foi;
Et je me rends captif, ou je meurs avec toi.

PALMIRE.

Seïde, au moment même, avant que ta présence
Vint de mon désespoir calmer la violence,
Je me jettois aux pieds de mon fier Ravisseur.
Vous voyez, ai-je dit, les secrets de mon cœur.
Ma vie est dans les Camps dont vous m'avez tirée;
Rendez-moi le seul bien dont je suis séparée.
Mes pleurs, en lui parlant, ont arrosé ses piéds,
Ses refus ont saisi mes esprits effrayés.
J'ai senti dans mes yeux la lumiere obscurcie;
Mon cœur sans mouvement, sans chaleur & sans vie,
D'aucune ombre d'espoir n'étoit plus secouru ;
Tout finissoit pour moi quand Seïde a paru.

SEIDE.

Quel est donc ce mortel insensible à tes larmes ?

PALMIRE.

C'est Zopire ; il sembloit touché de mes allarmes;
Mais le cruel enfin vient de me déclarer,
Que des lieux où je suis rien ne peut me tirer.

SEIDE.

SEIDE.

Le barbare fe trompe, & Mahomet mon Maître,
Et l'invincible Omar, & ton Amant peut-être,
(Car j'ofe me nommer après ces noms fameux,
Pardonne à ton Amant cet efpoir orgueilleux)
Nous briferons ta chaîne, & tarirons tes larmes.
Le Dieu de Mahomet, protecteur de nos armes,
Le Dieu dont j'ai porté les facrés Etendarts,
Le Dieu, qui de Médine a détruit les Remparts,
Renverfera la Meque à nos pieds abatuë.
Omar eft dans la Ville, & le Peuple à fa vûë
N'a point fait éclater ce trouble & cette horreur,
Qu'infpire aux ennemis un Ennemi vainqueur.
Au nom de Mahomet un grand deffein l'amene.

PALMIRE.

Mahomet nous chérit, il briferoit ma chaîne;
Il uniroit nos cœurs; nos cœurs lui font offerts;
Mais il eft loin de nous, & nous fommes aux fers.

* *

SCENE II.

PALMIRE, SEIDE, OMAR.

OMAR.

Vos fers feront brifés, foyez pleins d'efpérance;
Le Ciel vous favorife, & Mahomet s'avance.

SEIDE.

Lui !

PALMIRE.

Notre augufte Père!

OMAR.

                                     Au Confeil affemblé
L'Efprit de Mahomet par ma bouche a parlé.
„Ce Favori du Dieu, qui préfide aux Batailles,
„Ce Grand-Homme, ai-je dit, eft né dans vos murailles.
„Il s'eft rendu des Rois le Maître & le foutien,
„Et vous lui refufez le rang de Citoyen!
„Vient-il vous enchaîner, vous perdre, vous détruire?
„Il vient vous protéger, mais furtout vous inftruire.
„Il vient dans vos cœurs même établir fon pouvoir.
Plus d'un Juge à ma voix a paru s'émouvoir;
Les Efprits s'ébranloient; l'infléxible Zopire,
Qui craint de la raifon l'inévitable empire,
Veut convoquer le Peuple & s'en faire un appui,
On l'affemble, j'y cours, & j'arrive avec lui.
Je parle aux Citoyens , j'intimide, j'exhorte,
J'obtiens, qu'à Mahomet on ouvre enfin la porte.
Après quinze ans d'exil il revoit fes foyers;
Il entre accompagné des plus braves Guerriers,
D'Ali, d'Ammon, d'Hercide & de fa noble Elite;
Il entre, & fur fes pas chacun fe précipite.
Chacun porte un regard comme un cœur différent,
L'un croit voir un Héros, l'autre voir un Tyran.
                                              Celui-

Celui-ci le blafphême & le menace encore,
Cet autre eft à fes pieds, les embraffe & l'adore.
Nous faifons retentir à ce Peuple agité
Les noms facrés de Dieu, de paix, de liberté;
De Zopire éperdu la Cabale impuiffante
Vomit envain les feux de fa rage expirante.
Au milieu de leurs cris, le front calme & ferain,
Mahomet marche en Maître, & l'Olive à la main,
La Trève eft publiée & le voici lui-même.

* *

SCENE III.

MAHOMET, OMAR, ALI, HERCIDE, SEIDE, PALMIRE, Suite.

MAHOMET.

Invincibles foutiens de mon pouvoir fuprême,
Noble & fublime Ali, Morad, Hercide, Ammon,
Retournez vers ce Peuple, inftruifez-le en mon nom.
Promettez, menacez, que la Vérité régne;
Qu'on adore mon Dieu, mais furtout qu'on le craigne.
Vous, Seïde, en ces lieux!

SEIDE.

O mon Pere, ô mon Roi,
Le Dieu qui vous infpire a marché devant moi.

B b 2 Prêt

Prêt à mourir pour vous, prêt à tout entreprendre,
J'ai prévenu votre ordre.

MAHOMET.

Il eût falu l'attendre.
Qui fait plus qu'il ne doit, ne fait point me fervir.
J'obéis à mon Dieu; vous, fachez m'obéir.

PALMIRE.

Ah! Seigneur, pardonnez à fon impatience.
Elevés près de vous dans notre tendre enfance,
Les mêmes fentimens nous animent tous deux;
Hélas! mes triftes jours font affez malheureux.
Loin de vous, loin de lui, j'ai langui prifonniere,
Mes yeux de pleurs noyés s'ouvroient à la lumiere;
Empoifonneriez-vous l'inftant de mon bonheur?

MAHOMET.

Palmire, c'eft affez; je lis dans votre cœur,
Que rien ne vous allarme & rien ne vous étonne.
Allez; malgré les foins de l'Autel & du Trône,
Mes yeux fur vos deftins feront toûjours ouverts;
Je veillerai fur vous comme fur l'Univers.

A Seïde.

Vous, fuivez mes Guerriers; & vous, jeune Palmire,
En fervant votre Dieu ne craignez que Zopire.

❧ ✳ ❧

SCENE

* *

SCENE IV.

MAHOMET, OMAR.

MAHOMET.

Toi, refte, brave Omar; il eft tems que mon cœur
De fes derniers replis t'ouvre la profondeur.
D'un fiége encor douteux la lenteur ordinaire ·
Peut retarder ma courfe & borner ma carriere ;
Ne donnons point le tems aux Mortels détrompés
De raffurer leurs yeux de tant d'éclat frappés.
Les Préjugés, ami, font les Rois du Vulgaire.
Tu connais quel Oracle, & quel bruit populaire
Ont promis l'Univers à l'Envoyé d'un Dieu,
Qui, reçu dans la Meque & vainqueur en tout lieu,
Entreroit dans ces Murs en écartant la guerre ;
Je viens mettre à profit les erreurs de la Terre.
Mais tandis que les miens, par de nouveaux efforts,
De ce Peuple inconftant font mouvoir les refforts ;
De quel œil revoi-tu Palmire avec Seïde ?

OMAR.

Parmi tous ces enfans enlevés par Hercide,
Qui, formés fous ton joug & nourris dans ta Loi,
N'ont de Dieu que le tien, n'ont de pere que toi,

Aucun

Aucun ne te servit avec moins de scrupule,
N'eut un cœur plus docile, un esprit plus crédule;
De tous tes Musulmans ce sont les plus soumis.

MAHOMET.

Cher Omar, je n'ai point de plus grands ennemis,
Ils s'aiment; c'est assez.

OMAR.

Blâmes-tu leurs tendresses?

MAHOMET.

Ah! connais mes fureurs, & toutes mes faiblesses,

OMAR.

Comment?

MAHOMET.

Tu fais assez, quel sentiment vainqueur
Parmi mes passions régne au fond de mon cœur.
Chargé du soin du Monde, environné d'allarmes,
Je porte l'Encensoir & le Sceptre & les armes;
Ma vie est un combat, & ma frugalité
Asservit la Nature à mon austérité.
J'ai banni loin de moi cette liqueur traîtresse,
Qui nourrit des humains la brutale mollesse;
Dans des Sables brûlans, sur des Rochers déserts,
Je supporte avec toi l'inclémence des airs.
L'amour seul me console; il est ma récompense,
L'objet de mes travaux, l'Idole que j'encense,
Le Dieu de Mahomet; & cette passion
Est égale aux fureurs de mon ambition.

Je

Je préfére en fecret Palmire à mes Epoufes;
Conçois-tu bien l'excès de mes fureurs jaloufes,
Quand Palmire à mes pieds, par un aveu fatal,
Infulte à Mahomet, & lui donne un rival?

OMAR.

Et tu n'es pas vengé?

MAHOMET.

Juge, fi je dois l'être.
Pour le mieux détefter apprens à le connaître.
De mes deux ennemis apprens tous les forfaits:
Tous deux font nés ici du Tyran que je hais.

OMAR.

Quoi! Zopire eft leur Pere?

MAHOMET.

Hercide en ma puiffance
Remit depuis quinze ans leur malheureufe enfance.
J'ai nourri dans mon fein ces Serpens dangereux;
Déja fans fe connaître ils m'outragent tous deux.
J'attifai de mes mains leurs feux illégitimes.
Le Ciel voulut ici raffembler tous les crimes;
Je veux,... leur Pere vient, fes yeux lancent vers nous
Les regards de la haine & les traits du couroux.
Obferve tout, Omar, & qu'avec fon efcorte
Le vigilant Hercide affiege cette porte.
Reviens me rendre compte, & voir s'il faut hâter,
Ou retenir les coups que je dois lui porter.

Bb 4 *SCENE*

* *

SCENE V.

ZOPIRE, MAHOMET.

ZOPIRE.

Ah quel fardeau cruel à ma douleur profonde !
Moi, recevoir ici cet Ennemi du Monde !

MAHOMET.

Approche, & puifqu'enfin le Ciel veut nous unir,
Voi Mahomet fans crainte, & parle fans rougir.

ZOPIRE.

Je rougis pour toi feul, pour toi dont l'artifice
A traîné ta Patrie au bord du précipice,
Pour toi, de qui la main feme ici les forfaits,
Et fait naître la Guerre au milieu de la Paix.
Ton nom feul parmi nous divife les familles,
Les époux, les parens, les meres & les filles ;
Et la Trêve pour toi n'eft qu'un moyen nouveau
Pour venir dans nos cœurs enfoncer le coûteau.
La difcorde civile eft partout fur ta trace ;
Affemblage inouï de menfonge & d'audace.
Tyran de ton Païs, eft-ce ainfi qu'en ce lieu
Tu viens donner la Paix, & m'annoncer un Dieu ?

MAHOMET.

Si j'avois à répondre à d'autres qu'à Zopire,
Je ne ferois parler que le Dieu qui m'infpire.
Le glaive & l'Alcoran dans mes fanglantes mains,

Impofe-

Impoſeroient ſilence au reſte des humains.

Ma voix feroit ſur eux les effets du Tonnerre,

Et je verrois leurs fronts attachés à la Terre.

Mais je te parle en homme, & ſans rien déguiſer

Je me ſens aſſez grand pour ne pas t'abuſer.

Voi quel eſt Mahomet, nous ſommes ſeuls, écoute.

Je ſuis ambitieux, tout homme l'eſt ſans doute;

Mais jamais Roi, Pontife, ou Chef, ou Citoyen,

Ne conçut un Projet auſſi grand que le mien.

Chaque Peuple à ſon tour a brillé ſur la Terre

Par les Loix, par les Arts, & ſurtout par la Guerre;

Le tems de l'Arabie eſt à la fin venu.

Ce peuple généreux, trop long-tems inconnu,

Laiſſoit dans ſes Déſerts enſevelir ſa gloire;

Voici les jours nouveaux marqués pour la victoire.

Voi du Nord au Midi l'Univers déſolé,

La Perſe encor ſanglante, & ſon Trône ébranlé,

L'Inde eſclave & timide, & l'Egypte abaiſſée,

Des Murs de Conſtantin la ſplendeur éclipſée;

Voi l'Empire Romain tombant de toutes parts,

Ce grand Corps déchiré, dont les membres épars

Languiſſent diſperſés ſans honneur & ſans vie;

Sur ces débris du Monde élevons l'Arabie.

Il faut un nouveau Culte, il faut de nouveaux fers;

Il faut un nouveau Dieu pour l'aveugle Univers.

En Egypte Oziris, Zoroaſtre en Aſie,

Chez les Crétois Minos, Numa dans l'Italie,

A des

A des Peuples fans mœurs, & fans culte & fans Rois,
Donnerent aifément d'infuffifantes Loix,
Je viens après mille ans changer ces Loix groffieres.
J'apporte un joug plus noble aux Nations entieres.
J'abolis les faux Dieux, & mon Culte épuré
De ma grandeur naiffante eft le premier degré.
Ne me reproche point de tromper ma Patrie,
Je détruis fa faibleffe & fon idolâtrie.
Sous un Roi, fous un Dieu, je viens la réünir;
Et pour la rendre illuftre il la faut affervir.

Z O P I R E.

Voilà donc tes deffeins! c'eft donc toi dont l'audace
De la Terre à ton gré prétend changer la face!
Tu veux, en apportant le carnage & l'effroi,
Commander aux humains de penfer comme toi;
Tu ravages le Monde, & tu prétens l'inftruire?
Ah! fi par des erreurs il s'eft laiffé féduire,
Si la nuit du Menfonge a pû nous égarer,
Par quels flambeaux affreux veux-tu nous éclairer?
Quel droit as-tu reçu d'enfeigner, de prédire,
De porter l'Encenfoir, & d'affecter l'Empire?

M A H O M E T.

Le droit qu'un efprit vafte, & ferme en fes deffeins,
A fur l'efprit groffier des vulgaires humains.

Z O P I R E.

Eh quoi! tout Factieux, qui penfe avec courage,
Doit donner aux Mortels un nouvel efclavage?
Il a droit de tromper, s'il trompe avec grandeur?

MA-

MAHOMET.

Oui. Je connais ton Peuple, il a befoin d'erreur;
Ou véritable ou faux, mon Culte eft néceffaire.
Que t'on produit tes Dieux? Quel bien t'ont-ils pu faire?
Quels lauriers vois-tu croître au pied de leurs Autels?
Ta Secte obfcure & baffe avilit les Mortels,
Enerve le courage, & rend l'homme ftupide;
La mienne éleve l'ame, & la rend intrépide.
Ma Loi fait des Héros.

ZOPIRE.

Dis plutôt des Brigands.
Porte ailleurs tes leçons, l'école des Tyrans.
Va vanter l'impofture à Médine où tu régnes,
Où tes Maîtres féduits marchent fous tes Enfeignes,
Où tu vois tes égaux à tes pieds abatus,

MAHOMET.

Des égaux! de long-tems Mahomet n'en a plus.
Je fais trembler la Meque, & je régne à Médine;
Croi-moi, reçoi la paix, fi tu crains ta ruïne,

ZOPIRE.

La paix eft dans ta bouche, & ton cœur en eft loin;
Penfes-tu me tromper?

MAHOMET.

Je n'en ai pas befoin.
C'eft le faible qui trompe, & le puiffant commande.
Demain j'ordonnerai ce que je te demande;
Demain je peux te voir à mon joug affervi;
Aujourd'hui Mahomet veut être ton ami.

ZO-

ZOPIRE.

Nous amis! nous? cruel! ah quel nouveau preſtige!
Connais-tu quelque Dieu qui faſſe un tel prodige?

MAHOMET.

J'en connais un puiſſant & toujours écouté,
Qui te parle avec moi.

ZOPIRE.

Qui?

MAHOMET.

La néceſſité,

Ton intérêt.

ZOPIRE.

Avant qu'un tel nœud nous raſſemblé,
Les Enfers & les Cieux feront unis enſemble.
L'intérêt eſt ton Dieu, le mien eſt l'Equité;
Entre ces ennemis il n'eſt point de Traité.
Quel feroit le ciment, réponds-moi, ſi tu l'oſes,
De l'horrible amitié qu'ici tu me propoſes?
Réponds, eſt-ce ton fils que mon bras te ravit?
Eſt-ce le ſang des miens que ta main répandit?

MAHOMET.

Oui. Ce font tes fils même. Oui, connais un myſtere,
Dont feul dans l'Univers je fuis dépoſitaire:
Tu pleures tes Enfans, ils reſpirent tous deux.

ZOPIRE.

Ils vivroient! qu'as-tu dit? ô Ciel! ô jour heureux!
Ils vivroient! c'eſt de toi qu'il faut que je l'apprenne!

MA-

MAHOMET.

Elevés dans mon Camp tous deux font dans ma chaîne.

ZOPIRE.

Mes enfans? dans tes fers! ils pourroient te fervir!

MAHOMET.

Mes bienfaifantes mains ont daigné les nourrir.

ZOPIRE.

Quoi! tu n'as point fur eux étendu ta colere?

MAHOMET.

Je ne les punis point des fautes de leur pere.

ZOPIRE.

Acheve, éclairci-moi, parle, quel eft leur fort?

MAHOMET.

Je tiens entre mes mains & leur vie & leur mort;
Tu n'as qu'à dire un mot, & je t'en fais l'arbitre.

ZOPIRE.

Moi, je puis les fauver! à quel prix? à quel titre?
Faut-il donner mon fang? faut-il porter leurs fers?

MAHOMET.

Non. Mais il faut m'aider à dompter l'Univers.
Il faut rendre la Meque, abandonner ton Temple,
De la crédulité donner à tous l'exemple:
Annoncer l'Alcoran aux Peuples effrayés,
Me fervir en Prophête, & tomber à mes pieds:
Je te rendrai ton fils, & je ferai ton gendre.

ZO-

ZOPIRE.

Mahomet, je suis pere, & je porte un cœur tendre.
Après quinze ans d'ennuis retrouver mes enfans,
Les revoir, & mourir dans leurs embrassemens,
C'est le premier des biens pour mon ame attendrie.
Mais s'il faut à ton Culte asservir ma Patrie,
Ou de ma propre main les immoler tous deux;
Connais-moi, Mahomet, mon choix n'est pas douteux.
Adieu.

MAHOMET *seul.*

Fier Citoyen, Vieillard inéxorable,
Je serai plus que toi, cruel impitoyable.

* *

SCENE VI.

MAHOMET, OMAR.

OMAR.

Mahomet, il faut l'être, ou nous sommes perdus:
Les secrets des Tyrans me sont déja vendus.
Demain la Tréve expire, & demain l'on t'arrête;
Demain Zopire est Maître, & fait tomber ta tête.
La moitié du Sénat vient de te condamner,
N'osant pas te combattre on t'ose assassiner.
Ce meurtre d'un Héros ils le nomment supplice,
Et ce complot obscur ils l'appellent justice.

MA-

MAHOMET.

Ils fentiront la mienne. Ils verront ma furéur;
La perfécution fit toujours ma grandeur.
Zopire périra.

OMAR.

Cette tête funefte,
En tombant à tes pieds, fera fléchir le refte.
Mais ne perds point de tems.

MAHOMET.

Mais, malgré mon couroux,
Je dois cacher la main qui va lancer les coups,
Et détourner de moi les foupçons du Vulgaire.

OMAR.

Il eft trop méprifable.

MAHOMET.

Il faut pourtant lui plaire.
Et j'ai befoin d'un bras, qui par ma voix conduit,
Soit feul chargé du meurtre, & m'en laiffe le fruit.

OMAR.

Pour un tel attentat je réponds de Seïde.

MAHOMET.

De lui?

OMAR.

C'eft l'inftrument d'un pareil homicide.
Otage de Zopire, il peut feul aujourd'hui
L'aborder en fecret, & te venger de lui.
Tes autres Favoris zélés avec prudence,
Pour s'expofer à tout ont trop d'expérience;

Ils

Ils font tous dans cet âge où la maturité
Fait tomber le bandeau de la crédulité.
Il faut un cœur plus fimple, aveugle avec courage,
Un Efprit amoureux de fon propre efclavage.
La jeuneffe eft le tems de ces illufions,
Seïde eft tout en proye aux fuperftitions;
C'eft un lion docile à la voix qui le guide.

MAHOMET.

Le frere de Palmire?

OMAR.

　　　　　Oui, lui-même.　Oui, Seïde,
De ton fier ennemi le fils audacieux,
De fon Maître offenfé rival inceftueux.

MAHOMET.

Je détefte Seïde, & fon nom feul m'offenfe.
La cendre de mon fils me crie encor vengeance.
Mais tu connais l'objet de mon fatal amour;
Tu connais dans quel fang elle a puifé le jour.
Tu vois, que dans ces lieux environnés d'abîmes,
Je viens chercher un Trône, un Autel, des Victimes;
Qu'il faut d'un Peuple fier enchanter les efprits;
Qu'il faut perdre Zopire, & perdre encor fon fils.
Allons, confultons bien mon intérêt, ma haine,
L'amour, l'indigne amour, qui malgré moi m'entraîne,
Et la Religion à qui tout eft foumis,
Et la néceffité par qui tout eft permis.

Fin du fecond Acte.

ACTE

* * * * * * * * * * * * * * * * * * * *

ACTE III.

SCENE I.

SEIDE, PALMIRE.

PALMIRE.

Demeure. Quel eſt donc ce ſecret ſacrifice ?
Quel ſang a demandé l'eternelle Juſtice ?
Ne m'abandonne pas.

SEIDE.

Dieu daigne m'appeller.
Mon bras doit le ſervir, mon cœur va lui parler.
Omar veut à l'inſtant par un ſerment terrible
M'attacher de plus près à ce Maître invincible.
Je vais jurer à Dieu de mourir pour ſa Loi,
Et mes ſeconds ſermens ne ſeront que pour toi.

PALMIRE.

D'où vient qu'à ce ſerment je ne ſuis point préſente ?
Si je t'accompagnois, j'aurois moins d'épouvante.
Omar, ce même Omar, loin de me conſoler,
Parle de trahiſon, de ſang prêt à couler,
Des fureurs du Sénat, des complots de Zopire.
Les feux ſont allumés, bien-tôt la Tréve expire.

Le fer cruel eſt prêt, on s'arme, on va frapper;
Le Prophête l'a dit, il ne peut nous tromper.
Je crains tout de Zopire, & je crains pour Seïde.

SEIDE.

Croirai-je que Zopire ait un cœur ſi perfide!
Ce matin comme ôtage à ſes yeux préſenté,
J'admirois ſa nobleſſe & ſon humanité.
Je ſentois qu'en ſecret une force inconnuë
Enlevoit juſqu'à lui mon ame prévenuë.
Soit reſpect pour ſon nom, ſoit qu'un dehors heureux
Me cachât de ſon cœur les replis dangereux;
Soit que dans ces momens où je t'ai rencontrée,
Mon ame toute entiere à ſon bonheur livrée;
Oubliant ſes douleurs, & chaſſant tout effroi,
Ne connût, n'entendît, ne vît plus rien que toi;
Je me trouvois heureux d'être auprès de Zopire.
Je le hais d'autant plus, qu'il m'avoit ſû ſéduire;
Mais, malgré le couroux dont je dois m'animer,
Qu'il eſt dur de haïr ceux qu'on vouloit aimer!

PALMIRE.

Ah! que le Ciel en tout a joint nos deſtinées!
Qu'il a pris ſoin d'unir nos ames enchaînées!
Hélas! ſans mon amour, ſans ce tendre lien,
Sans cet inſtinct charmant qui joint mon cœur au tien,
Sans la Religion que Mahomet m'inſpire,
J'aurois eu des remords en accuſant Zopire.

SEIDE.

SEIDE.

Laiffons ces vains remords, & nous abandonnons
A la voix de ce Dieu qu'à l'envi nous fervons.
Je fors. Il faut prêter ce ferment redoutable;
Le Dieu qui m'entendra nous fera favorable;
Et le Pontife Roi, qui veille fur nos jours,
Benira de fes mains de fi chaftes amours.
Adieu. Pour être à toi, je vais tout entreprendre.

SCENE II.

PALMIRE.

D'un noir preffentiment je ne puis me défendre.
Cet amour dont l'idée avoit fait mon bonheur,
Ce jour tant fouhaité me femble un jour d'horreur.
Quel eft donc ce ferment qu'on attend de Seïde?
Tout m'eft fufpect ici; Zopire m'intimide.
J'invoque Mahomet, & cependant mon cœur
Eprouve à fon nom même une fecrette horreur.
Dans les profonds refpects que ce Héros m'infpire,
Je fens que je le crains prefqu'autant que Zopire.
Délivre-moi, grand Dieu, de ce trouble où je fuis.
Craintive je te fers, aveugle je te fuis;
Hélas! daigne effuyer les pleurs où je me noye.

* *

SCENE III.

MAHOMET, PALMIRE.

PALMIRE.

C'eft vous qu'à mon fecours un Dieu propice envoye,
Seigneur. Seïde . . . .

MAHOMET.

Eh bien, d'où vous vient cet effroi?
Et que craint-on pour lui quand on eft près de moi?

PALMIRE.

O Ciel! vous redoublez la douleur qui m'agite.
Quel prodige inouï ! votre ame eft interdite,
Mahomet eft troublé pour la premiere fois.

MAHOMET.

Je devrois l'être aumoins du trouble où je vous vois.
Eft-ce ainfi qu'à mes yeux votre fimple innocence
Ofe avouer un feu qui peut-être m'offenfe?
Votre cœur a-t-il pu, fans être épouvanté,
Avoir un fentiment que je n'ai pas dicté?
Ce cœur que j'ai formé n'eft-il plus qu'un rebelle,
Ingrat à mes bienfaits, à mes Loix infidelle?

PALMIRE.

Que dites-vous? furprife & tremblante à vos pieds,
Je baiffe en frémiffant mes regards effrayés.

Eh

Eh quoi! n'avez-vous pas daigné dans ce lieu-même
Vous rendre à nos souhaits, & consentir qu'il m'aime?
Ces nœuds, ces chastes nœuds, que Dieu formoit en nous,
Sont un lien de plus qui nous attache à vous.

MAHOMET.

Redoutez des liens formés par l'imprudence.
Le crime quelquefois suit de près l'innocence.
Le cœur peut se tromper, l'amour & ses douceurs
Pourront coûter, Palmire, & du sang & des pleurs.

PALMIRE.

N'en doutez pas, mon sang couleroit pour Seïde.

MAHOMET.

Vous l'aimez à ce point?

PALMIRE.

Depuis le jour qu'Herçide
Nous soumit l'un & l'autre à votre joug sacré,
Cet instinct tout-puissant de nous-même ignoré
Devançant la raison, croissant avec notre âge,
Du Ciel, qui conduit tout, fut le secret ouvrage.
Nos penchans, dites-vous, ne viennent que de lui.
Dieu ne sauroit changer; pourroit-il aujourd'hui
Réprouver un amour que lui-même il fit naître?
Ce qui fut innocent peut-il cesser de l'être?
Pourrai-je être coupable?

MAHOMET.

Oui. Vous devez trembler.
Attendez les secrets que je dois réveler;

Atten-

Attendez que ma voix veuille enfin vous apprendre
Ce qu'on peut approuver, ce qu'on doit fe défendre.
Ne croyez que moi feul.

PALMIRE.

Eh qui croire que vous?
Efclave de vos Loix, foumife à vos genoux,
Mon cœur d'un faint refpect ne perd point l'habitude.

MAHOMET.

Trop de refpect fouvent mene à l'ingratitude.

PALMIRE.

Non, fi de vos bienfaits je perds le fouvenir,
Que Seïde à vos yeux s'empreffe à m'en punir!

MAHOMET.

Seïde!

PALMIRE.

Ah! quel couroux arme votre œil févere?

MAHOMET.

Allez, raffurez-vous, je n'ai point de colere.
C'eft éprouver affez vos fentimens fecrets;
Repofez-vous fur moi de vos vrais intérêts.
Je fuis digne dumoins de votre confiance;
Vos deftins dépendront de votre obéïffance.
Si j'eus foin de vos jours, fi vous m'appartenez,
Méritez des bienfaits qui vous font deftinés.
Quoique la voix du Ciel ordonne de Seïde,
Affermiffez fes pas où fon devoir le guide:
Qu'il garde fes fermens, qu'il foit digne de vous.

PAL-

PALMIRE.

N'en doutez point, mon Pere, il les remplira tous.
Je réponds de son cœur, ainsi que de moi-même;
Seïde vous adore encor plus qu'il ne m'aime.
Il voit en vous son Roi, son Pere, son Appui;
J'en atteste à vos pieds l'amour que j'ai pour lui.
Je cours à vous servir encourager son ame.

* * * * * * * * * * * * * * * * * *

SCENE IV.

MAHOMET *seul.*

Quoi? je suis malgré moi confident de sa flâme?
Quoi! sa naïveté, confondant ma fureur,
Enfonce innocemment le poignard dans mon cœur?
Pere, enfans, destinés au malheur de ma vie,
Race toujours funeste, & toujours ennemie,
Vous allez éprouver dans cet horrible jour
Ce que peut à la fois ma haine & mon amour.

* * * * * * * * * * * * * * * * * *

SCENE V.

MAHOMET, OMAR.

OMAR.

Enfin, voici le tems & de ravir Palmire,
Et d'envahir la Meque, & de punir Zopire.
Sa mort seul à tes pieds mettra nos Citoyens;
Tout est désespéré, si tu ne le préviens.

Le

Le feul Seïde ici te peut fervir fans doute ;
Il voit fouvent Zopire, il lui parle, il l'écoute.
Tu vois cette retraite, & cet obfcur détour,
Qui peut de ton Palais conduire à fon féjour.
Là, cette nuit Zopire à fes Dieux fantaftiques
Offre un encens frivole, & des vœux chimériques.
Là, Seïde, enyvré du zéle de ta Loi,
Va l'immoler au Dieu qui lui parle par toi.

MAHOMET.

Qu'il l'immole, il le faut, il eft né pour le crime.
Qu'il en foit l'inftrument, qu'il en foit la victime,
Ma vengeance, mes feux, ma Loi, ma fûreté,
L'irrévocable arrêt de la Fatalité,
Tout le veut : mais crois-tu que fon jeune courage,
Nourri du Fanatifme, en ait toute la rage?

OMAR.

Lui feul étoit formé pour remplir ton deffein.
Palmire à te fervir excite encor fa main.
L'amour, le Fanatifme, aveuglent fa jeuneffe;
Il fera furieux par excès de faibleffe.

MAHOMET.

Par les nœuds des fermens as-tu lié fon cœur?

OMAR.

Du plus faint appareil la ténébreufe horreur,
Les Autels, les fermens, tout enchaîne Seïde.
J'ai mis un fer facré dans fa main parricide,
Et la Religion le remplit de fureur.
Il vient.   *SCENE*

* * * * * * * * * * * * * * * * * * * *

SCENE VI.

MAHOMET, OMAR, SEIDE.

MAHOMET.

Enfant d'un Dieu qui parle à votre cœur,
Ecoutez par ma voix sa volonté suprême;
Il faut venger son Culte, il faut venger Dieu même.

SEIDE.

Roi, Pontife & Prophête à qui je suis voué,
Maître des Nations par le Ciel avoué,
Vous avez sur mon être une entiere puissance;
Eclairez seulement ma docile ignorance.
Un mortel venger Dieu!

MAHOMET.

C'est par vos faibles mains
Qu'il veut épouvanter les profanes humains.

SEIDE.

Ah! sans doute ce Dieu, dont vous êtes l'image,
Va d'un combat illustre honorer mon courage.

MAHOMET.

Faites ce qu'il ordonne, il n'est point d'autre honneur
De ses Décrets divins aveugle exécuteur,
Adorez, & frappez; vos mains seront armées
Par l'Ange de la Mort & le Dieu des Armées.

SEIDE.

Cc 5

SEIDE.

Parlez: quels ennemis vous faut-il immoler?
Quel Tyran faut-il perdre, & quel fang doit couler?

MAHOMET.

Le fang du Meurtrier que Mahomet abhorre:
Qui nous perfécuta, qui nous pourfuit encore:
Qui combattit mon Dieu, qui maffacra mon fils:
Le fang du plus cruel de tous nos ennemis:
De Zopire.

SEIDE.

De lui! quoi mon bras?

MAHOMET.

Téméraire,
On devient facrilége alors qu'on délibére.
Loin de moi les Mortels affez audacieux
Pour juger par eux-mêmes, & pour voir par leurs yeux.
Quiconque ofe penfer n'eft pas né pour me croire.
Obéir en filence eft votre feule gloire.
Savez-vous qui je fuis? Savez-vous en quels lieux
Ma voix vous a chargé des volontés des Cieux?
Si, malgré fes erreurs & fon idolâtrie,
Des Peuples d'Orient la Meque eft la Patrie;
Si ce Temple du Monde eft promis à ma Loi,
Si Dieu m'en a créé le Pontife & le Roi;
Si la Meque eft facrée, en favez-vous la caufe?
Ibrahim y naquit, & fa cendre y repofe * ;

Ibrahim,

* Les Mufulmans croyent avoir à la Meque le Tombeau d'Abraham.

Ibrahim, dont le bras docile à l'Eternel

Traîna son fils unique aux marches de l'Autel,

Etouffant pour son Dieu les cris de la Nature.

Et quand ce Dieu par vous veut venger son injure,

Quand je demande un sang à lui seul adressé,

Quand Dieu vous a choisi, vous avez balancé !

Allez, vil Idolâtre, & né pour toujours l'être,

Indigne Musulman, cherchez un autre Maître.

Le prix étoit tout prêt, Palmire étoit à vous;

Mais vous bravez Palmire & le Ciel en couroux.

Lâche & faible instrument des vengeances suprêmes,

Les traits que vous portez vont tomber sur vous-mêmes?

Fuyez, servez, rampez sous mes fiers ennemis.

SEIDE.

Je crois entendre Dieu; tu parles, j'obéis.

MAHOMET.

Obéissez, frappez : teint du sang d'un impie,

Méritez par sa mort une éternelle vie.

A Omar.

Ne l'abandonne pas; &, non loin de ces lieux,

Sur tous ses mouvemens ouvre toujours les yeux.

SCENE

SCENE VII.

SEIDE *seul.*

Immoler un Vieillard, de qui je suis l'otage,
Sans armes, sans défense, appesanti par l'âge!
N'importe; une Victime amenée à l'Autel,
Y tombe sans défense, & son sang plaît au Ciel.
Enfin, Dieu m'a choisi pour ce grand sacrifice;
J'en ai fait le serment, il faut qu'il s'accomplisse.
Venez à mon secours, ô Vous, de qui les bras
Aux Tyrans de la Terre ont donné le trépas.
Ajoûtez vos fureurs à mon zéle intrépide,
Affermissez ma main saintement homicide.
Ange de Mahomet, Ange exterminateur,
Mets ta férocité dans le fond de mon cœur.
Ah! que vois-je?

SCENE VIII.

ZOPIRE, SEIDE.

ZOPIRE.

A mes yeux tu te troubles, Seïde!
Vois d'un œil plus content le dessein qui me guide;
Otage infortuné que le sort m'a remis,

Je

Je te vois à regret parmi mes ennemis.

La Tréve a fufpendu le moment du carnage,

Ce torrent retenu peut s'ouvrir un paffage.

Je ne t'en dis pas plus; mais mon cœur, malgré moi,

A frémi des dangers affemblés près de toi.

Cher Seïde, en un mot, dans cette horreur publique,

Souffre que ma maifon foit ton azyle unique.

Je réponds de tes jours, ils me font précieux;

Ne me refufe pas.

SEIDE.

O mon devoir! ô Cieux!

Ah! Zopire, eft-ce vous qui n'avez d'autre envie

Que de me protéger, de veiller fur ma vie?

Prêt à verfer fon fang, qu'ai-je ouï! qu'ai-je vû!

Pardonne, Mahomet, tout mon cœur s'eft ému.

ZOPIRE.

De ma pitié pour toi tu t'étonnes peut-être;

Mais enfin je fuis homme, & c'eft affez de l'être

Pour aimer à donner fes foins compatiffans

A des cœurs malheureux que l'on croit innocens.

Exterminez, grands Dieux, de la Terre où nous fommes

Quiconque avec plaifir répand le fang des hommes!

SEIDE.

Que ce langage eft cher à mon cœur combattu!

L'ennemi de mon Dieu connaît donc la vertu!

ZO-

ZOPIRE.

Tu la connais bien peu, puifque tu t'en étonnes.
Mon fils, à quelle erreur hélas! tu t'abandonnes!
Ton efprit fafciné par les loix d'un Tyran,
Penfe que tout eft crime hors d'être Mufulman.
Cruëllement docile aux leçons de ton Maître,
Tu m'avois en horreur avant de me connaître;
Avec un joug de fer, un affreux préjugé
Tient ton cœur innocent dans le piége engagé.
Je pardonne aux erreurs où Mahomet t'entraîne.
Mais peux-tu croire un Dieu qui commande la haine?

SEIDE.

Ah! je fens qu'à ce Dieu je vais défobéïr;
Non, Seigneur, non, mon cœur ne fauroit vous haïr.

ZOPIRE.

Hélas! plus je lui parle & plus il m'intéreffe,
Son âge, fa candeur, ont furpris ma tendreffe.
Se peut-il qu'un Soldat de ce Monftre impofteur,
Ait trouvé malgré lui le chemin de mon cœur.
Quel es-tu? De quel fang les Dieux t'ont-ils fait naître?

SEIDE.

Je n'ai point de parens, Seigneur, je n'ai qu'un Maître,
Que jufqu'à ce moment j'avois toujours fervi;
Mais qu'en vous écoutant ma faibleffe a trahi.

ZOPIRE.

Quoi! tu ne connais point de qui tu tiens la vie?

SEIDE.

SEIDE.

Son Camp fut mon berceau, son Temple est ma Patrie.
Je n'en connais point d'autre, & parmi ces enfans,
Qu'en tribut à mon Maître on offre tous les ans,
Nul n'a plus que Seïde éprouvé sa clemence.

ZOPIRE.

Je ne puis le blâmer de sa reconnaissance.
Oui, les bienfaits, Seïde, ont des droits sur un cœur.
Ciel! pourquoi Mahomet fut-il son bienfaiteur?
Il t'a servi de Pere, aussi-bien qu'à Palmire;
D'où vient que tu frémis, & que ton cœur soupire?
Tu détournes de moi ton regard égaré,
De quelque grand remord tu sembles déchiré.

SEIDE.

Eh, qui n'en auroit pas dans ce jour effroyable?

ZOPIRE.

Si tes remords sont vrais, ton cœur n'est plus coupable.
Viens, le sang va couler, je veux sauver le tien.

SEIDE.

Juste Ciel! & c'est moi qui répandrois le sien!
O sermens! O Palmire! O vous Dieu des vengeances!

ZOPIRE.

Remets-toi dans mes mains, tremble, si tu balances;
Pour la derniere fois, viens, ton sort en dépend.

SCENE

❖✳❖✳❖✳❖✳❖✳❖✳❖✳❖✳❖✳❖✳❖✳❖

S C E N E   IX.

Z O P I R E, S E I D E, O M A R,
Suite.

O M A R *entrant avec précipitation.*

Traître, que faites-vous ? Mahomet vous attend.

S E I D E.

Où suis-je? ô Ciel! où suis-je, & que dois-je résoudre?
D'un & d'autre côté je vois tomber la foudre.
Où courir? Où porter un trouble si cruel?
Où fuir?

O M A R.

Aux pieds du Roi qu'a choisi l'Eternel.

S E I D E.

Oui, j'y cours abjurer un serment que j'abhorre.

❖✳❖✳❖✳❖✳❖✳❖✳❖✳❖✳❖✳❖✳❖✳❖

S C E N E   X.

Z O P I R E, P H A N O R.

Z O P I R E.

Ah! Seïde, où vas-tu? Mais il me fuit encore.

Il

Il fort défefpéré, frappé d'un fombre effroi,

Et mon cœur qui le fuit s'échappe loin de moi.

Ses remords, ma pitié, fon afpect, fon abfence,

A mes fens déchirés font trop de violence;

Suivons fes pas.

✳✳✳✳✳✳✳✳✳✳✳✳✳✳✳

SCENE XI.

ZOPIRE, PHANOR.

PHANOR.

Lifez ce Billet important,

Qu'un Arabe en fecret m'a donné dans l'inftant.

ZOPIRE.

Hercide! qu'ai-je lu? Grands Dieux, votre clémence

Répare-t-elle enfin foixante ans de fouffrance?

Hercide veut me voir! lui, dont le bras cruel

Arracha mes enfans à ce fein paternel.

Ils vivent! Mahomet les tient fous fa puiffance,

Et Seïde & Palmire ignorent leur naiffance!

Mes enfans! tendre efpoir, que je n'ofe écouter;

Je fuis trop malheureux, je crains de me flatter.

Preffentimens confus, faut-il que je vous croye?

O mon fang! où porter mes larmes & ma joye?

Mon cœur ne peut suffire à tant de mouvemens ;

Je cours, & je suis prêt d'embrasser mes enfans.

Je m'arrête, j'héfite, & ma douleur craintive

Prête à la voix du sang une oreille attentive.

Allons.   Voyons Hercide au milieu de la nuit ;

Qu'il soit sous cette voûte en secret introduit.

Au pied de cet Autel, où les pleurs de ton Maître

Ont fatigué des Dieux qui s'appaisent peut-être.

Dieux, rendez-moi mes fils ; Dieux rendez aux vertus

Deux cœurs nés généreux qu'un traître a corrompus.

S'ils ne font point à moi, si telle est ma misere,

Je les veux adopter, je veux être leur pere.

Fin du troisiéme Acte.

ACTE

* *

ACTE IV.

SCENE I.

MAHOMET, OMAR.

OMAR.

Oui, de ce grand fecret la trame eſt découverte;
Ta gloire eſt en danger, ta tombe eſt entr'ouverte.
Seïde obéïra; mais avant que ſon cœur,
Raffermi par ta voix, eût repris ſa fureur,
Seïde a révélé cet horrible myſtere.

MAHOMET.

O Ciel !

OMAR.

Hercide l'aime : il lui tient lieu de pere.

MAHOMET.

Eh bien, que penſe Hercide?

OMAR.

Il paraît effrayé,
Il ſemble pour Zopire avoir quelque pitié.

MAHOMET.

Hercide eſt faible. Ami, le faible eſt bien-tôt traître.
Qu'il tremble, il eſt chargé du ſecret de ſon Maître.

Je

Je fai comme on écarte un témoin dangereux.
Suis-je en tout obéï?

OMAR.

J'ai fait ce que tu veux.

MAHOMET.

Préparons donc le refte. Il faut que dans une heure
On nous traîne au fupplice, ou que Zopire meure.
S'il meurt, c'en eft affez; tout ce Peuple éperdu
Adorera mon Dieu qui m'aura défendu.
Voilà le premier pas; mais fi-tôt que Seïde
Aura rougi fes mains de ce grand homicide,
Réponds-tu qu'au trépas Seïde foit livré?
Réponds-tu du poifon qui lui fut préparé?

OMAR.

N'en doute point.

MAHOMET.

Il faut que nos Myfteres fombres
Soient cachés dans la mort, & couverts de fes ombres.
Mais tout prêt à frapper, prêt à percer le flanc,
Dont Palmire a tiré la fource de fon fang,
Prend foin de redoubler fon heureufe ignorance.
Epaiffiffons la nuit qui voile fa naiffance,
Pour fon propre intérêt, pour moi, pour mon bonheur.
Mon triomphe en tout tems eft fondé fur l'erreur.
Elle naquit en vain de ce fang que j'abhorre.
On n'a point de parens alors qu'on les ignore.

Les

Les cris du fang, fa force & fes impreffions,
Des cœurs toujours trompés font les illufions.
La nature à mes yeux n'eft rien que l'habitude;
Celle de m'obéïr fit fon unique étude.
Je lui tiens lieu de tout. Qu'elle paffe en mes bras
Sur la cendre des fiens qu'elle ne connaît pas.
Son cœur même en fecret, ambitieux peut-être,
Sentira quelque orgueil à captiver fon Maître.
Mais déja l'heure approche où Seïde en ces lieux
Doit m'immoler fon père à l'afpect de fes Dieux.
Retirons-nous.

OMAR.

Tu vois fa démarche égarée ;
De l'ardeur d'obéir fon ame eft dévorée.

※※※※※※※※※※※※※※※※※※※※

SCENE II.

MAHOMET & OMAR *fur le devant, mais retirés*
de côté. SEIDE *dans le fond.*

SEIDE.

Il le faut donc remplir ce terrible devoir ?

MAHOMET.

Viens, & par d'autres coups affurons mon pouvoir.

Il fort avec Omar.

Dd 3   SEIDE

SEIDE *seul.*

A tout ce qu' ils m'ont dit je n'ai rien à répondre.
Un mot de Mahomet suffit pour me confondre.
Mais quand il m'accabloit de cette sainte horreur,
La persuasion n'a point rempli mon cœur.
Si le Ciel a parlé, j'obéïrai sans doute.
Mais quelle obéïssance ! ô Ciel, & qu'il en coûte !

* * * * * * * * * * * * * * * * * * * *

SCENE III.

SEIDE, PALMIRE.

SEIDE.

Palmire, que veux-tu ? Quel funeste transport ?
Qui t'amene en ces lieux consacrés à la mort ?

PALMIRE.

Seïde, la frayeur & l'amour font mes guides ;
Mes pleurs baignent tes mains saintement homicides.
Quel sacrifice horrible, hélas! faut-il offrir ?
A Mahomet, à Dieu, tu vas donc obéïr ?

SEIDE.

O de mes sentimens Souveraine adorée,
Parlez, déterminez ma fureur égarée ;
Eclairez mon esprit, & conduisez mon bras ;
Tenez-moi lieu d'un Dieu que je ne comprends pas.
Pourquoi m'a-t-il choisi ? Ce terrible Prophête
D'un ordre irrévocable est-il donc l'interprête ?

PAL-

PALMIRE.

Tremblons d' examiner.　Mahomet voit nos cœurs,
Il entend nos soupirs, il observe mes pleurs.
Chacun redoute en lui la Divinité même.
C' est tout ce que je sai, le doute est un blasphême.
Et le Dieu qu' il annonce avec tant de hauteur,
Seïde, est le vrai Dieu, puisqu' il le rend vainqueur.

SEIDE.

Il l'est, puisque Palmire & le croit & l'adore.
Mais mon esprit confus ne conçoit point encore,
Comment ce Dieu si bon, ce Pere des humains,
Pour un meurtre effroyable a réservé mes mains,
Je ne le sai que trop, que mon doute est un crime,
Qu'un Prêtre sans remords égorge sa Victime,
Que par la voix du Ciel Zopire est condamné,
Qu'à soutenir ma Loi j'étois prédestiné.
Mahomet s'expliquoit, il a falu me taire;
Et, tout fier de servir la céleste colere,
Sur l'ennemi de Dieu je portois le trépas;
Un autre Dieu peut-être a retenu mon bras.
Dumoins lorsque j'ai vu ce malheureux Zopire,
De ma Religion j'ai senti moins l' empire.
Vainement mon devoir au meurtre m'appelloit,
A mon cœur éperdu l' humanité parloit.
Mais avec quel courroux, avec quelle tendresse,
Mahomet de mes sens accuse la faiblesse!

Avec

Avec quelle grandeur & quelle autorité,
Sa voix vient d'endurcir ma fenfibilité !
Que la Religion eft terrible & puiffante !
J'ai fenti la fureur en mon cœur renaiffante;
Palmire, je fuis faible, & du meurtre effrayé.
De ces faintes fureurs je paffe à la pitié,
De fentimens confus une foule m'affiége;
Je crains d'être barbare ou d'être facrilége.
Je ne me fens point fait pour être un affaffin.
Mais quoi ! Dieu me l'ordonne, & j'ai promis ma main:
J'en verfe encor des pleurs de douleur & de rage;
Vous me voyez, Palmire, en proye à cet orage,
Nageant dans le reflux des contrarietés,
Qui pouffe & qui retient mes faibles volontés.
C'eft à vous de fixer mes fureurs incertaines;
Nos cœurs font réunis par les plus fortes chaînes,
Mais fans ce facrifice à mes mains impofé,
Le nœud qui nous unit eft à jamais brifé.
Ce n'eft qu'à ce feul prix que j'obtiendrai Palmire.

PALMIRE.

Je fuis le prix du fang du malheureux Zopire !

SEIDE.

Le Ciel & Mahomet ainfi l'ont arrêté.

PALMIRE.

L'amour eft-il donc fait pour tant de cruauté ?

SEIDE.

SEIDE.

Ce n'eſt qu'au meurtrier que Mahomet te donne.

PALMIRE.

Quelle effroyable dot !

SEIDE.

Mais ſi le Ciel l'ordonne.

Si je ſers & l'amour & la Religion.

PALMIRE.

Hélas !

SEIDE.

Vous connaiſſez la malédiction

Qui punit à jamais la déſobéiſſance.

PALMIRE.

Si Dieu même en tes mains a remis ſa vengeance,

S'il exige le ſang que ta bouche a promis.

SEIDE.

Eh bien , pour être à toi que faut-il ?

PALMIRE,

Je frémis.

SEIDE.

Je t'entends, ſon arrêt eſt parti de ta bouche,

PALMIRE.

Qui moi ?

SEIDE.

Tu l'as voulu.

PALMIRE.

Dieu, quel arrêt farouche !

Que t'ai-je dit?

D d 5   SEIDE.

SEIDE.

Le Ciel vient d'emprunter ta voix ;
C'eft fon dernier Oracle, & j'accomplis fes Loix.
Voici l'heure où Zopire à cet Autel funefte
Doit prier en fecret des Dieux que je détefte.
Palmire, éloigne-toi.

PALMIRE.

Je ne puis te quitter.

SEIDE.

Ne voi point l'attentat qui va s'exécuter ;
Ces momens font affreux.   Va, fui, cette retraite
Eft voifine des lieux qu'habite le Prophéte.
Va, dis-je.

PALMIRE.

Ce Vieillard va donc être immolé !

SEIDE.

De ce grand facrifice ainfi l'ordre eft réglé.
Il le faut de ma main traîner fur la pouffiere,
De trois coups dans le fein lui ravir la lumiere,
Renverfer dans fon fang cet Autel difperfé.

PALMIRE.

Lui mourir par tes mains ! tout mon fang s'eft glacé.
Le voici.   Jufte Ciel. . . . . . .

(Le fond du Théatre s'ouvre.   On voit un Autel.)

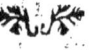

SCENE

❋❀❀❀❀❀❀❀❀❀❀❀❀❀❀❀❀❀❀❋

SCENE IV.

ZOPIRE, SEIDE, PALMIRE *sur le devant.*

ZOPIRE *près de l'Autel.*

O Dieux de ma Patrie,
Dieux prêts à succomber sous une Secte impie,
C'est pour vous-même ici que ma débile voix,
Vous implore aujourd'hui pour la derniere fois.
La Guerre va renaître, & ses mains meurtrieres
De cette faible paix vont briser les barrieres.
Dieux, si d'un Scélérat vous respectez le sort.

SEIDE *à Palmire.*

Tu l'entends qui blasphême?

ZOPIRE.

    Accordez-moi la mort,
Mais rendez-moi mes fils à mon heure derniere,
Que j'expire en leurs bras, qu'ils ferment ma paupiere.
Hélas! si j'en croyois mes secrets sentimens,
Si vos mains en ces lieux ont conduit mes enfans,

PALMIRE *à Seide.*

Que dit-il? Ses enfans!

ZOPIRE.

    O mes Dieux que j'adore,
Je mourrois du plaisir de les revoir encore.

          Arbitre

Arbitre des deftins, daignez veiller fur eux;
Qu'ils penfent comme moi, mais qu'ils foient plus heureux!

SEIDE.

Il court à fes faux Dieux! frappons.

Il tire fon poignard.

PALMIRE.

Que vas-tu faire?

Hélas!

SEIDE.

Servir le Ciel, te mériter, te plaire.
Ce glaîve à notre Dieu vient d'être confacré.
Que l'ennemi de Dieu foit par lui maffacré!
Marchons. Ne vois-tu pas dans ces demeures fombres
Ces traits de fang, ce Spectre, & ces errantes Ombres?

PALMIRE.

Que dis tu?

SEIDE.

Je vous fuis, Miniftres du trépas.
Vous me montrez l'Autel, vous conduifez mon bras.
Allons.

PALMIRE.

Non, trop d'horreur entre nous deux s'affemble.
Demeure.

SEIDE.

Il n'eft plus tems, avançons; l'Autel tremble.

PALMIRE.

Le Ciel fe manifefte, il n'en faut pas douter.

SEIDE.

SEIDE.

Me pouffe-t-il au meurtre, ou veut-il m'arrêter?
Du Prophête de Dieu la voix se fait entendre.
Il me reproche un cœur trop fléxible & trop tendre.
Palmire!

PALMIRE.

Eh bien.

SEIDE.

Au Ciel adreffez tous vos vœux.
Je vais frapper.

Il fort & va derriere l'Autel où eft Zopire.

PALMIRE *feule.*

Je meurs.   O moment douloureux!
Quelle effroyable voix dans mon ame s'éleve?
D'où vient que tout mon fang malgré moi fe fouleve?
Si le Ciel veut un meurtre eft-ce à moi d'en juger?
Eft-ce à moi de m'en plaindre & de l'interroger?
J'obéis. D'où vient donc que le remords m'accable?
Ah! quel cœur fait jamais s'il eft jufte ou coupable?
Je me trompe, où les coups font portés cette fois;
J'entends les cris plaintifs d'une mourante voix.
Seïde . . . hélas. . . .

SEIDE *revient d'un air égaré.*

Où fuis-je? & quelle voix m'appelle?
Je ne vois point Palmire, un Dieu m'a privé d'elle.

PALMIRE.

Eh quoi! méconnais-tu celle qui vit pour toi?

SEIDE.

SEIDE.

Où sommes-nous!

PALMIRE.

Eh bien, cette effroyable loi,
Cette triste promesse est-elle enfin remplie?

SEIDE.

Que me dis-tu!

PALMIRE.

Zopire a-t-il perdu la vie?

SEIDE.

Qui Zopire!

PALMIRE.

Ah grand Dieu! Dieu de sang alteré,
Ne persécutez point son esprit égaré.
Fuyons d'ici.

SEIDE.

Je sens que mes genoux s'affaissent.

Il s'assied.

Ah! je revois le jour, & mes forces renaissent.
Quoi! c'est vous?

PALMIRE.

Qu'as-tu fait?

SEIDE.

Il se releve.

Moi! je viens d'obéir. . . .
D'un bras désesperé je viens de le saisir.

Par

Par ſes cheveux blanchis j'ai traîné ma victime.
O Ciel! tu l'as voulu, peux-tu vouloir un crime?
Tremblant, ſaiſi d'effroi, j'ai plongé dans ſon flanc
Ce glaive conſacré qui dut verſer ſon ſang.
J'ai voulu redoubler; ce Vieillard vénérable
A jetté dans mes bras un cris ſi lamentable ;
La nature a tracé dans ſes regards mourans
Un ſi grand caractére, & des traits ſi touchans!
De tendreſſe & d'eſſroi mon ame s'eſt remplie,
Et plus mourant que lui je déteſte ma vie.

PALMIRE.

Fuyons vers Mahomet qui doit nous protéger;
Près de ce corps ſanglant vous êtes en danger.
Suivez-moi.

SEIDE.

Je ne puis. Je me meurs. Ah! Palmire.

PALMIRE.

Quel trouble épouvantable à mes yeux le déchire?

SEIDE *en pleurant.*

Ah ſi tu l'avois vu, le poignard dans le ſein,
S'attendrir à l'aſpect de ſon lâche aſſaſſin!
Je fuyois. Croirois-tu que ſa voix affaiblie,
Pour m'appeller encor a ranimé ſa vie?
Il retiroit ce fer de ſes flancs malheureux.
Hélas! il m'obſervoit d'un regard douloureux.

Cher

Cher Seïde, a-t-il dit, infortuné Seïde!
Cette voix, ces regards, ce poignard homicide,
Ce Vieillard attendri, tout fanglant à mes pieds,
Pourfuivent devant toi mes regards effrayés.
Qu'avons-nous fait!

PALMIRE.

On vient, je tremble pour ta vie,
Fuis au nom de l'amour & du nœud qui nous lie.

SEIDE.

Va, laiffe-moi. Pourquoi cet amour malheureux
M'a-t-il pu commander ce facrifice affreux?
Non, cruelle, fans toi, fans ton ordre fuprême,
Je n'aurois pu jamais obéïr au Ciel même!

PALMIRE.

De quel reproche horrible ofes-tu m'accabler?
Hélas! plus que le tien mon cœur fe fent troubler.
Cher Amant, prens pitié de Palmire éperduë.

SEIDE.

Palmire! quel objet vient effrayer ma vûë?

Zopire paraît appuyé fur l'Autel, après s'être relevé derriere cet Autel où il a reçu le coup.

PALMIRE.

C'eft cet infortuné luttant contre la mort,
Qui vers nous tout fanglant fe traîne avec effort.

SEIDE.

SEIDE.

Eh quoi! tu vas à lui?

PALMIRE.

De remords dévorée,
Je cede à la pitié dont je fuis déchirée.
Je n'y puis réfifter, elle entraîne mes fens.

ZOPIRE *avançant & foutenu par elle.*

Hélas! fervez de guide à mes pas languiflans.

Il s'affied.

Seïde, ingrat! c'eft toi qui m'arraches la vie!
Tu pleures! ta pitié fuccéde à ta furie!

* *

SCENE V.

ZOPIRE, SEIDE, PALMIRE, PHANOR.

PHANOR.

Ciel! quels affreux objets fe préfentent à moi!

ZOPIRE.

Si je voyois Hercide! . . . ah, Phanor, eft-ce toi?
Voilà mon affaffin.

PHANOR.

O crime! affreux myftere!
Affaffin malheureux, connaiffez votre pere.

SEIDE.

Qui?

PALMIRE.

Lui?

SEIDE.

Mon pere!

ZOPIRE.

O Ciel!

PHANOR.

Hercide eft expirant,
Il me voit, il m'appelle, il s'écrie en mourant:
S'il en eft encor tems, préviens un parricide:
Cours arracher ce fer à la main de Seïde.
Malheureux confident d'un horrible fecret,
Je fuis puni, je meurs des mains de Mahomet.
Cours, hâtes-toi d'apprendre au malheureux Zopire,
Que Seïde eft fon fils & frere de Palmire.

SEIDE.

Vous!

PALMIRE.

Mon frere?

ZOPIRE.

O mes fils! ô nature! ô mes Dieux!
Vous ne me trompiez pas quand vous parliez pour eux.
Vous m'éclairez fans doute. Ah! malheureux Seïde,
Qui t'a pu commander cet affreux homicide?

SEIDE.

SEIDE *se jettant à genoux.*

L'amour de mon devoir & de ma Nation,
Et ma reconnaiffance & ma Religion;
Tout ce que les humains ont de plus respectable
M'infpira des forfaits le plus abominable.
Rendez, rendez ce fer à ma barbare main.

PALMIRE *à genoux arrêtant le bras de Seïde.*

Ah! mon pere, ah! Seigneur, plongez-le dans mon fein.
J'ai feule à ce grand crime encouragé Seïde;
L'incefte étoit pour nous le prix du parricide.

SEIDE.

Le Ciel n'a point pour nous d'affez grands châtimens.
Frappez vos affaffins.

ZOPIRE *en les embraffant.*

J'embraffe mes enfans.

Le Ciel voulut mêler dans les maux qu'il m'envoye
Le comble des horreurs au comble de la joye.
Je benis mon deftin, je meurs; mais vous vivez.
O vous, qu'en expirant mon cœur a retrouvés,
Seïde, & vous Palmire, au nom de la Nature,
Par ce refte de fang qui fort de ma bleffure,
Par ce fang paternel, par vous, par mon trépas,
Vengez-vous, vengez-moi; mais ne vous perdez pas.

L'heure

L'heure approche, mon fils, où la Tréve rompuë
Laiſſoit à mes deſſeins une libre étenduë ;
Les Dieux de tant de maux ont pris quelque pitié,
Le crime de tes mains n'eſt commis qu'à moitié.
Le Peuple avec le jour en ces lieux va paraître ;
Mon ſang va les conduire ; ils vont punir un traître.
Attendons ces momens.

SEIDE.

Ah ! je cours de ce pas
Vous immoler ce monſtre, & hâter mon trépas ;
Me punir, vous venger.

* *

SCENE VI.

ZOPIRE, SEIDE, PALMIRE, OMAR, Suite.

OMAR.

Qu'on arrête Seïde.
Secourez tous Zopire, enchaînez l'homicide.
Mahomet n'eſt venu que pour venger les Loix.

ZOPIRE.

Ciel, quel comble du crime ! & qu'eſt-ce que je vois ?

SEIDE.

SEIDE.

Mahomet me punir ?

PALMIRE.

Eh quoi ! Tyran farouche,
Après ce meurtre horrible ordonné par ta bouche.!

OMAR.

On n'a rien ordonné.

SEIDE.

Va ; j'ai bien mérité
Cet exécrable prix de ma crédulité.

OMAR.

Soldats, obéïffez.

PALMIRE.

Non. Arrêtez. Perfide.

OMAR.

Madame, obéïffez, fi vous aimez Seide.
Mahomet vous protége, & fon jufte çouroux,
Prêt à tout foudroyer, peut s'arrêter par vous.
Auprès de votre Roi, Madame, il faut me fuivre.

PALMIRE.

Grand Dieu, de tant d'horreurs que la mort me délivre !

(On emmene Palmire & Seide.)

ZOPI-

ZOPIRE à *Phanor.*

On les enléve ? O Ciel ! ô pere malheureux !
Le coup, qui m'affaffine, eft cent fois moins affreux.

PHANOR.

Déja le jour renaît, tout le peuple s'avance ;
On s'arme, on vient à vous, on prend votre défenfe.

ZOPIRE.

Soutiens mes pas, allons ; j'efpère encor punir
L'hypocrite affaffin qui m'ofe fecourir ;
Ou du moins, en mourant, fauver de fa furie
Ces deux enfans que j'aime, & qui m'ôtent la vie.

Fin du quatriéme Acte.

ACTE

ACTE V.

SCENE I.

MAHOMET, OMAR, Suite dans le fond.

OMAR.

Zopire est expirant, & ce Peuple éperdu
Levoit déja son front dans la poudre abatu.
Tes Prophètes & moi, que ton Esprit inspire,
Nous désavouons tous le meurtre de Zopire.
Ici, nous l'annonçons à ce Peuple en fureur
Comme un coup du Très-Haut qui s'arme en ta faveur.
Là, nous en gémissons, nous promettons vengeance,
Nous vantons ta justice, ainsi que ta clémence.
Partout on nous écoute, on fléchit à ton nom;
Et ce reste importun de la sédition
N'est qu'un bruit passager de flots après l'orage,
Dont le couroux mourant frappe encor le rivage,
Quand la sérénité régne aux Plaines du Ciel.

MAHOMET.

Imposons à ces flots un silence éternel.
As-tu fait des ramparts approcher mon Armée?

OMAR.

Elle a marché la nuit vers la Ville allarmée:
Osman la conduisoit par des secrets chemins.

MAHOMET.

Faut-il toujours combattre, ou tromper les humains!
Seïde ne fait point qu'aveugle en fa furie,
Il vient d'ouvrir le flanc dont il reçut la vie.

OMAR.

Qui pourroit l'en inftruire? un éternel oubli
Tient avec ce fecret Hercide enfeveli.
Seïde va le fuivre, & fon trépas commence;
J'ai détruit l'inftrument qu'employa ta vengeance.
Tu fais que dans fon fang fes mains ont fait couler
Le poifon qu'en fa coupe on avoit fu méler.
Le châtiment fur lui tomboit avant le crime;
Et tandis qu'à l'Autel il traînoit fa victime,
Tandis qu'au fein d'un pere il enfonçoit fon bras,
Dans fes veines lui-même il portoit fon trépas.
Il eft dans la prifon, & bien-tôt il expire;
Cependant en ces lieux j'ai fait garder Palmire.
Palmire à tes deffeins va même encor fervir;
Croyant fauver Seïde, elle va t'obéïr.
Je lui fais efpérer la grace de Seïde;
Le filence eft encor fur fa bouche timide.
Son cœur toujours docile, & fait pour t'adorer,
En fecret feulement n'ofera murmurer.
Légiflateur, Prophête, & Roi dans ta Patrie,
Palmire achevera le bonheur de ta vie.
Tremblante, inanimée, on l'amene à tes yeux.

MAHOMET.

Va raffembler mes Chefs, & revole en ees lieux.

SCENE

* * * * * * * * * * * * * * * * * * * *

SCENE II.

MAHOMET, PALMIRE, Suite de Palmire & de Mahomet.

PALMIRE.

Ciel, où fuis-je? Ah grand Dieu!

MAHOMET.

Soyez moins confternée,
J'ai du peuple & de vous pefé la deftinée.
Le grand événement qui vous remplit d'effroi,
Palmire, eft un myftére entre le Ciel & moi.
De vos indignes fers à jamais dégagée,
Vous êtes en ces lieux, libre, heureufe & vengée.
Ne pleurez point Seïde; & laiffez à mes mains
Le foin de balancer le deftin des humains.
Ne fongez plus qu'au vôtre. Et fi vous m'êtes chere,
Si Mahomet fur vous jetta des yeux de pere,
Sachez, qu'un fort plus noble, un titre encor plus grand,
Si vous le méritez, peut-être vous attend.
Portez vos vœux hardis au faîte de la gloire,
De Seïde & du refte étouffez la mémoire;
Vos premiers fentimens doivent tous s'effacer
A l'afpect des grandeurs où vous n'ofiez penfer.
Il faut que votre cœur à mes bontés réponde,
Et fuive en tout mes loix, lorfque j'en donne au Monde.

Ee 5

PAL-

PALMIRE.

Qu'entens-je? quelles loix, ô Ciel, & quels bienfaits!
Imposteur teint de sang, que j'abjure à jamais,
Bourreau de tous les miens, va; ce dernier outrage
Manquoit à ma misère, & manquoit à ta rage.
Le voilà donc, grand Dieu, ce Prophête sacré,
Ce Roi que je servis, ce Dieu que j'adorai?
Monstre, dont les fureurs & les complots perfides
De deux cœurs innocens ont fait deux parricides,
De ma faible jeunesse infâme Séducteur,
Tout souillé de mon sang tu prétends à mon cœur!
Mais tu n'as pas encor assuré ta conquête;
Le voile est déchiré, la vengeance s'apprête.
Entends-tu ces clameurs? entends-tu ces éclats?
Mon Père te poursuit des ombres du trépas.
Le peuple se souleve, on s'arme en ma défense,
Leurs bras vont à ta rage arracher l'innocence.
Puissai-je de mes mains te déchirer le flanc,
Voir mourir tous les tiens, & nâger dans leur sang!
Puissent la Meque ensemble & Médine & l'Asie
Punir tant de fureurs & tant d'hypocrisie!
Que le monde par toi séduit & ravagé
Rougisse de ses fers, les brise & soit vengé!
Que ta Religion, que fonda l'imposture,
Soit l'éternel mépris de la Race future!
Que l'Enfer, dont les cris menaçoient tant de fois
Quiconque osoit douter de tes indignes loix,

Que

Que l'Enfer, que ces lieux de douleur & de rage,
Pour toi seul préparés, soient ton juste partage!
Voilà les sentimens qu'on doit à tes bienfaits,
L'hommage, les sermens, & les vœux que je fais.

MAHOMET.

Je vois qu'on m'a trahi; mais quoiqu'il en puisse être,
Et qui que vous soyez, fléchissez sous un maître.
Apprenez que mon cœur, ...

* *

SCENE III.

MAHOMET, PALMIRE, OMAR, ALI, Suite.

OMAR.

On fait tout, Mahomet;
Hercide en expirant révéla ton secret.
Le peuple en est instruit, la prison est forcée,
Tout s'arme, tout s'émeut, une foule insensée,
Elevant contre toi ses hurlemens affreux,
Porte le corps sanglant de son Chef malheureux.
Seïde est à leur tête, & d'une voix funeste
Les excite à venger ce déplorable reste.
Ce corps souillé de sang est l'horrible signal
Qui fait courir le peuple à ce combat fatal.
Il s'écrie en pleurant, je suis un parricide;
La douleur le ranime, & la rage le guide.

Il

Il semble respirer pour se venger de toi;
On déteste ton Dieu, tes Prophétes, ta loi.
Ceux même qui devoient dans la Meque allarmée
Faire ouvrir cette nuit la porte à ton Armée,
De la fureur commune avec zéle enyvrés,
Viennent lever sur toi leurs bras désespérés.
On n'entend que les cris de mort & de vengeance.

PALMIRE.

Acheve, juste Ciel, & soutien l'innocence!
Frappe.

MAHOMET à Omar.

Eh bien, que crains-tu?

OMAR.

Tu vois quelques Amis,
Qui contre les dangers comme moi rafermis,
Mais vainement armés contre un pareil orage,
Viennent tous à tes pieds mourir avec courage.

MAHOMET.

Seul je les défendrai. Rangez-vous près de moi,
Et connaissez enfin qui vous avez pour Roi.

SCENE

* *

SCENE IV.

MAHOMET, OMAR, *fa Suite d'un côté*, SEIDE, *& le Peuple de l'autre;* PALMIRE *au milieu.*

SEIDE *un poignard à la main, mais déja affaibli par le poifon.*

Peuples, vengez mon Pere, & courez à ce Traître.

MAHOMET.

Peuples, nés pour me fuivre, écoutez votre Maître.

SEIDE.

N'écoutez point ce Monftre & fuivez-moi… grands Dieux!
Quel nuage épaiffi fe répand fur mes yeux!

Il avance, il chancele.

Frappons. . . . . Ciel! je me meurs.

MAHOMET.

Je triomphe.

PALMIRE *courant à lui.*

Ah! mon frere,
N'auras-tu pu verfer que le fang de ton Pere?

SEIDE.

Avançons. Je ne puis. . . . Quel Dieu vient m'aceabler?

Il tombe entre les bras des fiens.

MAHOMET.

Ainfi tout téméraire à mes yeux doit trembler.
Incrédules Efprits, qu'un zéle aveugle infpire,
Qui m'ofez blafphémer, & qui vengez Zopire,

Ce

Ce feul bras que la Terre apprit à redouter,

Ce bras peut vous punir d'avoir ofé douter.

Dieu, qui m'a confié fa parole & fa foudre,

Si je me veux venger, va vous réduire en poudre.

Malheureux, connaiffez fon Prophête & fa Loi;

Et que ce Dieu foit Juge entre Seïde & moi.

De nous deux à l'inftant que le coupable expire!

PALMIRE.

Mon frere! eh, quoi! fur eux ce Monftre a tant d'empire!

Ils demeurent glacés, ils tremblent à fa voix,

Mahomet, comme un Dieu, leur dicte encor fes Loix.

Et toi, Seïde, auffi!

SEÏDE *entre les bras des fiens.*

Le Ciel punit ton frere.

Mon crime étoit horrible autant qu'involontaire.

Envain la vertu même habitoit dans mon cœur.

Toi, tremble, Scélérat, fi Dieu punit l'erreur.

Voi quel foudre il prépare aux artifans des crimes;

Tremble, fon bras s'effaye à frapper fes victimes.

Détournez d'elle, ô Dieu, cette mort qui me fuit!

PALMIRE.

Non, Peuple, ce n'eft point un Dieu qui le pourfuit.

Non. Le poifon fans doute.

MAHOMET *en l'interrompant, & s'addreffant au Peuple.*

Apprenez, Infidélles,

A former contre moi des trames criminelles;

Aux vengeances des Cieux reconnaiffez mes droits.

La

La Nature & la Mort ont entendu ma voix.

La Mort, qui m'obéït, qui, prenant ma défenſe,

Sur ce front pâliſſant a tracé ma vengeance,

La mort eſt à vos yeux, prête à fondre ſur vous.

Ainſi mes Ennemis ſentiront mon couroux;

Ainſi je punirai les erreurs inſenſées,

Les révoltes du cœur, & les moindres penſées.

Si ce jour luit pour vous, ingrats, ſi vous vivez,

Rendez grace au Pontife, à qui vous le devez.

Fuyez, courez au Temple appaiſer ma colere.

Le Peuple ſe retire.

PALMIRE *revenant à elle.*

Arrêtez. Le barbare empoiſonna mon frere.

Monſtre, ainſi ſon trépas t'aura juſtifié;

A force de forfaits tu t'es déïfié!

Malheureux Aſſaſſin de ma famille entiere,

Otes-moi de tes mains ce reſte de lumiere.

O frere! ô triſte objet d'un amour plein d'horreurs!

Que je te ſuive au moins.

Elle ſe jette ſur le poignard de ſon frere.

MAHOMET.

Qu'on l'arrête.

PALMIRE.

Je meurs.

Je ceſſe de te voir, impoſteur exécrable.

Je me flatte en mourant, qu'un Dieu plus équitable

Réſerve un avenir pour les cœurs innocens.

Tu dois régner; le Monde eſt fait pour les Tyrans.

MA-

MAHOMET.

Elle m'eſt enlevée. . . . . Ah! trop chere Victime,
Je me vois arracher le ſeul prix de mon crime.
De ſes jours pleins d'appas déteſtable ennemi,
Vainqueur & tout-puiſſant, c'eſt moi qui ſuis puni.
Il eſt donc des remords! ô fureur! ô Juſtice!
Mes forfaits dans mon cœur ont donc mis mon ſupplice!
Dieu, que j'ai fait ſervir au malheur des humains,
Adorable inſtrument de mes affreux deſſeins,
Toi, que j'ai blaſphêmé, mais que je crains encore,
Je me ſens condamné quand l'Univers m'adore.
Je brave envain les traits dont je me ſens frapper;
J'ai trompé les Mortels, & ne puis me tromper.
Pere, enfans malheureux, immolés à ma rage,
Vengez la Terre & vous, & ce Ciel que j'outrage.
Arrachez-moi ce jour & ce perfide cœur,
Ce cœur né pour haïr, qui brûle avec fureur.
Et toi, de tant de honte étouffe la mémoire;
Cache au moins ma faibleſſe, & ſauve encor ma gloire:
Je dois régir en Dieu l'Univers prévenu:
Mon Empire eſt détruit, ſi l'homme eſt reconnu.

Fin du cinquiéme & dernier Acte.

DE

DE
L'ALCORAN
ET DE
MAHOMET.

C'étoit un sublime & hardi Charlatan que ce Mahomet, fils d'Abdalla. Il dit dans son dixiéme chapitre : *quel autre que Dieu peut avoir composé l'Alcoran ?* on crie, c'est Mahomet, qui a forgé ce livre. *Eh bien tâchez d'écrire un chapitre qui lui ressemble & appellez à votre aide qui vous voudrez.* Au dix-septiéme il s'écrie : *Louange à celui qui a transporté pendant la nuit son serviteur du sacré temple de la Meque à celui de Jerusalem.* C'est un assez beau voyage ; mais il n'approche pas de celui qu'il fit cette nuit même de planete en planete, & des belles choses qu'il y vit.

Il prétendoit qu'il y avoit cinq cens années de chemin d'une planete à une autre, & qu'il fendit la Lune en deux. Ses disciples, qui rassemblérent solemnellement les Versets de son Koran après sa mort, retranchérent ce voyage du ciel. Ils craignérent les railleurs & les Philosophes. C'étoit avoir trop de délicatesse. Ils pouvoient s'en fier aux commentateurs, qui auroient bien sû expliquer l'itineraire. Les amis de Mahomet devoient savoir par experience, que le merveilleux est la raison du Peuple. Les Sages contredisent en secret, & le Peuple les fait taire. Mais en retranchant l'itineraire des planetes on laissa quelques petits mots sur l'avanture de la Lune ; on ne peut pas prendre garde à tout.

Le Koran est une rapsodie sans liaison, sans ordre, sans art ; on dit pourtant, que ce livre ennuyeux est un fort beau livre ; je m'en rapporte aux Arabes, qui prétendent qu'il est écrit avec une élégance & une pureté, dont personne n'a approché depuis.

C'est un poëme ou une espece de prose rimée, qui contient six mille vers. Il n'y a point de Poëte dont la personne & l'ouvrage ayent fait une telle fortune. On agita chez les Musulmans, si l'Alcoran étoit éternel, ou si Dieu l'avoit creé pour le dicter à Mahomet. Les Docteurs decidérent, qu'il étoit éternel ; ils avoient raison, cette éternité est bien plus belle que l'autre opinion. Il faut toujours avec le Vulgaire prendre le parti le plus incroyable.

Les Moines, qui se sont déchaînés contre Mahomet & qui ont dit tant de sottises sur son compte, ont prétendu qu'il ne savoit pas écrire. Mais comment imaginer qu'un homme, qui avoit été Négociant, Poëte, Legislateur & Souverain, ne fût pas signer son nom ! Si son livre est mauvais pour notre tems & pour nous, il étoit fort bon pour ses contemporains & sa religion encor meilleure. Il faut avouer, qu'il retira presque toute l'Asie de l'idolatrie. Il enseigna l'unité de Dieu, il déclamoit avec force contre ceux qui lui donnent des associés. Chez lui l'usure avec les étrangers est defendue, l'aumone ordonnée. La priere est d'une necessité absolue ; la resignation aux decrets éternels est le grand mobile de tout. Il étoit bien difficile, qu'une religion si simple & si sage enseignée par un homme toujours victorieux ne subjuguât pas une partie de la terre. En effet, les Musulmans ont fait autant de Proselites par la parole que par l'épée. Ils ont converti à leur Religion les Indiens & jusqu'aux Négres. Les Turcs même leurs Vainqueurs se sont soumis à l'Islamisme.

Maho-

Mahomet laiſſa dans ſa loi beaucoup de choſes qu'il trouva établies chez les Arabes, la circonciſion, le jeûne, le voyage de la Meque qui étoit en uſage quatre mille ans avant lui, les ablutions ſi néceſſaires à la ſanté & à la propreté dans un païs brûlant où le linge étoit inconnu, enfin l'idée d'un jugement dernier que les Mages avoient toujours établie, & qui étoit parvenue juſqu'aux Arabes. Il eſt dit, que comme il annonçoit qu'on reſuſciteroit tout nu, Aïshca ſa femme trouva la choſe immodeſte & dangereuſe; *allez ma Bonne*, lui dit-il, *on n'aura pas alors envie de rire.* Un Ange ſelon le Koran doit péſer les hommes & les femmes dans une grande balance. Cette idée eſt encor priſe des Mages. Il leur a volé auſſi leur pont aigu, ſur lequel il faut paſſer après la mort & leur Jannat, où les élus Muſulmans trouveront des bains, des appartemens bien meublés, de bons lits & des ouris avec des grands yeux noirs. Il eſt vrai auſſi qu'il dit, que tous ces plaiſirs des ſens ſi neceſſaires à tous ceux qui reſuſciteront avec des ſens, n'approcheront pas du plaiſir de la contemplation de l'Etre ſupreme. Il a l'humilité d'avouer dans ſon Koran que lui même n'ira point en Paradis par ſon propre mérite, mais par la pure volonté de Dieu. C'eſt auſſi par cette pure volonté divine qu'il ordonne que la cinquiéme partie des depouilles ſera toujours pour le Prophete.

Il n'eſt pas vrai, qu'il exclue du Paradis les femmes. Il n'y a pas d'apparence, qu'un homme auſſi habile ait voulu ſe brouiller avec cette moitié du genre humain, qui conduit l'autre. Abulfeda rapporte, qu'une vieille l'importunant un jour en lui demandant, ce qu'il falloit faire pour aller en Paradis, *m'amie*, lui dit-il, *le Paradis n'eſt pas pour les vieilles.* La bonne femme ſe mit à pleurer, & le Prophete pour la conſoler, lui dit: il n'y aura point de vieilles parce qu'elles rajeuniront. Cette doctrine conſolante eſt confirmée dans le 54 chapitre du Koran.

Il défendit le vin, parcequ'un jour quelques uns de ses Sectateurs arrivérent à la priere étant yvres. Il permit la pluralité des femmes se conformant en ce point à l'usage immemorial des Orientaux.

En un mot, ses loix civiles sont bonnes. Son dogme est admirable en ce qu'il a de conforme avec le nôtre ; mais les moyens sont affreux, c'est la fourberie & le meurtre.

On l'excuse sur la fourberie, parceque, dit-on, les Arabes comptoient avant lui cent vingt-quatre mille Prophetes, & qu'il n'y avoit pas grand mal, qu'il y en parut un de plus. Les hommes, ajoute-t-on, ont besoin d'être trompés. Mais comment justifier un homme qui vous dit : *crois que j'ai parlé à l'Ange Gabriel, ou je te tue.*

Combien est préférable un Confucius le premier des mortels qui n'ont point eu de révélation ! Il n'employe que la raison, & non le mensonge & l'épée. Vice-Roi d'une grande Province il y fait fleurir la Morale & les Loix. Disgracié & pauvre il les enseigne, il les pratique dans la grandeur & dans l'abaissement, il rend la vertu aimable, il a pour disciple le plus ancien & le plus sage des peuples.

Le Comte de Boulainvilliers, qui avoit du goût pour Mahomet, a beau me vanter les Arabes, il ne peut empecher, que ce ne fut un Peuple de Brigands ; ils voloient avant Mahomet en adorant les étoiles, ils voloient sous Mahomet au nom de Dieu. Ils avoient, dit-on, la simplicité des tems héroïques : mais qu'est ce que les siecles héroïques ? c'étoit le tems où on s'égorgeoit pour un Puits & pour une Citerne, comme on fait aujourd'hui pour une Province.

Les premiers Musulmans furent animés par Mahomet de la rage de l'enthousiasme. Rien n'est plus terrible

rible qu'un peuple, qui n'ayant rien à perdre combat à la
fois par esprit de rapine & de religion.

Il est vrai, qu'il n'y avoit pas beaucoup de finesse dans
leurs procédés. Ce contrat du premier mariage de Mahomet porte qu'attendu que Cadishca est amoureuse de
lui & lui pareillement amoureux d'elle, on a trouvé bon
de les conjoindre. Mais y a-t-il tant de simplicité à lui
avoir composé une Généalogie dans laquelle on le fait
descendre d'Adam en droite ligne, comme on a fait descendre depuis quelques maisons d'Espagne & d'Ecosse.
L'Arabie avoit son Moreri, & son Mercure galant.

Le grand Prophete essuya la disgrace commune à tant
de maris; il n'y a personne après cela qui puisse se plaindre. On connait le nom de celui qui eut les faveurs de
sa seconde femme la belle Aïshca; il s'appelloit Assuan.
Mahomet se comporta avec plus de hauteur que César
qui répudia sa femme, disant, qu'il ne falloit pas que la
femme de César fut soupçonnée. Le Prophete ne voulut pas même soupçonner la sienne; il fit descendre du
Ciel un chapitre du Koran pour affirmer que sa femme
étoit fidelle. Ce chapitre étoit écrit de toute éternité aussi
bien que tous les autres.

On l'admire pour s'être fait de Marchand de chameaux Pontife, Legislateur & Monarque, pour avoir
soumis l'Arabie qui ne l'avoit jamais été avant lui, pour
avoir donné les premieres secousses à l'Empire Romain
d'Orient & à celui des Perses. Je l'admire encor pour
avoir entretenu la paix dans sa maison parmi des femmes.
Il a changé la face d'une partie de l'Europe, de la moitié
de l'Asie, de presque toute l'Afrique, & il s'en est bien
peu fallu que sa religion n'ait subjugué l'Univers.

A quoi tiennent les revolutions? un coup de pierre
un peu plus fort que celui qu'il reçut dans son premier
combat donnoit une autre destinée au monde.

Son

Son gendre *Ali* prétendit, que quand il fallut inhumer le Prophete, on le trouva dans un état qui n'eſt pas trop ordinaire aux morts, & que ſa Veuve *Aiſhca* s'écria : ſi j'avois ſû, que Dieu eût fait cette grace au deffunt, j'y ſerois accourue à l'inſtant. On pouvoit dire de lui : *decet Imperatorem ſtantem mori.*

Jamais la vie d'un homme ne fut écrite dans un plus grand détail que la ſienne. Les moindres particularités en étoient ſacrées; on ſait le compte & le nom de tout ce qui lui appartenoit, neuf épées, trois lances, trois arcs, ſept cuiraſſes, trois boucliers, douze femmes, un coq blanc, ſept chevaux, deux mules, quatre chameaux, ſans compter la jument *Borac* ſur laquelle il monta au ciel. Mais il ne l'avoit que par emprunt, elle appartenoit en propre à l'Ange Gabriel.

Toutes ſes paroles ont été recueillies. Il diſoit, que *la jouiſſance des femmes le rendoit plus fervent à la priere.*

En effet, pourquoi ne pas dire benedicité & graces au lit comme à table ? Une belle femme vaut bien un ſoupé. On prétend encor, qu'il étoit un grand Medecin; ainſi il ne lui manqua rien pour tromper les hommes.

DE
CROMVEL.

On peint Cromvel comme un homme qui a été fourbe toute sa vie. J'ai de la peine à le croire. Je pense, qu'il fût d'abord Enthousiaste & qu'ensuite il fit servir son Fanatisme même à sa grandeur. Un Novice fervent à vingt ans devient souvent un fripon habile à quarante. On commence par être duppe & on finit par être fripon dans le grand jeu de la vie humaine.

Un Homme d'Etat prend pour Aumonier un Moine tout pétri des petitesses de son Couvent. Devot, credule, gauche, tout neuf pour le monde. Le Moine s'instruit, se forme, s'intrigue & supplante son Maître.

Cromvel ne savoit d'abord, s'il se feroit Ecclésiastique ou Soldat. Il fut l'un & l'autre. Il fit en 1622 une Campagne dans l'Armée du Prince d'Orange Frederic Henri, Grand-Homme, Frere de deux Grands-Hommes; & quand il revint en Angleterre, il se mit au service de l'Evêque Williams & fut le Théologien de Monseigneur, tandis que Monseigneur passoit pour l'Amant de sa femme. Ses principes étoient ceux des Puritains, ainsi il devoit haïr de tout son cœur un Evêque & ne pas aimer les Rois.

On le chassa de la maison de l'Eveque Williams, parcequ'il étoit Puritain; & voilà l'origine de sa fortune. Le Parlement d'Angleterre se declaroit contre la Royauté & contre l'Episcopat, quelques amis qu'il avoit dans ce Parlement lui procurérent la nomination d'un village. Il ne commença à exister que dans ce tems là, & il avoit plus de quarante ans sans qu'il eut jamais fait parler de lui.

Il

Il avoit beau posseder l'Ecriture sainte, disputer sur les droits des Prêtres & des Diacres, faire quelques mauvais sermons & quelques libelles, il étoit ignoré. J'ai vû de lui un sermon qui est fort insipide & qui ressemble assez aux prédications des Quakers, on n'y découvre assurement aucune trace de cette Eloquence persuasive avec laquelle il entraina depuis les Parlemens. C'est qu'en effet il étoit beaucoup plus propre aux affaires qu'à l'eglise. C'étoit sur tout dans son ton & dans son air que consistoit son Eloquence; un geste de cette main qui avoit gagné tant de batailles & tué tant des Royalistes persuadoit plus que les periodes de Ciceron. Il faut avouer, que ce fut sa valeur incomparable qui le fit connaître & qui le ména par dégrés au faite de la grandeur.

Il commença par se jetter en Volontaire, qui vouloit faire fortune, dans la ville de Hull assiegée par le Roi. Il y fit de belles & d'heureuses actions pour lesquelles il reçut une gratification d'environ six mille francs du Parlement. Ce présent fait par le Parlement à un Avanturier, fait voir, que le parti rebelle devoit prévaloir. Le Roi n'étoit pas en état de donner à ses Officiers Généraux, ce que le Parlement donnoit à des Volontaires. Avec de l'argent & du Fanatisme on doit à la longue être Maître de tout. On fit Cromvel Colonel.

Alors ses grands talents pour la guerre se dévéloperent, au point que lorsque le Parlement créa le Comte de Manchester Général de ses Armées, il fit Cromvel Lieutenant-Général, sans qu'il eut passé par les autres grades. Jamais homme ne parut plus digne de commander; jamais on ne vit plus d'activité & de prudence, plus d'audace & plus de ressources que dans Cromvel. Il est blessé à la bataille d'York; & tandis que l'on met le premier appareil à sa playe, il apprend, que son Général Manchester se retire & que la bataille est perdue. Il court à Manchester, il le trouve fuyant avec quelques Officiers,

il

il le prend par le bras, & lui dit avec un air de confiance & de grandeur, vous vous méprenez Milord, ce n'est pas de ce côté-ci que font les ennemis. Il le ramène près du champ de bataille, rallie pendant la nuit plus de douze mille hommes, leur parle au nom de Dieu, cite Moyse, Gédéon & Josué, recommence la bataille au point du jour contre l'Armée Royale victorieuse, & la défait entiérement. Il falloit qu'un tel homme pérît ou fût le maître. Presque tous les Officiers de son Armée étoient des Enthousiastes, qui portoient le Nouveau Testament à l'arçon de leur selle, on ne parloit à l'Armée comme dans le Parlement, que de perdre Babylone, d'établir le culte dans Jérusalem, de briser le Colosse. Cromvel parmi tant de fous cessa de l'être, & pensa qu'il valoit mieux les gouverner, que d'être gouverné par eux. L'habitude de precher en inspiré lui restoit. Figurez vous un *Faquir*, qui s'est mis aux reins une ceinture de fer par pénitence, & qui ensuite détache sa ceinture, pour en donner sur les oreilles aux autres *Faquirs*. Voila Cromvel! il devient aussi intriguant qu'il étoit intrepide; il s'associe avec tous les Colonels de l'Armée, & forme ainsi dans les trouppes une Republique, qui force le Généralissime à se demettre. Un autre Généralissime est nommé & il le dégoute. Il gouverne l'Armée, & par elle il gouverne le Parlement; il met ce Parlement dans la necessité de le faire enfin Généralissime. Tout cela est beaucoup; mais ce qui est essentiel, c'est qu'il gagne toutes les batailles, qu'il donne en Angleterre, en Ecosse, en Irlande, & il les gagne, non en voyant combattre, & en se menageant; mais toujours en chargeant l'ennemi, ralliant ses trouppes, courant par tout, souvent blessé, tuant de sa main plusieurs officiers Royalistes, comme un Grénadier furieux & acharné.

Au milieu de cette guerre affreuse Cromvel faisoit l'amour; il alloit la Bible sous le bras coucher avec la

F f 5 femme

femme de fon Major-Général Lamberth. Elle aimoit
le Comte de Holland, qui fervoit dans l'Armée du Roi.
Cromvel le prend prifonnier dans une bataille & jouit
du plaifir de faire trancher la tête à fon rival. Sa ma-
xime étoit de verfer le fang de tout ennemi important,
ou dans le champ de bataille, ou par la main de bourreaux.
Il augmenta toujours fon pouvoir, en ofant toujours en
abufer; les profondeurs de fes deffeins n'otoient rien à
fon impétuofité feroce. Il entre dans la chambre du
Parlement, & prenant fa montre, qu'il jette à terre,
& qu'il brife en morceaux, je vous cafferai, dit-il,
comme cette montre. Il y revient quelques tems après,
chaffe tous les membres l'un après l'autre en les faifant
défiler devant lui. Chacun d'eux eft obligé en paffant
de lui faire une profonde révérence; un d'eux paffe le
chapeau fur la tête, Cromvel lui prend fon chapeau, le
jette par terre, apprenez, dit-il, à me refpecter.

Quand il eut fait couper la tête à fon Roi legitime
fur un echafaut, il ofa envoyer fon portrait à une tête
couronnée, c'étoit à la Reine de Suede Chriftine.
Marvel, fameux Poëte Anglais, qui faifoit fort bien des
vers latins, accompagna ce portrait de fix vers, où il fait
parler Cromvel lui même. Cromvel corrigea les deux
derniers que voici:

> *At tibi fubmittit frontem reverentior umbra,*
>
>   *Non funt hi vultus regibus ufque truces.*

Le fens hardi des fix vers peut fe rendre ainfi.

> Les armes à la main j'ai deffendu les Loix,
>
> D'un peuple audacieux, j'ai vengé la querelle;
>
> Regardez fans fremir cette image fidelle,
>
> Mon front n'eft pas toujours l'épouvante des Rois.

Cette

Cette Reine fut la premiere à le reconnaître dès qu'il fut Protecteur des trois Royaumes. Presque tous les Souverains de l'Europe envoyérent des Ambassadeurs à leur frere Cromvel, à ce domestique d'un Eveque, qui venoit de faire perir par les mains du bourreau un Souverain leur Parent. Ils briguérent à l'envi sa alliance. Le Cardinal Mazarin pour lui plaire chassa de France les deux Fils de Charles Premier, les deux petits fils de Henri IV, les deux Cousins Germains de Louis XIV. La France conquit Dunkerke pour lui, & on lui en remit les clefs. Après sa mort Louis XIV & toute sa cour portérent le deuil, excepté Mademoiselle, qui eut le courage de venir au cercle en habit de couleur, & soutient seule l'honneur de sa race.

Jamais Roi ne fut plus absolu que lui; il disoit, qu'il avoit mieux aimé gouverner sous le nom de Protecteur que sous celui de Roi, parceque les Anglais savoient jusqu'où s'étend la prérogative d'un Roi d'Angleterre, & ne savoient pas jusqu'où celle d'un Protecteur pouvoit aller. C'étoit connaître les hommes que l'opinion gouverne, & dont l'opinion dépend d'un nom.

Il avoit conçu un profond mépris pour la religion, qui avoit servi à sa fortune. Il y a une anecdote certaine conservée dans la maison de St. Jean, qui prouve assez le peu de cas, que Cromvel faisoit de cet instrument, qui avoit operé de si grands effets dans ses mains. Il buvoit un jour avec Ireton Fletwood & St. Jean, Bisayeul du célébre Mylord Bollingbrooke; on voulut déboucher une bouteille, & le tirebouchon tomba sous la table, ils le cherchoient tous & ne le trouvoient pas. Cependant une Députation des Eglises Presbytériennes attendoit dans l'Antichambre, & un Huissier vint les annoncer. Qu'on leur dise que je suis retiré, dit Cromvel, & *que je cherche le Seigneur.* C'étoit l'expression, dont se servoient les Fanatiques, quand ils faisoient leurs prieres. Lorsqu'il

eut

ut ainſi congédié la bande des Miniſtres, il dit à ſes con-
fidens ces propres paroles : *ces faquins là croyent que nous
cherchons le Seigneur , & nous ne cherchons que le tirebouchon.*

   Il n'y a point d'exemple en Europe d'aucun homme, qui
venu de ſi bas, ſe ſoit élevé ſi haut.   Mais que lui falloit-
il abſolument avec tous ſes grands talents ?   La fortune.
Il l'eut cette fortune, mais fut-il heureux ? Il vécut pauvre
& inquiet juſqu' à quarante trois ans ; il ſe baigna depuis
dans le ſang, paſſa ſa vie dans le trouble, & mourut avant
le tems à cinquante *ſept* ans.   Que l'on compare à cette
vie celle d'un Neuton, qui a vécu quatre vingt quatre années, toujours tranquille, toujours honoré, toujours la
lumiere de tous les êtres penſans, voyant augmenter
chaque jour ſa renommée, ſa réputation, ſa fortune, ſans
avoir jamais ni ſoin ni remords, & qu' on juge lequel a
été le mieux partagé.

     O curas hominum, o ! quantum eſt in rebus inane !

****

SUR LA POLICE
DES SPECTACLES.

On excommunioit autrefois les Rois de France & depuis Philippe I jusqu'à Louis VIII, tous l'ont été solemnellement, de même que tous les Empereurs depuis Henri IV, jusqu'à Louis de Baviere inclusivement. Les Rois d'Angleterre ont eu aussi une part très-honnête à ces présents de la Cour de Rome. C'étoit la folie du tems, & cette folie coûta la vie à cinq ou six cens mille hommes. Actuellement on se contente d'excommunier les Représentants des Monarques : ce n'est pas les Ambassadeurs que je veux dire ; mais les Comédiens, qui sont Rois & Empereurs trois ou quatre fois par semaine, & qui gouvernent l'Univers pour gagner leur vie.

Je ne connais guéres que leur profession & celle des Sorciers à qui on fasse aujourd'hui cet honneur. Mais comme il n'y a plus de Sorciers depuis environ soixante à quatre-vingt ans que la bonne Philosophie a été connuë des hommes, il ne reste plus pour victimes qu'Alexandre, César, Athalie, Polyeucte, Andromaque, Brutus, Zayre & Arlequin.

La grande raison qu'on en apporte, c'est que ces Messieurs & ces Dames représentent des passions. Mais si la peinture du cœur humain mérite une si horrible flétrissure, on devroit donc user d'une plus grande rigueur avec les Peintres & les Statuaires. Il y a beaucoup de tableaux licentieux qu'on vend publiquement, au lieu qu'on ne représente pas un seul Poëme Dramatique qui ne soit dans la plus exacte bienséance.

La Venus du Titien & du Correge sont toutes nuës, & sont dangereuses en tout tems pour notre jeunesse modeste ; mais les Comédiens ne récitent les Vers admirables

de

de Cinna que pendant environ deux heures; & avec l'approbation du Magiſtrat ſous l'autorité Royale. Pourquoi donc ces Perſonnages vivans ſur le Théatre ſont-ils plus condamnés que ces Comédiens muets ſur la toile? *Ut Pictura Poëſis erit.* Qu'auroient dit les Sophocles & les Euripides, s'ils avoient pû prévoir, qu'un Peuple, qui n'a ceſſé d'être barbare qu'en les imitant, imprimeroit un jour cette tache au Théatre qui reçut de leur tems une ſi haute gloire?

Eſopus & Roſcius n'étoient pas des Sénateurs Romains, il eſt vrai; mais le Flamen ne les déclaroit point infâmes, & on ne ſe doutoit pas, que l'Art de Terence fût un Art ſemblable à celui de Locuſte.

Le grand Pape, le grand Prince, Leon X, à qui on doit la renaiſſance de la bonne Tragédie & de la bonne Comédie en Europe, & qui fit repréſenter tant de Piéces de Théatre dans ſon Palais avec tant de magnificence, ne devinoit pas, qu'un jour dans une partie de la Gaule, des deſcendans des Celtes & des Gots ſe croiroient en droit de flétrir ce qu'il honoroit.

Si le Cardinal de Richelieu eût vécu, lui qui a fait bâtir la Salle du Palais Royal, lui à qui la France doit le Théatre; il n'eût pas ſouffert plus long-tems, que l'on oſât couvrir d'ignominie ceux qu'il employoit à réciter ſes propres Ouvrages.

Ce ſont les Hérétiques, il le faut avouer, qui ont commencé à ſe déchaîner contre le plus beau de tous les Arts. Leon X réſuſcitoit la Scéne Tragique, il n'en falloit pas davantage aux prétendus Réformateurs pour crier à l'œuvre de Satan. Auſſi la Ville de Geneve, & pluſieurs illuſtres Bourgades de Suiſſe ont été cent cinquante ans ſans ſouffrir chez eux un Violon. Les Janſéniſtes qui danſent aujourd'hui ſur le Tombeau de St. Paris, à la grande édification du prochain, défendirent le Siécle paſſé à une Princeſſe de Conty qu'ils gouvernoient, de faire apprendre à danſer à ſon fils, attendu que la danſe eſt trop profane.

Cepen-

Cependant il falloit avoir bonne grace & favoir le Menuet; on ne vouloit point de Violon, & le Directeur eut beaucoup de peine à souffrir par accommodement, qu'on montrât à danser au Prince de Conty avec des Castagnettes. Quelques Catholiques un peu Visigots, de deçà les Monts, craignirent donc les reproches des Réformateurs, & crièrent aussi haut qu'eux; ainsi peu-à-peu s'établit dans notre France la mode de diffamer César & Pompée, & de refuser certaines cérémonies à certaines personnes gagées par le Roi, & travaillans sous les yeux du Magistrat. On ne s'avisa point de réclamer contre cet abus; car qui auroit voulu se brouiller avec des hommes puissans, & des hommes du tems présent, pour Phédre & pour les Héros des Siécles passés?

On se contenta donc de trouver cette rigueur absurde, & d'admirer toujours à bon compte les Chef-d'œuvres de notre Scéne.

Rome, de qui nous avons appris notre Catéchisme, n'en use point comme nous, elle a su toujours tempérer les Loix selon les tems & selon les besoins; elle a su distinguer les Bâteleurs effrontés qu'on censuroit autrefois avec raison, d'avec les Piéces de Théatre du Triffin & de plusieurs Evêques & Cardinaux qui ont aidé à ressusciter la Tragédie.

Aujourd'hui même on représente à Rome publiquement des Comédies dans des Maisons Religieuses. Les Dames y vont sans scandale; on ne croit point, que des Dialogues récités sur des planches soient une infamie diabolique. On a vû jusqu'à la Piéce de Georges Dandin exécutée à Rome par des Religieuses en présence d'une foule d'Ecclesiastiques & de Dames. Les sages Romains se gardent bien surtout d'excommunier ces Messieurs qui chantent le Dessus dans les Opéra Italiens; car en vérité c'est bien assez d'être châtré dans ce monde, sans être encor damné dans l'autre.

Dans

Dans le bon tems de Louis XIV il y avoit toujours aux Spectacles qu'il donnoit un banc, qu'on nommoit *le banc des Evêques.* J'ai été témoin que dans la Minorité de Louis XV le Cardinal de Fleury, alors Evêque de Frejus, fut très-pressé de faire revivre cette coûtume. D'autres tems, d'autres mœurs; nous sommes apparemment bien plus sages que dans les tems où l'Europe entiere venoit admirer nos Fêtes; où Richelieu fit revivre la Scene en France; où Leon X fit renaître en Italie le Siécle d'Auguste. Mais un tems viendra où nos neveux, en voyant l'impertinent Ouvrage du Pere le Brun contre l'Art des Sophocles, & les Oeuvres de nos Grands-Hommes, imprimés dans le même tems s'écriront: Est-il possible que les Français ayent pû ainsi se contredire, & que la plus absurde barbarie ait levé si orgueilleusement la tête contre les plus belles productions de l'Esprit Humain?

Saint Thomas d'Aquin, dont les mœurs valoient bien celle de Calvin & du Pere Quesnel; St. Thomas, qui n'avoit jamais ᚱ de bonne Comédie, & qui ne connaissoit que de malheureux Histrions, devine pourtant que le Théatre peut être utile. Il eut assez de bon sens & assez de justice pour sentir le mérite de cet Art, tout informe qu'il étoit; il le permit, il l'approuva. St. Charles Borromée examinoit lui-même les Piéces qu'on jouoit à Milan; il les munissoit de son Approbation & de son Seing.

Qui seront après cela les Visigots qui voudront traiter d'Empoisonneurs Rodrigue & Chimene? Plût au Ciel que ces Barbares ennemis du plus beau des Arts eussent la piété de Polyeucte, la clémence d'Auguste, la vertu de Burrhus, & qu'ils finissent comme le mari d'Alzire!

Fin du Tome quatriéme.

Fautes à corriger.

P. 71. l. 20 j'ay lifez ai-je　p. 90. l. 8. vois? lifez voi?　p. 217. l. 3. ces lifez fes
p. 158. l. 21. foufferte lifez foufferts　p. 270. l. 19. des lifez de　p. 365. l. 15. eui lifez
eui　p. 439. l. 6. Le voit lifez Levait　p. 449. l. 20. craignérent lifez craignirent
p. 452. 11. y en parut lifez en parut　p. 458. l. 26. trives lifez truces
p. 459. l. 6. à l'envie lifez à l'énuy　l. 14. fontient lifez foutint　p. 460.
l. 11. cinquante cinq, lifez cinquante fept.

www.ingramcontent.com/pod-product-compliance
Lightning Source LLC
Chambersburg PA
CBHW061034030726
47504CB00002B/363